Den fremden Vertrauten

Den fremden Vertrauten

Kapitel 1

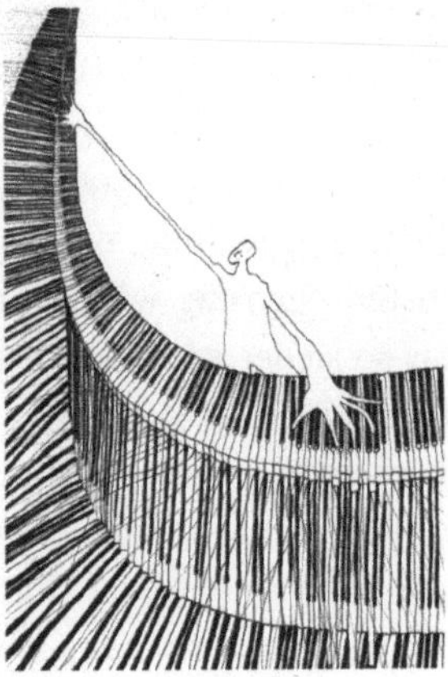

Melissa Dreyer: Nur weg

Nie wieder Teil des Gegackers sein. Eines von siebenundvierzig scharrenden Chorhühnern, Tenöre und Bässe inbegriffen. Um den einzigen Hahn. Sie hätte damals schon gehen sollen, vor dem Weihnachtskonzert, als sie gegen die Glastür gelaufen war. Alle hatten gelacht, bis sie das Blut gesehen hatten. Nun war da eine feine Narbe, die von der linken Augenbraue aufragte wie eine steile Falte. Als ob sie angestrengt nachdächte, so sah es aus. Aus dem cremefarbenen Kostüm waren die Flecken nicht herausgegangen, selbst in der chemischen Reinigung nicht. »Dir sieht man alles an«, hatte die Mutter früher gesagt. Das hatte sich bestätigt für den Rest der Zeiten. Und alles, weil ER nach den Noten aus der Sakristei verlangt hatte und sie am schnellsten aufgesprungen war. Wie immer. Als blindes Blesshuhn.

Nur weg jetzt. Rot. Kein Mensch, kein Blitzer, kein Auto, die Kreuzung leer wie auf einem Bild von Edward Hopper, aber hier stand sie und wartete brav. Jetzt war man so weit gekommen im Leben und immer noch das Kind, das weglaufen wollte. Das seine Siebensachen in den kleinen roten Koffer stopfte, die Tür hinter sich zuschmiss, ein Stück die Straße hinunterlief und an der ersten Ecke anhielt und wartete, ob ihm nicht einer nachkam. Auch am nächsten Dienstag würde sie wieder zur Chorprobe gehen, das war so sicher wie das Amen in der Kirche. Sie war kein Mensch fürs Radikale.

»Übrigens ist Schubert der einzige Komponist, bei dem es noch trauriger wird, wenn es nach Dur wechselt.« Immer schaffte er es, dass man sich persönlich gemeint fühlte, überreichte Sätze wie einen Gral: von mir – nur für dich. Und zwar jedem.

Selbst bei uraltem Chorgestein wie Irene wirkte es, die bald den Achtzigsten feiern würde. Die verrückte Liebe leuchtete ihr aus jeder Pore. Natürlich würde sie es abstreiten. Das mit Schubert sollte man googeln. Bestimmt hatte er es irgendwem nachgeplappert.

Wie sich ein einziger Augenblick zusammenzog zu einem schwarzen Punkt, in dem die ganze Welt verschwand. Keine Vorahnung, keine Träume, kein Rabe – nichts hatte sie gewarnt. Die Frau, um die es ihm ging, war nicht sie, Melissa Dreyer. Sondern die Neue im Alt, Marie. Punkt. Weder war Marie besonders schön, noch sang sie besonders gut. Nur jung war sie. Sehr schlank. Auffallend elegant angezogen. Ein seltener Falter, der zwischen Sopran und Alt hin und her irrte. »Hat er dir nicht gesagt«, hatte Adelheid gefragt, »welche Stimmlage du bist?« Höflich, aber genervt. »Setz dich endlich hin«, war die Botschaft gewesen. »Mach nicht so viel Gewese«, ein Lieblingssatz der Mutter. Marie hatte den Kopf geschüttelt.

Immer noch rot. Wahrscheinlich hatte er sie ohne Vorsingen zugelassen. Sie gesehen und sich verliebt. Oder sie schon vorher gekannt, umworben und schließlich zum Chor überredet. Zu Probenbeginn hatte er sie vorgestellt als das erste Ergebnis der »Wir-müssen-den-Chor-verjüngen-Aktion«. Braves Klatschen. Die Initiative war ausschließlich auf seine Kappe gegangen, aber alle hatten so automatisch genickt wie chinesische Wackeltierchen. Junge rein hieß schließlich Alte raus. Unerfahren war Marie. Als sie den Einsatz verpatzt hatte, war sie feuerrot angelaufen. »Und wieder.« Weiter hatte er nichts gesagt und die Stelle noch dreimal durchgeprobt. Nur für sie. Bestimmt war sie mindestens fünfzehn Jahre jünger als er. Natürlich war man kein neutraler Beobachter. Dann also zehn – was machte es?

Schon wieder rot. Oder war sie stehengeblieben? Schwarzes Auto, schwarzer Abend. Gas geben zur Höllenfahrt. Gut, dass sie von der Feier so viel Schnaps übrig hatte. Das Schlimmste: Es gab nichts zu wüten. Sie hatte nie auf seinem Pfauenthron gesessen, ebenso wenig wie die anderen Suppenhühner. Vorwürfe waren erlaubt. An die eigene Adresse aber nur. Dran, dranner am dransten waren die. Hier passte der Superlativ. Melissa drückte auf die Hupe: Hier kommt keine Ex, sondern eine Hopp.

Dass sie zu alt und zu mächtig war, hatte es gerissen. Diese Kombination. Nicht ihr leichtes Übergewicht, oh nein. Das war Geschmackssache. Ging als sinnlich durch. Geschminkt sah sie flott aus. Neulich auf der Rektorenkonferenz hatte der Kollege von der Heinrich-Heine-Schule mit der Zunge geschnalzt, als sie den Raum betrat. Sie hatte sich in die Tasche gelogen. Männer wollten dominieren, und genau dafür kam sie nicht infrage. Sie war keine, die man beherrschte. Nicht nur, weil sie älter war. Als einzige vom Chor im Kirchenvorstand saß, wo sie seine Aufführungswünsche durchsetzte. Die ewigen Geldextras. Meist hatte sie durchbekommen, was er wollte, gelegentlich mit einer privaten Spende nachgeholfen, von der er nichts wusste. Sie war die, die alles hinkriegte. »Mein guter Geist!«, hieß es nach solchen Wackelpartien. Wie er sich freuen konnte. Er war ein Kind. Sie dagegen stand dem größten Gymnasium des Stadtteils vor, hatte einen Doktortitel und die Gehaltstufe A sechzehn. Was da, wo es darauf ankam, nichts half. Hier half nur Selbstentsorgung.

Norden, Süden, Osten, Westen: Kind, zu Hause ist's am besten. Wenn man einen Parkplatz brauchte, suchte man stundenlang, und jetzt, wo es eben auf nichts mehr ankam, winkte die Lücke. Ein Parkplatz, ein Schnaps: die Highlights des Erwachsenendaseins. Von Leben sollte man hier nicht sprechen. In der Schule fiel der Kontrast besonders auf. Wenn ihr die Kollegen Schüler ins Rektorenzimmer schickten, hartgesottene Störer, die ganze Klassen aufmischten. Erst verstocktes Schweigen, immer waren sie im Recht, die türkischstämmigen Motzer, die stolzen Albaner; dann tauten sie auf, zeigten ungehemmt ihre Empörung oder heulten Rotz und Wasser. Strenge und Trost – das baute jeden auf. Dass auch sie etwas brauchte, würde nur Erstaunen hervorrufen. Sie war eine Instanz. Einer Merkel tätschelte keiner die Wange.

Wieso sprang die automatische Beleuchtung nicht an? Wieso war der Bambus nicht beschnitten? Wenn man nicht hinterher war, klappte nichts. Bei Brahms rauschte die Weide, bei ihr raunte der Bambus, und zwar viel zu laut. Außerdem verdeckte er das Licht. Der heutige Tag brachte nichts als Dunkles. Innen wie außen. »Kommst du nicht mit in die Pizzeria?«, hatten sie ihr hinterhergerufen, aber sie war winkend und eilig Richtung Parkplatz gestapft, als habe sie noch etwas vor. Alles Heuchelei. Von beiden Seiten. Die waren froh über jeden, der nicht mitkam. Je weniger sich um ihn scharten am Tisch, desto besser. Beim Singen, da war sie wichtig. Keine kam so hoch, weil alle ab dem d anfingen zu pressen. Manche produzierten schon ab dem c schrille Töne und machten bei allem, was über das e hinausging, karaokeartige Mundbewegungen. Bei der gefürchteten Brahms-Passage hatte einmal der ganze Sopran versagt, da war sie groß herausgekommen. Singen war ihre Bank. Er brauchte sie für die hohen Stellen, damit es klang. Wie er sie dann anschaute. Schon vorher, am Beginn der Phrase. Ich brauche dich, jetzt, jetzt, lass kommen, ah, der schöne Ton, der herrliche Ton. Dann hatte sie ihn. Jedes Solo vergab er an sie, da hatte es von keiner Seite je Protest gegeben. Aber es brachte nichts ein. Kleine, schöne Momente waren es. Mit denen man zufrieden zu sein hatte. Wenn sie den Chor verließ, würde sie auch die verlieren. Alles Tand, alles Sand.

Was hatte sie in der Pause an den Hintereingang getrieben? Alles war wie immer nach vorne geströmt, nach draußen zum

Rondell. Warum war sie nicht mitgeschwommen? Zumal Adelheid ihr schon mit dem Buch zugewinkt hatte, das sie ihr ausgeliehen hatte: »Weißt du, in meinen Regalen steht alles doppelt.« Alle logen, dass sich die Balken bogen. Adelheid verbarg ihren Geiz und sie selbst ihre absurden Wünsche. Freitag war der Literaturzirkel. Freitag. Alles ging weiter, dabei steckte sie im Abgrund. Leider war Wegtrinken nichts als eine Redensart. Das hatte sie schon damals gemerkt, in der Scheidungszeit. In Wirklichkeit war es ein Hintrinken. Irgendwann lullte es einen in den Schlaf, und dann ging es zurück in das tägliche Schritt-für-Schritt.

Was also hatte sie nach hinten zum Parkplatz geschoben, wo sie doch gar nichts aus dem Auto gebraucht hatte? Wahrscheinlich die unterschwellige Wahrnehmung, von der Facebook und Google lebten. Wo einem für Sekundenbruchteile Unterwäsche oder Autos ins Gehirn flackerten. Ein Augenwink, eine angedeutete Kopfdrehung zu Marie hin, der er vor der Probe zugeraunt hatte: »Komm nachher kurz nach hinten. Zwei Stunden halte ich nicht durch« – irgendetwas in der Art musste seinen Weg durch die Augen in ihr Inneres gefunden haben. Sicher hatten die beiden vorher im Bett gelegen. Die junge Frau und der durchtrainierte Chorleiter. Dirigenten hatten kein Gramm Fett zu viel. Er schon gar nicht. Wie auf der Schwedenreise zu sehen gewesen war, wo er sich ständig die Kleider vom Leib gerissen und Kopfsprünge von der hohen Schäre vorgeführt, mit seinen Kraulkünsten aufgetrumpft hatte. Keiner war da mitgekommen, auch keiner der Männer. Alle hatten sich auf dem Felsen gedrängt wie die bibbernden Kinder früher im Freibad, die sich die Leiter zum Dreimeterturm hochgetraut hatten und vor den Könnern an das Geländer zurückwichen, die ohne Zögern ihre makellosen Körper nach federndem Absprung Hände und Kopf voran in das blaue Schwimmbecken stürzten, unter Wasser wie

Fische entlangglitten, auftauchten und ihre gescheitelten Haare mit heftigen Kopfbewegungen aus den roten Chloraugen warfen, die sie aufrissen, ob man dem Sprung auch zugeschaut hatte. So auch er. Beifall erwünscht. Sie hatte genau gesehen, wie er zu ihnen auf die Schäre hochgelinst hatte.

Für sie war jedenfalls rutschen besser als springen, und jetzt saß sie in der Whiskeyrutsche, rund und rund ging es nach unten. Rein äußerlich passte es mit den beiden. Auch Marie war sehr schlank. Wie er. Fast zu schlank. Und er: ein glatter Vierzigjähriger, den traditionellen Kopf größer als sie. Dass eines seiner Beine etwas kürzer war als das andere, fiel kaum auf. Durch die höhere Sohle glich er es geschickt aus. Beim Barfußlaufen sah man den Hauch eines Humpelns, und auch nur, wenn man so genau hinschaute wie sie. Während des Volleyballspiels war es ihr aufgefallen, bei dem Tournier Alt gegen Sopran, Bass gegen Tenor. Als sie Adelheid auf die höhere Sohle links aufmerksam gemacht hatte, hatte die abgewunken: »Tu nicht so, als hätte er einen Klumpfuß.« Adelheid lehnte es ab, ihn als Mann zu sehen, mit ihrer betonten, ehelich gefestigten Sachlichkeit, um die man sie beneiden könnte, wenn man nicht durchschaute, dass auch das nur Tünche war, hinter der sie ihre Leidenschaft versteckte: »Er ist ein guter Dirigent. Unter ihm macht es Spaß zu singen.« Prost.

Wie wird man sich los? Morgen würde sie einen Mordskater haben. Und das am Elternsprechtag, wo man lange durchhalten musste. Gut, dass sie bei der letzten Gebäuderenovierung die Couch für ihr Zimmer durchgesetzt hatte. Wenn es sie als Mensch, Rektorin und Huhn auch morgen noch gäbe, würde sie die einweihen. *Wenn, wenn, wenn und wenn, es ist ein harter Schluss*. Nein: *Es, es, es und es* hieß es. *Das Buch vom Es*. Wer in aller Welt hatte das geschrieben? Je älter man wurde, desto mehr Vergangenes kam hoch, wurde aber gedreht und gewendet, bis es zum eigenen Es passte. Wenn sie mit den anderen mitgegangen wäre vorhin, säße sie hier nicht herum, philosophierte, stopfte Cashew-Kerne in sich hinein, den Beutel mindestens achthundert Kalorien, und soff. In ihrer Dreißigtausendeuroküche. E-Klasse, eigenes Haus, Tennisverein, Markenklamotten, Garten mit Teich: Edel geht der Mensch zugrunde.

Es war ein Fehler gewesen, den Chor letztes Jahr zu ihrem Fünfzigsten einzuladen. Auf dem Fest hatte sie sich restlos an ihn verloren. Hatte groß gefeiert, weil es keinen kleinen Kreis gab. Keinen Mann, keine Schwiegertochter, keine Familie, keine Freunde. Den fernen Sohn, der wie sie nie Zeit hatte. Außerdem war das teure Catering protzig gewesen. Anderswo brachte jeder Gast etwas zum Büffet mit und stellte es auf Tapeziertische, über die bestenfalls Bettlaken gebreitet wurden. Fertig. Getränke kamen vom Gastgeber. Entweder tat sie zu viel oder zu wenig. Natürlich waren alle des Lobes voll gewesen. Auch er. Bei ihm hatte es ehrlich geklungen: »So schön wie hier hätte ich es auch gern!« Alles klang aufrichtig bei ihm. Das war es ja.

An dem Abend waren sie zum Du übergegangen. Als sie die Bötchen auf den Teich geschickt hatte mit den Teelichtern darauf. Schwimmende, verschiedenfarbige gläserne Windlichter auf Holzschiffchen, die ihr das Kollegium überreicht hatte. Den Teich hatte sie sich selbst geschenkt, hatte alles darangesetzt, dass er zum Fest fertig geworden war. Dampf machen, andere antreiben, das konnte sie. Aber Gefühle ließen sich nicht treiben wie Schafe. *L'amour est un oiseau rebelle.* Und kein Schaf. Schon gar kein Huhn. Prost. Wie man zu seiner eigenen Klagemauer wurde. Schluss mit dem Hochprozentigen. Höchstens noch einen Wein.

Atemberaubend schön hatte die kleine bunte Flotte im Dunkeln ausgesehen. »Wie leuchtende Seelen«, hatte er gemurmelt und ihr lange in die Augen geblickt. Dann hatten sie sich wieder dem Teich zugewandt, nah nebeneinander auf der Bank. Zwei Bötchen waren aufeinander zugetrieben, bis sie sich sacht berührt hatten. Aneinandergelehnt schaukelten. Ein blaues und ein rotes. »Darauf stoßen wir jetzt an«, hatte er gesagt, war aufgesprungen und hatte ihr Sekt nachgeschenkt. Sie hatte ihr Glas erhoben: »Übrigens heiße ich Melissa«. Sie selbst hatte sich ihm angeboten. Die anderen vom Chor hatten sich um den Apfelbaum gruppiert und *Alles schweiget* gesungen. Einige von den Tennisleuten und die Musikkollegen aus der Schule hatten sich dazugestellt und eingestimmt. Ihr waren die Tränen gekommen, er hatte plötzlich ihre Hand gedrückt und zum Schluss des Lieds einen Kuss darauf gehaucht. Ein schier endloses Weilchen mit den warmen Lippen darauf verharrt. Knapp oberhalb des Handrückens.

Sie hätte schweigen, beim Sie bleiben sollen. Alle siezten sie, es passte zu ihr, mit dem Du war man hautlos. Dass sich ein jüngerer Mann einer erfahrenen, gestandenen Frau zuwandte, war nicht ausgeschlossen, siehe Macron, kam jedoch selten vor. Bei ihnen war es anders. Wie bei einem scheuen Tier hatte er vorsichtig ihre Hoffnung angefüttert und dann genährt. Gerade so, dass sie blieb. Und wuchs. Berechnend oder kalt war er nicht. Für Momente musste er offen für sie gewesen sein. Wahrscheinlich hätte er mehr Avancen gebraucht, um die Alters- und Standeshürden zu übersteigen. Nicht einmal Abitur hatte er, wie sie von ihm selbst erfahren hatte, weil er direkt von den Sängerknaben an die Musikhochschule gekommen war. Als begabter Jungstudent, vor jedem Schulabschluss, zu einem berühmten Orgelprofessor. Oh, er hatte ihr vieles anvertraut. In der Hinsicht waren sie sich nahegekommen. Wesensverwandt hatte er sie einmal genannt.

Liebe verdiente sich nicht. Als die Eltern sich trennen wollten, hatte sie Passagen aus dem Korintherbrief auswendig gelernt und beim Abendbrot aufgesagt. Fassungslos hatten Vater und Mutter auf ihre achtjährige Tochter geschaut und bei der Stelle *die Liebe ist die größte unter ihnen* die Köpfe gesenkt. Heute war ihr die Predigt gehalten worden. An der Platane hinter dem Parkplatz hatten sie gestanden, ganz hinten, bei seinem klapperigen Cabrio. Erst hatte er geraucht und lebhaft gesprochen, dann plötzlich die Zigarette weggeworfen, Marie in seine Arme gerissen und leidenschaftlich geküsst. Maries Oberkörper hatte sich zurückgebogen, sein Kopf war an ihrem Hals zu liegen gekommen wie der von einem Vampir. In dem Schatten neben der Gemeindesaaltür hatte Melissa als heimliche Hinguckerin gestanden, erstarrt, den Blick unverwandt auf das Paar geheftet, das ebenso unbeweglich verharrte. Plötzlich hatte Marie ihn weggeschoben; vielleicht in Sorge, gesehen zu werden. Viel Aufwand hatte er nicht gebraucht, sie zu beruhigen: Ein sichernder Blick über die Autos und zu der Tür hin hatte gereicht. Dann waren die beiden im Dunkel der Platane zu einer Gestalt verschmolzen wie auf den Bildern von Munch.

Schritt für Schritt hatte sie sich zurückgezogen, zitternd, mit irre schlagendem Herzen, nass vor Schweiß. Hinterwand, Hinterwand hatte sie gedacht, den Kollegen Müller-Gschwandtner vor Augen, der kürzlich aus dem Unterrichtsraum getaumelt war und nach einem schweren Herzinfarkt wochenlang hatte ersetzt werden müssen. Das Herz springt mir aus dem Leibe. An diesen Worten hatte sie sich den zweiten Teil der Probe über festgehalten wie an einem dürren Ast über dem Abgrund. Jetzt sprang es schon wieder. Trotz Whiskey, trotz Wein. »Wohin springt Marias Herz?«, hatte sie als Kind die Mutter gefragt und: »Kann es zerspringen, wenn es so hüpft?« »Das ist nur so eine Redensart aus dem Märchen.« Nie hatte die Mutter genau hingehört. »Das steht doch in der Bibel.« »Hast du kein Gottvertrauen?«

»Woher wissen Sie so viel über Musik?«, hatte er einmal gefragt. Es war am Rondell gewesen, in einer Probenpause von der Johannespassion, mit der er seinen Einstand gegeben hatte. Ein schwieriger Beginn. Viele im Chor standen auf diese swingigen Stücke, wie sie für Unterstufenchöre passten. Murrten gegen lange Einstudierungen. Konnten schlecht Noten lesen. Sie hatte ihn von Anfang an unterstützt. Aber nachdem er mit den Stimmbildungsstunden angefangen hatte, hatte er keine Rückenstärkung mehr gebraucht. Binnen kurzem waren alle auf ihn abgefahren, er hätte ihnen sogar Zwölftonmusik aufdrücken können. Alle rannten nachmittags in den Gesangsunterricht und brachten sich an heimischen Klavieren oder Keyboards mühsam ihre Stimmen bei.

Damals am Rondell hatte sie mit der Antwort gezögert. Er hatte sie aufmerksam angesehen und ihr dann eine Zigarette angeboten mit einer dieser verlockenden Gesten, die ihr von Beginn an aufgefallen waren, und fast hätte sie sie angenommen: »Lieber nicht. Das schadet meiner Stimme.« »Da sei Gott vor«, hatte er sofort pariert. »Ihre Stimme gibt dem Chor den Glanz.« Sie war rot geworden. »Sagen Sie doch: woher? Unterrichten Sie Musik?« »Ich war einmal mit einem Kirchenmusikstudenten verlobt.« Sofort hatte er nachgesetzt, den Namen wissen wollen, wo er studiert hatte, wo er jetzt war. »Es ist lange her.« Er war hartnäckig geblieben: »Haben Sie ihm auch Register schieben müssen? Das Los der Organistenfreundinnen?« Die Frage war mit einem Zwinkern gekommen, sodass sie wider Willen gelacht und leider auch genickt hatte. Damit hatte er sie an die Angel gekriegt: »Würden Sie das für mich auch gelegentlich tun? Ich suche dringend einen fähigen Registranten. Sie kennen ja unsere Orgel, einprogrammieren kann man da nichts.«

So war sie abends zu ihm in die Kirche gekommen, oft sogar samstags. Immer hatte der Stuhl neben der Empore für sie bereitgestanden, oft mit einer Tüte Haribo darauf: »Für Sie.« Im Winter wie im Sommer hatte sie ihm zugehört und zugeschaut beim Orgeln, auf seine Zeichen hin die Register gezogen oder geschoben. Zimbel. Cor de nuit: Die Porzellanknäufe mit den seltsamen Namen darauf hatten sie zurückgetragen in die Jugend. Wo sie oft abends in die Kirche geflüchtet war. Natürlich ungesehen, verborgen in der dunklen Nische östlich der Kanzel. Wenn der Organist oben aufhörte, war Zeit genug gewesen hinauszuhuschen.

Melissa schluckte und wischte sich mit einer fahrigen Bewegung den Mund ab. Sie sollte aufhören. Aber sie konnte nicht. Wollte nicht.

Nach dem abendlichen Üben war er oft so aufgekratzter Stimmung gewesen wie vorher angespannt und lustlos, und es hatte sich eingebürgert, beim Italiener zu essen und vor allem zu trinken. Und zu reden. Trotz ihrer Promille hatte sie ihn danach nach Hause kutschiert und vor seiner Haustür mit ihm noch lange im Auto gesessen. Peu à peu hatte er ihr sein ganzes Leben erzählt. Zwar immer einmal eingestreut: »Jetzt sind Sie aber dran!« Mehr pro forma. Selten hatte er ihr Fragen gestellt. Und niemals gesagt: »Wollen Sie nicht mit hochkommen zu mir?«

Offenbar war der Stuhl neben der Orgelbank doch zum kleinen Thron mutiert. Zumindest aus ihrer Sicht. *Jeder ist Individuum und Teil einer Gemeinschaft. Im Erwachsenenleben wie als junger Mensch. Die unerhörte Spannung auszubalancieren zwischen dem Wunsch, als einzigartig erkannt zu werden, und der Sehnsucht nach Aufgehen in einem größeren Ganzen – diese Entwicklungsaufgabe hält das Leben für jeden Einzelnen bereit, und wir, die Schule, bieten hierfür einen Rahmen und helfen dabei mit Wissensvermittlung und pädagogischer Begleitung. Wer zu sehr das Selbst in den Vordergrund schiebt, verliert das Wir, aber wer zu sehr das Wir bedient, verliert das Selbst …* Sie hatten ihr gratuliert zu der Antrittsrede vor zehn Jahren. Die jüngste Gymnasialdirektorin in der Stadt. »Als Pastorentochter haben Sie Rhetorik mit der Muttermilch eingesaugt, nicht?«, hatte Schulrat Pönsgen gesagt.

An den Musiker Herbert Michaelis hatte sie offenbar ihr Selbst verloren, ohne dass ein Wir entstanden war. So die Bilanz des heutigen Abends. Lost-lost statt win-win. Statt sich mit Chorsingen zu entspannen von einem anstrengenden, nützlichen Leben, hatte sie Herbert ihre seelische Lücke feilgeboten. Die er stracks angesteuert und in der er ganz selbstverständlich geparkt hatte. *Paradise Lost.*

Das Herz springt von der Hinterwand. Leerer Kopf, volles Herz; leere Flasche, ab ins Bett. Dieser Zug endet hier. Beachten Sie den Spalt zwischen Zug und Bahnsteigkante. Wo blieb die bittere, rasende, gnadenlose Eifersucht? Othello hatte seine Frau auf einen falschen Verdacht hin umgebracht, und hier saß sie mit dem sinnlich wahrgenommenen Beweis und empfand nichts. Die Literatur wimmelte von Leuten, die wegen nichtiger Anlässe alles hinschmissen: Der eine reiste einer Frauenstimme nach, der andere zog in den Wilden Westen, um Büffel zu erlegen. Immer wieder kamen sie im Literaturkreis auf solche Aufbrüche. Wie verhext war das. Und sie? Einbruch statt Aufbruch. Und weiter. Im Leben galten eben andere Gesetze als im Roman. Morgen würde sie zum Elternsprechtag auf der Matte stehen und nächsten Dienstag wieder im Sopran.

Die würden schauen, wenn sie nicht käme. Und er erst. »Weiß jemand etwas über Frau Dreyer?« Vielleicht würde er sogar »Frau Dr. Dreyer« sagen. Wenn er so offiziell in die Runde fragte. Auf Smartphonekommunikation hatte sie sich Gottseidank mit ihm nicht eingelassen. Wenn sie einmal nicht zur Probe konnte, hatte sie sich vorher per Mail entschuldigt.

Manchmal gab es unaufschiebbare Konferenzen. Tagungen. Aber sie hatte es einzurichten gewusst, dass sie fast immer da gewesen war.

Er würde Adelheid fragend ansehen, und die würde die Schulter hochziehen und »Zum Literaturkreis am Freitag war sie da« sagen oder »Zum Literaturkreis am Freitag ist sie auch nicht gekommen«. Da fing es schon an. Man konnte nicht einfach verschwinden. Es wäre unhöflich, Adelheid nicht abzusagen, wo sie angekündigt hatte, passend zu Kehlmanns Roman nur Speisen zu servieren, die mit F anfingen. Zum »Briefsteller« von Schischkin hatte sie sich sogar einen Samowar angeschafft.

Aufbrecher verabschiedeten sich entweder aufwändig oder waren dann mal weg. Für eine Beamtin auf Lebenszeit war Verschwinden nicht vorgesehen. Man kam zum Dienst oder war krank. Etwas anderes gab es nicht. Sie könnte an die Pforten einer Psychiatrie klopfen. Sich in der Notaufnahme mit ihrer inneren Lücke vorstellen, die jetzt zu einer äußeren geworden war. Mind the gap within yourself, please: »Ich höre Stimmen aus meinem Hohlraum.« *Weinen, Klagen, Sorgen, Zagen.* Wie in der Bach-Kantate vom letzten Sonntag. Warum nicht? Wenn sie jetzt weitertrank, könnte sie unmöglich morgen zur Schule gehen. Vielleicht wäre eine Suchtstation passender. Nicht die Klapse. Schüler hatten es leichter. Daniel Sauer hatte drei Wochen in einer eingefallenen niedersächsischen Kate gesessen mit einem Beutel voll Marihuana, Isabell Westfal nach der Frankreichreise des Leistungskurses Französisch ihre Lieblingsklamotten gepackt und war zu einem Tunesier gezogen, den sie am Louvre kennengelernt hatte. Bei Markus Windruff hatte man befürchtet, er würde nach seinem Konvertieren zum Islam in Richtung IS verschwinden, was aber dank des großen persönlichen Einsatzes seines Tutors verhindert worden war. Wobei sie nie genau wusste, wie weit solcher Einsatz ging, ob da nicht

Grenzen überschritten wurden. Aber lieber die Hand am Po als Kopf ab, Herr Richter, gell? Gott, sie musste aufhören zu trinken.

Weib und Wein. Teer und Feder. Pech und Schwefel. Selbst Worte waren auf Zweisamkeit eingestellt. Nach der missratenen Ehe hatte sie sich geschworen: Nie wieder. Und nun das. Das ganze Gefühlsleben ein Höllennest. Sie war einfach nicht geschaffen dafür. Von ihr aus hätte es noch jahrelang so weitergehen können: die Abende in der Kirche, im Restaurant, im Auto. Mehr wäre schön gewesen, aber nicht absolut nötig. »Lutheraner brauchen es mehrfach pro Woche.« Schallendes Lachen vom Vater, Wegdrehen des mütterlichen Kopfes. Prost! Im Gegensatz zum Vater war sie im Calvinismus gelandet, wo man das Minimum zu einem Maximum hochstilisierte. Willkommen, liebe Brüder im Verzichte.

Im Schwarzwald gab es eine Privatklinik für ausgetickte Ärzte. Die ja von Hause aus zu funktionieren hatten. Vielleicht wurden da auch höhere Beamte aufgenommen? Morgen zum Hausarzt statt zur Schule. Revolution. Aber über die Flasche würde sie da nicht reden können. Burn-out wäre nicht glaubhaft. In der Schule wusste jeder, dass Frau Dr. Dreyer in dreißig Dienstjahren nur einmal krank gewesen war, damals, als sie in das Wespennest gelaufen war. Sie war zu Hause geblieben, weil sie gemeint hatte, ihren Anblick keinem zumuten zu können. Den halben Tag hatte sie vor dem Spiegel zugebracht und sich vorgestellt, was sie für ein Leben gehabt hätte mit so einem Gesicht. Der heutige Abend wäre ihr jedenfalls erspart geblieben.

Außer Krankheit gab es für Beamte nur noch Tod. Wir trauern um unsere geschätzte Rektorin Dr. phil. Melissa Dreyer, die viel zu früh aus ihrem tatkräftigen Leben gerissen wurde. Sie hatte kein Testament. Wenn sie IHM alles hinterließe? Ein schöner Gedanke. Marie würde ihm Kaffee an dem Tischchen neben dem Teich eingießen: »Wie muss sie dich geliebt haben.« Ja, das traute sie ihr durchaus zu.

Im Grunde eine sympathische junge Frau. Wie rot sie angelaufen war vorhin! War es vorhin gewesen? Oder in einem anderen Leben? Nach vielen Schnäpsen wackelten die Synapsen. Auch sie selbst war früher oft errötet. »Dir sieht man aber auch alles an, Kind.« Ja. Darum hatte sie in der Schule geschwiegen. Aber die besten Arbeiten geschrieben. Hartnäckige Lehrer hatten auf Redebeiträgen bestanden, sie verstockt genannt oder freundlich-aufbauende Gespräche mit ihr geführt. Alles umsonst. Zu Klaviervorspielen war sie gar nicht erst erschienen. Am Rondell hätte sie antworten sollen: »Ich verstehe etwas von Musik, weil ich es selbst gern studiert hätte, aber wegen der Auftrittsangst darauf verzichtet habe.« Für jeden gab es eine dreizehnte Fee. Die Herbert den Klumpfuß und ihr das Erröten in die Wiege gelegt hatte.

Vielleicht sollte sie schlichtweg den Chor wechseln. An der Elisabethgemeinde gab es eine neue Dirigentin. Neulich der schöne Mendelssohn-Abend da. Die einfache Lösung: ab zur Konkurrenz. Würde es ihn interessieren? Wo er ganz anderes im Kopf hatte? Natürlich würde er auf sie zukommen. Wissen wollen, was los war. Was sollte sie sagen? *Verschwinde, verschwinde, wie die Wurst im Spinde.* Der häusliche Zubettschickspruch. Was alles hochkam. Das himmlische Kind, das springende Herz, die Wurst, der Wind. *Und unsern kranken Nachbarn auch.*

Ab in den Teich. Um zwei Uhr nachts. Im Unterkühlungsschock Wasser anatmen, Stimmritzenkrampf, Bewusstlosigkeit. Dann wäre sie weg. Kein schöner Anblick. Wollte sie das Malina zumuten? Die seit sieben Jahren mittwochs aus Stettin zum Putzen kam? Oder alles wegbaden, stundenlang. Erkältung, Lungenentzündung, Koma, Schluss. Komasaufen. Wie Ralf

Stegner und Lucas Müller auf der Klassenfahrt der Neunten nach Marburg an der Lahn. Außer sich hatte Kollege Stockroth um halb acht morgens angerufen. Hatte aber alles richtig gemacht: Notaufnahme, Klinikaufenthalt, Eltern benachrichtigt, die Schüler unter Begleitung des Referendaren nach Hause geschickt, Rechnung an die Eltern, Klassenkonferenz, Androhung von Schulverweis beim Wiederholungsfall. Schulverweis gab es leider nicht für Rektorinnen. Eine Straftat? Unehrenhafte Entlassung. Aberkennung von Pensionsansprüchen für das Durchstechen von Cabrioreifen. Für Körperverletzung? Seine Dirigentenmuskulatur mit der haarlosen glatten hellen Haut darüber.

Ob er sich rasierte? Auch darüber hatte sie in Schweden gerätselt. Heutzutage war das unter Männern durchaus üblich. Aber mehr unter jungen. Bei den Bundesjugendspielen hatte sie Carsten Weichert die Ehrenurkunde ausgehändigt; schwitzend war er an die Ehrentribüne herangetreten, hatte die Urkunde mit einer Verbeugung entgegengenommen und dann den muskulösen Zehnkämpferarm gehoben, um damit seinen Freunden zuzuwinken, direkt vor ihrer Nase, und es war kein dunkles Härchen in seiner Achselhöhle zu sehen gewesen. Damals hatte sie gegrübelt, ob sich die Jungen auch im Schambereich rasierten.

»Sehen Sie es als Entwicklungsaufgabe an«, sagte sie zu zerknirschten Eltern, deren Kinder eine Ehrenrunde drehten, oder zu durchgefallenen Abiturienten. Man hatte leicht reden, wenn man nicht selbst getroffen war vom berühmten Pfeil des Schicksals. Neulich hatte sie aus dem Komposthaufen Erde für einen verkümmerten Phlox herausgeschaufelt. Bei dem scharfen Einstich des Spatens war eine erdfarbene Kröte davongehumpelt. Schwerfällig, langsam. Ganz knapp war der Stahl an ihr vorübergegangen. Her den Kelch, die Tassen hoch. Aber nicht wie du willst, sondern wie ich will, Herr.

Kapitel 2

Anja Miljes: Mit Dir

»Gerade hat sich Schulrat Pönsgen zur Begrüßung der Referendare angemeldet.« Anja Miljes warf einen scharfen schnellen Blick in Richtung MD, wie Melissa Dreyer in der Schule hieß. »Mutti aller Dreier« in der Schülerzeitung, »Medizinischer Dienst« im Lehrerzimmer und »Mit Dir« im inneren Geheimstübchen ihrer Sekretärin. Dessen Tür natürlich geschlossen blieb. Ebenso wie neuerdings auch die des Rektorenzimmers zum Flur hin mit der Botschaft: »Ich bin jederzeit für alle ansprechbar.« Solchen selbstmörderischen Ansichten einer Chefin hatte man als Sekretärin entgegenzuarbeiten. Jahrelang hatte Anja mit steten Argumenten an den Angeln der Rektorentür gerüttelt, bis der Eingang bei der Renovierung stillgelegt worden war. Der Weg zu MD führte jetzt ausschließlich über das Vorzimmer und damit über sie, Anja Miljes. Und das war gut so, wie Pönsgen immer sagte.

Dass Sekretärin und Chefin eine Einheit bildeten, war allgemein bekannt. Wie sehr das so war, brauchte keiner zu wissen. Ohne Verschwiegenheit und den Sinn fürs Wesentliche konnte man an einem brodelnden Ort wie der Schule nicht bestehen. MD brauchte Anja wie eine zweite Haut. Was niemanden etwas anging; Anja würde sogar bezweifeln, dass MD selbst es so sehen würde. Und doch war es so. Nicht von Anfang an, aber mindestens seit einem Jahr. Seit der Krise. Die Gottseidank vorbei war. Aber man konnte nie wissen.

»Ich habe Ihnen die Liste mit den Namen der vier Neuen auf den Schreibtisch gelegt. In letzter Sekunde ist noch jemand für Russisch und Englisch gefunden worden, genau die Fächerkombination, die Sie gesucht haben.«

»Oh, das ist ja fast ein Wunder!«

Wenn sie strahlte, sah MD zehn Jahre jünger aus. Triumph, Triumph, Viktoria: Selten genug gelang es, diese Miene auf das Antlitz der Rektorin zu zaubern, und wenn, dann lohnte es sich immer. Anja lächelte in sich hinein. Wenn MD wüsste. Für Englisch gab es Nachwuchs die Hülle und Fülle, aber Russischlehrer waren trotz aller Auswanderer schwer aufzugabeln. Da hatte sie eben nachhelfen müssen. Was in dem Fall hieß: Pönsgen aktivieren. Auf ihre besondere Art. Per Spezialbehandlung.

Diese engen Hosen waren wirklich unvorteilhaft. Bei so dicken Oberschenkeln bräuchte es einen weiteren Schnitt. Hatte MD weiter zugenommen? Offenbar wollte sie die Referendare in Jeans begrüßen, eine Gelegenheit, die sie sich früher nicht hätte entgehen lassen: »Wie finden Sie das Kostüm, Frau Miljes?« Die Modenschauen waren Zweckmäßigkeitsorgien gewichen; nur Stöckelschuhe trug MD noch manchmal, wie Relikte aus einem anderen Sein.

Änderte eine Frau ihren Kleidungsstil, änderte sie ihr Leben – auf MD traf das zu. Letztes Jahr um diese Zeit, in ihrer Krise, hatte sie die Neuen mit grauem Gesicht und pfefferminzgemilderter Alkoholfahne empfangen. Wortlos hatte Anja der Chefin dann eine Fisherman's Friend in die Hand gedrückt, von denen immer noch einige in der Schublade lagen. Wochenlang hatte MD Alkohol aus jeder Pore ausgedünstet, sich nach unvermeidbaren Amtshandlungen in ihr Zimmer zurückgezogen und nicht protestiert, wenn Anja Miljes die Tür geschlossen hielt und nach eigener Schwerpunktsetzung Störungen abwimmelte: »Frau Dr. Dreyer ist in einer Sitzung.« Hatte auf der Couch gelegen und regungslos Tee, Brötchen, Aspirin aus der Hand ihrer Sekretärin angenommen. Die Couch, um die sich so viele Legenden rankten. Die MD nach der Renovierung des Rektorats auf eigene Faust bestellt, selbst bezahlt, aber bis dahin kein einziges Mal genutzt hatte. Die Schülerzeitung hatte eine analytische Couch daraus gemacht, zur Behandlung schlimmer Fälle, und es verging kein Tag, wo nicht Kollegen, wenn sie ins Sekretariat kamen, ihre Witzchen machten. Wer schon alles darauf gelegen habe. Mit wem. Und wie.

In Wahrheit war es eine Krisen-Couch gewesen. Erst als Anja das Migräne-Gerücht gestreut hatte, war es ruhiger darum geworden. MD hatte genickt, als Anja gesagt hatte: »Wir nennen es Migräne.« Langsam und abwesend wie eine Marionette.

Enge Jeans hin, unterm Jackett verborgener Busen her: Essen war besser als saufen. Inzwischen platzte MD wieder vor Präsenz und Aktivität. Eine unsichtbare Schere hatte die Fäden, an denen Anja MD eine Weile durch das Schulleben dirigiert hatte, abgeschnitten, MD hatte ihre Glieder zurechtgeruckelt und sich von selbst bewegt. Nicht auf einmal. Schritt für Schritt. Um die Zeit, als der Schüler Windruff zum IS wollte, hatte sie die Fuselfahne eingezogen, sich an ihren Schreibtisch gesetzt und gelegentlich ins Lehrerzimmer getraut; aber erst der Fall Samira hatte sie vollends in einen Menschen zurückverwandelt. Schlagartig reanimiert. Damals war Samira als dünnes, ungelenkes Mädchen mit ihrem schwarzen langen Zopf und den fiebrig glänzenden Augen ins Sekretariat gerannt gekommen, hatte »Asyl! Asyl!« gekeucht und war zusammengebrochen. Durch die angelehnte Tür hatte MD es mitgekriegt: »Bringt sie nicht in den Erste-Hilfe-Raum, sondern zu mir auf die Couch.« Mit dem wie aufgescheuchten Herrn Fleder hatten sie Samira selbstdritt in das Rektorenzimmer getragen. Stundenlang hatte sich MD mit dem Kind unterhalten, zwischendurch mit allerlei Behörden konferiert und schließlich das Mädchen direkt von der Schule in ihrem eigenen Wagen in ein Kriseninterventionszentrum gebracht »Dort ist sie sicher«, hatte MD am nächsten Tag gesagt. Mehr nicht.

Der Verdacht war nicht unberechtigt, dass MD das Mädchen bei sich zu Hause versorgt hatte, bis ein Platz in der Klinik frei gewesen war. Anja hatte nicht gefragt. Dass die Gefahr von Samiras Brüdern ausging, hatte sie natürlich den Akten entnommen. Immer dasselbe bei den Moslems: Ehre, Rache, Mord. Später hatte MD Samira jeden Tag nach Dienstschluss in der Klinik besucht und alles daran gesetzt, sie von zu Hause wegzukriegen, was bisher allerdings nicht gelungen war. Vielleicht würde die Sache heute einen Schritt weiterkommen. Gleich nach der Referendarbegrüßung. Wenn endlich das erste, mühsam zustande gebrachte Gespräch mit Samiras Vater stattfinden würde.

Samiras wegen war Jürgen Pönsgen schon mehrfach dagewesen und hatte MD Vorhaltungen gemacht: »Sie gehen zu weit! Das ist nicht mehr gedeckt. Sie arbeiten sich um Kopf und Kragen!« »Flüchtlinge helfen Flüchtlingen«, war MDs Antwort gewesen. Also war MDs Vater oder ihre Mutter als Kind geflohen. Aus dem Sudetenland. Oder aus dem Osten. Genaues erfuhr man leider nicht. Über ihr Privatleben pflegte MD zu schweigen. »Pastorenvater«, sagte sie, wenn sie gefragt wurde, wie sie auf die alten Sprachen gekommen sei. Und das war's.

An ihrem PC vorbei betrachtete Anja Miljes die Chefin, wie sie sich über die Referendarliste beugte. Grund der Krise im letzten Jahr war garantiert ein Mann gewesen. Männer brachten einen aus dem Tritt. Davor war keine Frau gefeit. Das würde auch erklären, warum MD jetzt Figur wie Frisur hintanstellte. Außerdem hatte Anja auf MDs privatem Laptop einmal Elite-Partner gesehen. Partnersuche per Internet ging gern nach hinten los. Man konnte das Blaue vom Himmel herunterlügen. Wahrscheinlich hatte sich einer einnisten wollen in ihrem schönen Anwesen. Irgendein spinnerter Architekt oder, noch schlimmer, ein Musiker. Jeder rumänische Akkordeonist, der in der Fußgängerzone herumlungerte, bekam ja etwas von ihr. Oder ein Philosoph, intellektuell anspruchsvoll, ohne Lohn und Brot. Für den sie sich eingesetzt hatte bis zum Geht-nicht-mehr. Bis ihr klar geworden war, dass er gar nicht arbeiten wollte. Ihn schließlich vor die Tür gesetzt hatte. Samt allen ihren Hoffnungen. Absturz.

Die verwaiste Krisencouch aber lebte weiter, was keiner wusste, was niemand ahnte. Wenn sie nämlich in seltenen, wohlausgesuchten, aufregenden Momenten unter höchster Geheimhaltungsstufe zur Liebescouch wurde. Was dann geschah, wenn MD Sitzungen nachmittags im Kultusministerium wahrzunehmen hatte: »Ich geh jetzt mal drei Stunden Zeit vergeuden.« Diese Sitzungen wurden nie abgesagt und dauerten zu MDs Ärger zuverlässig länger als geplant. Ein Anruf von Anja im Schulamt genügte dann: »Zeit für eine Tasse Kaffee?« Eine halbe Stunde später war er da. Eine Affäre mit dem Schulrat hatte nicht zur Stellenausschreibung gehört, kam aber gut. War mehr als nützlich. Dass sich Jürgen Pönsgen nachher die gute Gelegenheit mit den Referendaren nicht nehmen ließ, bei ihr vorbeizuschauen, hatte sie sich gedacht. Heute wäre eine Couchrunde aber zu risikoreich.

»Anja Miljes zieht Männer an wie Pferdemist die Fliegen.« Das hatte man schon immer über sie gesagt. Es gehörte zu ihr, war Fluch und Segen und ausgleichende Gerechtigkeit, wenn man mit einem Mann verheiratet war, der Sex für Leute ab vierzig abstoßend fand, lieber für sich allein im Internet surfte und Papierrollen im Zimmer bunkerte. Aber ein guter Kamerad war, der einem nicht weiter ins Leben funkte und mit dem man an den Wochenenden Fahrradtouren unternehmen konnte.

Pönsgen war die richtige Wahl gewesen. Auch Fleder hatte Anja durchaus Avancen gemacht, rückte ihr aber zu nah auf die Pelle: In jeder Freistunde belagerte er das Sekretariat und lamentierte über die Bläserklassen, in denen alle trompeteten und sich keiner je für Oboe oder gar Fagott entschied. Außerdem war er unverheiratet und platzte vor Absolutheitswünschen, während Anja sich fest im Reich der goldenen Kompromisse eingerichtet hatte. Mit Fleder hätte es über kurz oder lang Konflikte gegeben, und die gab es mit Jürgen eben nicht – und außerdem konnte sie über einen Schulrat unkonventionell MDs Interessen befördern. Wie jetzt. Von wegen Wunder: Auf Anjas Drängen hatte Pönsgen alle Neueinstellungen im Bezirk unter die Lupe genommen und diese Baumgarten aufgegabelt, die tatsächlich die Fachkunde für Englisch und Russisch vertrat. *»Unterstützung ist die Hauptaufgabe der Schulsekretärin. Mitdenken. Vorausplanen. Umsorgen der Rektoren bei ihrer verantwortungsvollen Tätigkeit.«* Ihr hatte man das auf dem Lehrgang nicht einbimsen müssen. Sie neigte von Haus aus zur Loyalität. Wo es angebracht war, natürlich nur. Und bei wem war es das mehr als bei MD?

Jetzt noch die Stundenpläne für die Neuen ausdrucken, dann wäre alles vorbereitet. Im Hintergrund an der einen oder anderen Strippe ziehen: Das war ihr Ding. Eigentlich genau wie früher in der Familie. Nur dass MD ihre Unterstützung besser gebrauchen konnte als damals die Mutter, die sich wie ein aufgezogener Kreisel nur um sich selbst gedreht hatte und noch nicht einmal mitbekam, wenn man ihr applaudierte, was alle bis zur Erschöpfung getan hatten. Noch weniger gewürdigt, was ihre Tochter alles für sie managte vom Kindergeburtstag bis zum Kochkurs. Als Kind hatte man eben keine Wahl. Als Sekretärin schon. Im Gegensatz zur Mutter lebte MD für andere und stellte Eigenes zurück. Verlangte nichts dafür. Ohne MD wäre diese Samira entweder zwangsverheiratet worden, per Ehrenmord eliminiert oder hätte sich vor einen Zug geworfen. Für jemanden mit den altertümlichen Fächern Latein und Griechisch zeigte MD erstaunlich modern Flagge, und zwar überall. An Stellen, mit denen keiner rechnete: Wahrscheinlich lernte sie gerade die Namen der Neuen auswendig, um jeden persönlich zu begrüßen. Ihr phänomenales Gedächtnis war berühmt, wie man an den verblüfften Mienen inzwischen arrivierter Leute auf Ehemaligenfeiern ablesen konnte.

Anja nickte leicht vor sich hin: Wo die Mutter nichts als den immer gleichen Schaum geschlagen hatte, setzte MD Prioritäten. Auch heute. Es hatte ewig gedauert, bis sie den Termin mit Samiras Vater unter Dach und Fach bekommen hatte. Direkt nach der Referendarbegrüßung sollte der Übersetzer kommen, ein junger Mann, der den Deutschen in Kundus übersetzt hatte und nun in Gefahr stand, dort als Vaterlandsverräter verfolgt zu werden. Die Taliban da machten kurzen Prozess. Hoffentlich klappte alles. Früher hatte man von Afghanen nur im Teppichladen gehört, jetzt waren sie hier in der Schule, sahen äußerlich nicht viel anders aus als Türken, an die man sich längst gewöhnt hatte, aber innerlich waren sie vom anderen Stern. Mit der Bundeswehr hatte es Telefonate ohne Ende gegeben. Nachher sprang der Vater doch noch ab, ohne den aber gar nichts ging. Er war der einzige, der auf Samiras Brüder einwirken konnte. Ihn musste man erreichen. Seit Wochen beschäftigte sich MD mit den Haltungen und Grundannahmen strenggläubiger Moslems. Bücherstapel, wohin man sah.

Stress hinterließ Spuren. Flecken gewissermaßen, wie auf MDs Jeans. Ob sie ihr raten sollte, das Jackett offen zu lassen? Andererseits: Wo Kulturen aufeinanderkrachten, ging es nicht um Knöpfe. Das konnten die Neuen nicht früh genug lernen. Alle schauten gern weg, aber hier war eine Chefin, die hinguckte: auf blaue Flecken bei den Mädels oder manchmal auch den Jungen. Auf Stotterer, Schulschwänzer, Kiffer. Dass Schüler fehlten, ohne dass die Lehrer aktiv wurden, gab es hier nicht. MD machte Dampf, aber lobte auch. Stärkte den Rücken. Verschenkte Bücher und Theaterkarten. Schüler, die an Jugend musiziert oder Matheolympiaden teilnahmen, wurden ohne viel Aufhebens beurlaubt, schwache wurden zu Nachhilfezirkeln geschickt, ausländische zu Sprachkursen, labile in Therapien. Und eben nicht nur geschickt, sondern nach einer Weile einbestellt, um zu schauen, was und ob es etwas gebracht habe. Wenn nicht, woran das liegen könne. Manchmal vermittelte MD auch Jobs. Haushaltshilfen für Kolleginnen mit Kind, die ewig ihre Korrekturen nicht schafften. Statt denen die Hefte um die Ohren zu hauen.

Wer so arbeitete, hatte kein Eigenleben, wollte auch keines und brauchte jemanden, der auf sie aufpasste, und hier kam sie, Anja Miljes, ins Spiel. Hätte sie selbst früher so eine Rektorin gehabt, wäre sie aus dem Dreck gekommen und würde hier als Kollegin sitzen, nicht als Schulsekretärin. Und könnte MD locker Fragen stellen wie: »Was bleibt bei dir gerade auf der Strecke? Ist alles eigene Entscheidung? Oder Schicksal?« Für eine Sekretärin passte so etwas nicht. Aber es blieb genug anderes. Und das war gut so.

Jürgen im Anmarsch. Das war sein Schritt, sein Schnaufen.

»Frau Dr. Dreyer! Immer schön, zu Ihnen zu kommen. Und das fängt gleich im Vorzimmer an. Ihre Anja Miljes – unvergleichlich.«

Unmerklich zog Anja die Brauen hoch und schüttelte den Kopf, aber das verfing nicht. Er war gut in Fahrt:

»Frau Miljes macht tausend Sachen gleichzeitig und bleibt die Ruhe selbst. Das färbt eben von oben nach unten ab, wie ich immer sage. Dazu das Glück, das die Tüchtigen belohnt: Mit

Russisch – Englisch hat es tatsächlich noch geklappt. Grund zum Feiern, nicht? Würden Sie mich zum Mittagessen begleiten hinterher? Zu dem Italiener in der Hafenstraße? Mit der selbstgemachten Pasta? Nein? Immer Termine? Man muss auch mal Pausen machen. Sie dürfen sich nicht so verrauchen, liebe Frau Kollegin. Burn-out, wohin das Auge blickt. Sie sehen müde aus, wenn ich das sagen darf. Bei aller Schönheit natürlich. Ach, Ihr Gartenfest damals! Die Illuminationen! Was macht Ihr Teich? Dass Sie ihn nicht wie die einfältigen Abderiten den Fröschen überlassen, versteht sich bei Ihnen als Altphilologin ja von selbst. Bitte. Zeit für eine Tasse Kaffee von Frau Miljes hinterher bei Ihnen im Zimmer sollte aber drin sein. Da müssen Ihre Afghanen eben zehn Minütchen warten. Nein? Das sind die gewöhnt. Nirgendwo ist man so pünktlich wie bei uns. Wir müssen uns dem allgemeinen Weltstandard anpassen. Wir meckern, wenn der Bus Verspätung hat, der Grieche freut sich, wenn überhaupt einer kommt, und singt unterdessen ein Liedchen. Da müssen wir hin! Lebensfreude! Spaß beiseite: Haben Sie die Liste? Hier, Marie Baumgarten, das ist die mit Russisch und Englisch. Eltern Diplomaten, waren lange in Moskau. Hat übrigens in England schon unterrichtet, ist also kein blutiger Anfänger. Wie alle anderen. Lauter Fachpinsel mit utopischen Vorstellungen. Hab' ich im Einstellungsgespräch gemerkt. Verstehe nicht, wieso die Studienreform nicht greift. Nun haben wir schon die Generation Praktikum, und was ist? Straight aus dem Elfenbeinturm kommen die, sag' ich Ihnen. Wie eh und je. Der Mathematikreferendar ist übrigens ein international gefeierter Schachspieler, hat gefragt, ob er dafür frei bekommt. Ente oder Trente hab' ich ihm gesagt, Spiel oder Leben ... müssen wir schon?«

Anja sah den beiden nach, wie sie den Flur zur Aula hinuntereilten, MD einen halben Schritt voraus, er von hinter ihr auf sie einredend. Charmeoffensive war sein Ausdruck dafür. Er musste doch längst mitgekriegt haben, dass das bei MD nicht zog. Dann die unnötigen Anspielungen. Immer wieder hatte sie ihm gesagt, er solle sich zurückhalten. Eine Schule hatte tausend Augen. Von Ohren ganz zu schweigen. Dienstag im »Schwanenkönig« würde sie ihm die Leviten lesen. Oder gleich nach der Feier. Bestimmt ging MD sofort in den kleinen Konferenzraum zu der Besprechung mit Samiras Vater.

»Hör zu, Anja. MD ist schon bei Samiras Familie. Der Vater ist tatsächlich gekommen. Der Übersetzer hat genau eine Stunde Zeit. Eine Stunde. Die MD voll nutzen wird. Das Leben meint es gut mit uns. Komm, schließ ab. Du bist dann mal im Schulgebäude unterwegs. Einen schönen Moment lang, wirst sehen.«

Anja hörte, wie sich Pönsgen mit einem Schnaufen auf der Couch niederließ, nachdem er sich so nahe und langsam an ihr vorbei in das Rektorenzimmer hineingeschoben hatte, dass sie sich berührten. Sie schaute den Flur hinunter. Es war knapp, es war kühn, aber es könnte gehen. Eine Bombengelegenheit. Der Hausmeister war bei Obi, um diese Zeit kam kein Lehrer und MD schon gar nicht. Sie hatten es noch nie getrieben, wenn MD im Haus war. Was, wenn sie irgendetwas aus dem Rektorat brauchte? Andererseits – was? Die Akte lag bereit. Kaffee, Tee und Wasser warteten im Besuchszimmer. MD würde alle ihre Kraft darauf verwenden, Samiras Vater zu erweichen.

Anja Miljes hängte ihren Zettel »Gleich wieder da« an die Tür und schloss sie ab. Alles in ihr begann zu kribbeln. Das, woran alle dachten, was keiner wagte: Sie tat es! Rache für die Langeweile des Lebens. Mit vierzig fing der Sex für Frauen erst an. Fand Pönsgen auch, der ihr subversive Sinnlichkeit bescheinigte und seinerseits bald an die sechzig war. Ihn beim Vornamen zu nennen war auf den »Schwanenkönig« beschränkt, sie durfte sich in offiziellen Situationen nicht aus Versehen verplappern. Er bekam sowieso nicht mit, wie sie ihn anredete. Im Grunde war sie in den Kitzel vernarrt, nicht in ihn, und er in ihren Körper, nicht in sie, und das war alles gut so.

Im »Schwanenkönig« nahmen sie sich Zeit, was jetzt nicht ging. Das fing beim Entkleiden an und hörte beim Sekt auf, den er ihr gern über die Brüste goss und dann ableckte. »To begin with«, sagte er immer: »Einmal Anglist, immer Anglist.« Gott, diese Lehrer. Nach dem Sex gab es ein Bier für ihn und einen Wein für sie, er hielt sie im Arm, es wirkte persönlich, war es aber nicht: Die Worte rannen aus ihm heraus wie aus einem Wasserhahn. Anstellen, abstellen. Alles loswerden, dann nach Hause zu Mama. Hier auf der Tabucouch musste es dagegen schnell gehen. »Stell' dir einfach vor, was unser ehemalig oberster Dienstherr im Amt so getrieben hat«, hatte er beim ersten Mal auf ihre Skrupel hin gesagt. Er legte Wert darauf, jedem unter die Nase zu reiben, dass Wowereit »von Haus aus nichts als« Schulrat gewesen sei: »Wirst sehen. Dann ist alles in gebutterter Hierarchie.«

»Also gut.«

Anja Miljes zog Strumpfhose und Slip aus und stieg in die Pumps, die sie in der untersten Schreibtischschublade neben einem zusammengerollten Handtuch verwahrte.

»Von hinten«, hörte sie ihn schnaufen. Sie breitete das Handtuch aufs Couchende, schob den Rock hoch und kniete sich vor ihn. Der Druck zur Schnelligkeit hatte etwas, und in der Stellung musste sie ihn nicht sehen, was manchmal ablenkte. So war jeder für sich. Lange hielt er meist nicht durch, aber lange genug. Während er neben dem Ficus Benjamin stand, ihren Hintern mit Händen und Lippen liebkoste, sein typisches Schnaufen anschwoll und er sich schließlich in sie hineinschob, schaute sie auf den chromblinkenden Fuß von MDs Drehstuhl. Was, wenn MD darauf säße, am Schreibtisch, mit dem Rücken zu ihnen, um sich im entscheidenden Moment umzudrehen und zu sagen: »Frau Miljes! Ich habe gar nicht gewusst, was in Ihnen steckt.«

»Jetzt aber aufi. Handtuch und los, Herr Schulrat.«

Anja schloss die Tür zum Sekretariat wieder auf. Schwer atmend warf sich Pönsgen auf die Couch.

»Ein alter Mann ist kein D-Zug. Bring mir noch einen Kaffee und sei dankbar für die Abwechslung.«

Wenn MD jetzt überraschend käme, würde sie sagen, dem Schulrat sei nicht gut gewesen. Ja, sie war dankbar. Ihm und ihrem Schicksal, das ihr zu den Maisfeldern der Ehe eine Wiese wilder Liebe bescherte und als Arbeitsplatz ein Tummelfeld des Lebens. Auf dem Hochplateau ihrer Krise war MD einmal stark berlinernd morgens angekommen: »Melde mir zurücke uff die Rennebahn.«

Anja öffnete das Fenster: Hinaus mit dem Duft der Lust. Und auch mit ihm. Sie reichte Pönsgen einen Kaffee:

»Bis Dienstag zu Leda und der Schwan.«

»Eine Altphilologin als Chefin zu haben poliert doch wie von selbst deine Bildung auf, Anja. Ich bin entzückt. Richte MD aus, ich sei untröstlich, sie nicht noch einmal gesprochen zu haben, und bestehe auf dem Italiener. Irgendwann.«

Deine Bildung. Anja sah ihm nach. Alles in gebutterter Hierarchie. Dafür würde er noch büßen.

Marie Baumgarten: War sie es?

Noch drei Lieder. Marie Baumgarten schaute auf den kleinen Programmzettel, den ihr eine Schülerin in die Hand gedrückt hatte, und dann in die Runde. Eine altmodische Aula war es; unerwartet, dieser ehrwürdige Raum. Wahrscheinlich hatte man die modernen Schulgebäude um alte herumgebaut, diese Aula und das wie aus der Zeit gefallene Lehrerzimmer, einen dunklen ovalen Raum mit einem meterlangen Holztisch in der Mitte und bleiverglasten Fenstern: »Früher hat das ganze Kollegium hier hineingepasst!«, hatte die Leiterin des Fachbereichs Fremdsprachen gesagt. Das musste ewig her sein. Es wimmelte von Schülern und Lehrer.

Wenn man die Stühle nicht in einem Halbkreis um den Flügel gestellt hätte, wären sie als kleine Schar in dem Saal untergegangen, die vier Neuen, zu denen sich einige Kollegen, der graumelierte Schulrat Pönsgen und natürlich die Direktorin gesetzt hatten. Auf der Bühne neben den Schülern standen vier kleine Blumensträuße, einer neben dem anderen, ebenso verloren wie sie; bestimmt bekamen die Referendare die Blümchen nachher zum Empfang überreicht. Eine nette Geste. Gut, dass sie in letzter Sekunde an diese Schule geordert worden war und nicht an das Sportgymnasium musste, wo die Schüler bestimmt lieber Fußball spielten als Vokabeln paukten.

Wie frisch der Unterstufenchor sang. Herbert wäre begeistert: »Ach, die jungen Stimmen!« Wie versessen er auf Jugend war! Dabei sangen einige Alte in seinem Chor besser als sie selbst mit ihren siebenundzwanzig Jahren. Programm, Blumen, Reden – eine richtige Empfangsfeier wurde ihnen bereitet, während das Einstellungsgespräch bei dem redseligen Schulrat, der sich ständig selbst das Stichwort gab, mehr als nüchtern verlaufen war. Entsprechend hatte sie mit einem ersten Schultag gerechnet, an dem man ein abgelegenes Sekretariat finden musste, dort einen zerknitterten Stundenplan in die Hand gedrückt bekam und losgeschickt wurde, in labyrinthischen Gängen sich die verschiedenen Fachbereichsleiter zusammenzusuchen. Stattdessen hatte ihnen die Sekretärin als erstes einen höchst nützlichen Laufzettel ausgehändigt, mit den Namen der drei Mitreferendare darauf samt Mailadressen, Fachkombination und Ausbildungsseminar. Dazu Termine für Erstgespräche mit den Fachleitern. Mit Treffpunktangaben und einem Grundriss der Schule. Alles gut durchdacht. Voll durchorganisiert, mit Herz und Verstand! Und wie die Sekretärin sie angeredet hatte: »Eine Russin, ein Schachspieler, ein Deutscher Meister im Reckturnen und ein richtiger Sänger! Da haben wir diesmal einen guten Fang getan!« So persönlich. Eine ungewöhnlich selbstbewusste Dame war diese Frau Miljes. Keine Nullachtfünfzehn-Sekretärin.

Ihr Nachbar zur Rechten musste der Sänger sein. Mit seinem ostentativ umgewickelten Schal fiel er auf. Vielleicht war er sehr empfindlich: eine Art Albino mit heller Haut und weißblonden Haaren, dazu das glatte Gesicht, der hoch erhobene Kopf. »Kammersänger Lukas Rosenwald«, so hatte er sich vorgestellt, mit einer Verbeugung wie auf der Bühne. Wahrscheinlich veräppelte er sich lieber selbst anstatt darauf zu warten, dass die anderen es taten. Gehen wir in den Rosenwald, platzen unsre Hosen bald. Schüler stürzten sich auf so etwas. Es war alles noch nicht so lange her. Seltsam, auf einmal auf der anderen Seite zu stehen. Herbert würde ihr in den Ohren liegen, diesen Lukas für den Chor zu werben. Marie schaute kurz zur anderen Seite: Auch der Turner war leicht zu erkennen, mit Muskelpaketen wie Hambüchen, aber größer als der. Adam Berger, der Name ging glatt durch, und mit dieser Statur würde er Disziplinprobleme locker regeln. Brauchte sich bloß aufzubauen vor den Schülern. Der Mathematiker war unauffällig. Sie seufzte. Beim Durchqueren des vor ihr liegenden Tränentals wäre eine Kollegin angenehm gewesen. So war sie für sich. Eigentlich wie immer.

Ein Madrigal, ein Beatles-Song und jetzt Reggae. Bunte Mischung. Die Frau neben dem Schulrat war also ihre Rektorin; etwas geistesabwesend hatte die gewirkt im ersten Kontakt. Zerstreut. Aber nicht unfreundlich. Keinesfalls besonders formbewusst, auch wie sie jetzt zum Rednerpult ging, mit ihren Jeans und dem schwarzen Jackett. Recht rund, aber nicht plump. Sogar eine Spur flott auf den schicken Schuhen. »Schweinchen auf Rädern«, hätte die Mutter gesagt. Immerhin trug Frau Dr. Dreyer zu ihrer Merkelfigur keine Hosenanzüge.

»Liebe Referendars-Kollegen, ich begrüße Sie herzlich an der Karoline-von-Günderrode-Oberschule. Schule ist Umgang mit Menschen, und zwar mit jungen, und jung sein heißt, sich nach allen Seiten leben wollen. Mit Ihrem Fachwissen eröffnen Sie den Schülern neue Denk- und Fantasieräume, umgekehrt ziehen die Schüler Sie mit ihrem Lebensdrang in unbekannte, manchmal wilde Landschaften. Daraus ergibt sich jede Stunde ein wechselvolles Spannungsfeld. Das fordert viel von uns, vor allem die Kraft, sich infrage zu stellen. Dazu wünsche ich Ihnen Mut und gute Ideen! Lehrer, die sich hinter ihrem Rotstift verstecken, können wir nicht brauchen. Also herzlich willkommen im Praxisschock. Ich mache es kurz wie Dumbledore, den Sie hoffentlich kennen, und nun spricht Schulrat Pönsgen zu Ihnen. Zum Abschluss hören wir noch einmal den Unterstufen-Chor. Und zwar mit einem russischen Lied, und wenn es mit der Aussprache hapert, halb so schlimm, denn wir haben ja jetzt Sie, liebe Frau Baumgarten.«

Marie zuckte leicht zusammen. Wie überraschend, so plötzlich angesprochen zu werden. Und überhaupt: War sie es, oder war sie es nicht? Der Sopran aus dem Chor, der vor einem Jahr so sang- und klanglos verschwunden war? Kurz nachdem Herbert und sie zusammengekommen waren? Sie selbst war damals ganz neu im Chor gewesen. Dr. Dreyer. Ein Vorname stand nicht auf dem Zettel. Melissa hatte der Sopran geheißen. Herbert war per Du mit ihr gewesen und hatte den Namen immer wieder erwähnt. Ihr Verschwinden hatte ihn verstört. Dass sie nicht auf Mails reagiert, das Telefon nicht abgenommen habe: »Gespenstisch. Man geht doch nicht einfach so.« Diese Frau Dr. Dreyer hier machte dagegen nicht den Eindruck, als ob sie sich leisetretend aus Konflikten schlich. Gegen ihre Ansprache fiel der Schulrat mit seinem Bildungsgelabere ab. Non scholae sed vitae discimus. Du liebe Güte.

Für Maries Geschmack hatte Herbert damals seltsam panisch reagiert: »Pass auf, die entvölkert mir den ganzen Chor.« Aber natürlich waren alle geblieben, sogar Adelheid, die Busenfreundin dieser Melissa. Keiner konnte sich einen Reim auf das Verschwinden machen, dennoch war Herbert der Sache nicht auf den Grund gegangen. Was regelrecht auffällig war, denn es beschäftigte ihn immer noch. Neulich war er aus einem Traum hochgefahren, hatte ihr dabei einen Stoß mit dem Ellenbogen versetzt, dass sie unsanft wach geworden war; sie hatte ihn »Melissa« stammeln hören. Morgens hatte er sich nur daran erinnert, dass die Verschwundene als Leiche in seinem Kofferraum lag. »In deinem Cabrio? Wo kaum eine Kiste Bier hineinpasst?« Sie hatte ihn aufziehen wollen, aber er hatte nur geistesabwesend genickt und unvermittelt erzählt, Melissa sei einmal gegen die Glastür am Gemeindesaal gelaufen. Es habe ausgesehen wie ein Slapstick. Alle hätten gebrüllt vor Lachen, bis sie sich langsam umgedreht habe. In mehreren Rinnen sei ihr Blut übers

Gesicht gelaufen und auf eine helle Bluse getropft. »Hör auf! Das ist gruselig.« Herbert hatte Marie so verstört angesehen, dass sie gefragt hatte: »Sag' mal, hattest du etwas mit ihr? Dass dich ihr Weggang so verunsichert?« Er hatte kaum aufgesehen, den Kopf geschüttelt und gemurmelt: »Sie hat mir Register gezogen.«

Marie seufzte. Wie sie selbst es auch musste. Was er bloß mit dem Registrieren hatte. In der Überfülle ihrer Verliebtheit hatte sie zunächst nichts dagegen eingewendet. Aber es war doch absurd zu erwarten, dass sie mitten im Staatsexamen abends stundenlang neben ihm an der Orgel hockte. Egozentrisch hoch fünf, dass er darauf beharrte. Überhaupt: Was sie für Kraft aufwenden musste gegen ihn! Jetzt, nach bestandener Prüfung, sollte sie wieder mit dem Registrieren anfangen, wo jeder wusste, dass das Referendariat die Oberstresszeit im Leben jedes Lehrers war. Aber da half kein noch so gutes Argument. Er hatte ein Feuerwerk von Gründen und Bitten abgeschossen, schnell und hart wie Raketen waren die dahergekommen, teilweise gar nicht verständlich. »Wenn ich dich nicht überzeugen kann, dann bitte akzeptiere einfach, dass ich das nicht kann«, hatte sie schließlich den Streit beenden wollen. Es hatte aber nichts gefruchtet: »Warum denn nicht? Es ist so schön, schön, schön abends in der großen Kirche ...« »Die Prüfungsnote entscheidet über meine späteren Berufschancen.« »Deine größte Chance bin ich.« »Ja. Aber das liegt auf anderer Ebene.« Immer kühler war sie geworden: »Für mich ist es vertane Zeit, wo ich jede Minute brauche.« »Wie kannst du das sagen! Es ist erfüllte Zeit. Du könntest dich ausruhen. Entspannen.« »Entspannen? Die Noten zu verfolgen ist anstrengend! Im Gegensatz zu dir bin ich kein Musiker.« »Das war Melissa auch nicht.« »Ich bin nicht geübt genug dafür.« »Du musst nur das tun, was ich dir aufschreibe. Ich gebe dir Zeichen.« »Nachher mache ich Fehler. Ich kann das nicht.« »Dann traust du mir nicht.« »Du hast auch

Angst vor Fehlern, wenn du englisch sprechen sollst. Das hast du neulich selbst gesagt.«

Wochenlang hatte er darauf herumgehackt. Morgens, mittags, abends. Mitten im Essen. Beim Sex: »Versuchst du es doch noch einmal mit dem Registrieren? Einmal. Bitte, bitte, bitte.« Wie ein Kind! Da brach einem im Nachhinein noch der Schweiß aus.

Jutta aus dem Alt war schließlich die Rettung gewesen. Die auch im Tenor immer aushalf und offenbar alle Zeit der Welt hatte. Ganz von sich aus hatte sie es eines Sonntags nach dem Gottesdienst angeboten, als hätte sie an der Tür gelauscht. Es war die ideale Lösung. Seither hatte Herbert in punkto Registrieren Ruhe gegeben: »Die gute Jutta. Werd' aber du nicht eifersüchtig.« Eifersucht hatte er sich von Anfang an verbeten: »Alle im Chor müssen mich lieben. Nur dann singen sie gut. Das darf dich nicht stören.« Gottseidank neigte sie nicht dazu. Jutta war so anziehend wie ein Seeigel. Ob sie den Orgelklang oder Herbert liebte, war schon schnurz, Hauptsache, Marie hatte mehr Zeit für sich. Diese glatte Gleichgültigkeit war Herbert allerdings auch wieder ein Dorn im Auge. Nun, wenn das Referendariat vorbei wäre, würde sie Jutta einmal einladen. Sich bedanken. Vielleicht auch von Frau zu Frau einmal zwischendurch. Sie ein bisschen aushorchen, was da abends ablief.

Wie die Rektorin dasaß mit ihrem runden Kurzhaarkopf, die Hände auf die prallen Schenkel gelegt, der Gesichtsausdruck freundlich-neutral, wirkte sie ruhig wie ein Buddha. Undenkbar, dass eine Frau wie sie Herbert auf Zuruf bereitgestanden hatte. »Man kriegt es auch alleine hin«, hatte der Vater trocken bemerkt, als sie zu Hause von dem Streit erzählt hatte. »Es kommt auf die Orgel und auf das Stück an. Man muss natürlich gut organisiert sein.« Es hatte unabweisbar kritisch geklungen. Wahrscheinlich hatte er die Gelegenheit genutzt, sich über Herbert zu erheben wie über jeden Mann, der für seine Tochter infrage kam. Dabei sollte der Vater, der über zweistimmige Inventionen nicht hinausgekommen war, den Mund besser nicht so vollnehmen. Wahrscheinlich provozierte ihn, dass die Mutter von Anfang an auf Herbert geflogen war: »So ein Charme. So eine Künstlernatur.« Zu solchen Sprüchen hielt der Vater seine Züge nur mühsam unter Kontrolle. Bei Herberts Besuchen schwieg er sich aus bis zur Unhöflichkeit. Nach Weihnachten hatte sie ihn konfrontiert: »Was hast du gegen ihn?« »Ich akzeptiere deine Wahl. Auch wenn du für meinen Geschmack etwas voreilig warst«, hatte er schließlich gesagt. »Ich kann nicht beurteilen, was er wirklich drauf hat. Du wirst es schon herausfinden und deine Konsequenzen ziehen.« Meine Tochter heiratet keinen zweitklassigen Musiker, war die Botschaft gewesen. Drittklassigen, eher.

Hätte er Herbert auch nur ein einziges Mal im Chor erlebt, würde er anders denken. Würde ein Stümper stundenlang üben? Das hätte sie sagen können, hatte es aber auf sich beruhen lassen. Sowieso würde keiner je Gnade vor den väterlichen Augen finden. Dabei bereitete Herbert seine Chorproben mindestens so minutiös vor wie der Vater seine Expertisen. Sie seufzte. Genauso würde sie jetzt an ihren Vorführstunden basteln müssen. Ein Grauen, diese Stunden, wo die Seminarleiter und die Rektorin aufgereiht hinten im Klassenraum saßen und zuschauten, wie man sich mit dem Unterrichten abmühte. Ob die Fragen zu schwer oder zu leicht, die Lernziele zu hoch oder zu niedrig, die Methode hilfreich oder verwirrend, ihre Haltung weder überheblich noch zu schülerfreundlich war. Man konnte es nur falsch machen. Register ziehen war ein Kinderspiel dagegen.

Mut. Die Rektorin hatte leicht reden. Garantiert würde sie nach den Prüfungsstunden genau das Pokerface aufsetzen, das sie jetzt zu den Plattitüden des Schulrats zeigte. Und falls diese Frau wirklich Melissa war, müsste Marie sich gut überlegen, wie, ob und wann sie Herbert davon erzählte, dass sie ausgerechnet seine beste Ex-Choristen zur Chefin hatte. Wenn es um etwas ging, das den Chor betraf, ging Herbert auf eine seltsame Art aus dem Leim. In seinem Studium gab es Dunkles, schwierige Erlebnisse; das hatte er einmal angedeutet mit seinem Frag-nicht-weiter-Gesicht. Über seine gesamte Kindheit gab er nur magere Fakten von sich. Und auch nur, wenn sie insistierte. »Mit meiner Vergangenheit bin ich fertig. Seit du da bist.« Solche Antworten verlängerten sich unmittelbar in Umarmungen, in denen alles andere unterging.

Maries Mundwinkel zuckten. Mit Herbert hatte sie zum ersten Mal in ihrem Leben eine Lust entdeckt, in der sie sich verlieren konnte wie in einem mit Blumen bestreuten Bad. Als Kind hatte es sie beeindruckt zu lesen, dass man Rittern Rosen und Heilkräuter in das Wasser gestreut hatte als Balsam für wunde Stellen, die die schweren Rüstungen hinterließen. Wo sie herkam, aus einer Welt nackter Worte, kritische vom Vater, stichelnde von der Mutter, hätte es für ein Kind auch gute Rüstung gebraucht. Man kam aber nicht mit harter Schale auf die Welt. Die musste erst langsam über zig Wortwunden wachsen. Mit Herbert war es ihr erstmals gelungen in einen Raum ungeschützten Austauschs einzutreten. Das mochte das Geheimnis sein, dass der Vater ahnte. Denn dass der Auserwählte seiner Tochter Musiker war, konnte es nicht sein, was den Musikliebhaber an Herbert störte. Auch wenn es an seiner Selbstherrlichkeit nagen mochte, dass er ihm gegenüber Dilettant war und blieb. Nein, der Vater spürte, dass Herbert etwas vertrat, das in seiner Welt nicht existierte.

»Falls wir je ein Kind haben: Knabenchor ist out«, hatte Herbert kürzlich gesagt mit einem merkwürdigen Glanz in den Augen. Abrupt und kalt waren die Sätze herausgekommen. Wie krank hatte er ausgesehen, als ob er plötzlich verfiel. Alles Nachfragen war ihr im Halse steckengeblieben. Sie sollte es nachholen. Nur wie? Es ergaben sich selten Gelegenheiten für ein ruhiges Gespräch. Totschweigen war aber keine Lösung. Jeder hatte Leichen im Keller. Wenn auch nicht unbedingt im Kofferraum. Herbert konnte unerhört wütend werden. Als der Kirchenvorstand letzte Woche die Trinitatismusik gestrichen hatte, war eine halboffene Dose Artischocken an die Wand geflogen. Fast waren ihm die Augen aus dem Gesicht gequollen.

Möglicherweise war er selbst schuld daran, dass diese Melissa gegangen war. Sie hatte vielleicht einfach nur etwas eingewendet, er war ausgerastet, und sie war klug genug zu merken, dass er nicht satisfaktionsfähig war. Unauffällig zog Marie ihr Handy aus der Tasche. Vorhin hatte es nicht so gewirkt, als ob die Dreyer sie erkannt hätte. Wie auch, wenn sie sich nur ein einziges Mal gesehen hatten? Trotzdem: Keiner der Mitreferendare war so persönlich angesprochen worden wie sie. Das war doch auffällig. Sie tippte den Namen ins Smartphone und wartete auf das Ergebnis. Melissa Dreyer. Mit eigenem Wikipedia-Eintrag. Dissertation zur Pfeilsymbolik auf frühen Votivtafeln. Sie war es also. Was für ein verrückter Zufall.

Jürgen Pönsgen: Zu engagiert

MD hängte sich da entschieden zu sehr hinein. Hätte er das Mädchen doch damals an eine andere Schule delegiert. Jürgen Pönsgen seufzte. Es verging kein Tag mehr ohne Samira-Mails. Das artete in Arbeit aus: Gesprächsprotokolle, jetzt dieser Antrag auf Einzelfallhilfe. Du lieber Gott, das Mädchen war blitzgescheit, hatte in kürzester Zeit Deutsch gelernt. Und zwar perfekt. Jetzt zu Englisch und Französisch auch noch Russisch gewählt. Die brauchte keine Hilfe.

Das mit dem Russisch hatte MD schön hinjongliert: In Samiras Stundenplan hätte es nicht mehr gepasst, also hatte MD die kleine Baumgarten bekniet, dass sie am Nachmittag eine Arbeitsgemeinschaft anbot, und wie sollte ihr eine Referendarin etwas abschlagen? Es blieb abzuwarten, wie viele Schüler sich dafür meldeten. Der Verdacht lag mehr als nahe, dass MD die AG nur für Samira eingerichtet hatte; bei weniger als sechs Schülern würde er sie jedenfalls nicht zulassen. Eine Schnapsidee: In so kleinen Gruppen lernte kein Referendar das Unterrichten. Die sollten sich im normalen Schulwildwest behaupten. Hatten außerdem genug zu tun mit ihren Vorbereitungen und Seminaren und den vielen neuen Gesichtern, um nachmittags noch eine Art besseren Nachhilfeunterricht zu geben. Die Baumgarten war sowieso recht zart. Zu fein für die Schule, das hatte er gleich im ersten Moment gedacht, als sie zum Vorstellungsgespräch gekommen war: schmaler Rock, Markenschuhe, feines Make-up. Eltern Diplomaten. Das merkte man eben.

»MD hat Angst, dass die Brüder Samira etwas antun«, hatte Anja kürzlich erzählt. »Am liebsten würde sie sie zu sich nehmen.« So weit kam es noch. Offenbar war Samira die einzige der

Familie, die sich integrieren wollte. Die Mutter sprach kaum ein Wort deutsch, obwohl die Familie bereits vor fünf Jahren gekommen war, der Vater sehr gebrochen, die beiden älteren Brüder hatten ihre Ausbildungen geschmissen. Arbeiteten als Türsteher für einen Club. Man sah sie förmlich vor sich: gegelt, geölt, geschniegelt. Und solche Familien waren nur die Vorhut gewesen, wie man jetzt sah. Vor der großen Flutwelle. In den Baracken hinten auf dem Gelände der Angela-Davis-Schule waren vierhundert Flüchtlinge untergebracht, und MD machte die Pferde scheu wegen einer einzigen Schülerin.

»Woher weißt du das mit dem Zu-sich-nehmen?« »Das stelle ich mir so vor, gesprochen hat sie nicht davon«, hatte Anja vage geantwortet. Möglicherweise hatte MD sich die beiden Burschen höchstpersönlich angeschaut, und Anja wollte davon nichts durchsickern lassen. Auf ihre Chefin ließ sie nichts kommen. Wahrscheinlich machten die Brüder in Drogen.

Neulich war immerhin der Vater zum Gespräch in die Günderrode gekommen. Was aus mehr als einem Grund gut gepasst hatte. Pönsgen schnalzte die Zunge und schloss einen Moment die Augen. Das sollte ihnen mal einer nachmachen! Diese schnelle Nummer auf der Couch, die MD garantiert noch kein einziges Mal genutzt hatte, und sei es für ein Nickerchen. Für Altruisten gab es Schlaf nur nachts, und den meist gestört. Weil ihnen dann einfiel, was sie hätten noch besser machen müssen. Schlaf war für Genießer, die ihr Gewissen trickreich reinlegten.

Er zog die Augenbrauen hoch und schaute in die Akte. Nach MDs detaillierten Aufzeichnungen hatte Samiras Vater zunächst nichts geäußert als »Wir nicht Taliban, wir Flucht vor Taliban«. Im »Schwanenkönig« hatte Anja den Spruch nachgemacht, mit den Augen gerollt und ihr Unterhemd als Kopftuch über sich geworfen. Eine Lachnummer. Viel mehr ließ sich dem Gesprächsprotokoll jedenfalls nicht entnehmen. Auf MDs Fragen wie »Sind Sie stolz auf Ihre Tochter? Sie ist eine meiner besten Schülerinnen und wird später einen sehr guten Beruf ausüben« hatte er geschwiegen. »Nickt«, hatte MD am Rand vermerkt. Was sollte man daraus ableiten? In anderen Kulturen konnte Nicken das Gegenteil bedeuten. Ob der Vater schon einen Mann für sie ausgeguckt habe? Eine Fangfrage natürlich. Geschickt. »Schüttelt den Kopf«. Dann: Samira habe sich selbst festgelegt. Auf einen – Herr Pönsgen schaute in das Protokoll – »Ziad.« Was der beruflich mache? »Handwerker.« »Ja – was für ein Handwerker?« Es war herausgekommen, dass Ziad bei einer Gebäudereinigungsfirma angestellt war: »Hoch oben.« Wahrscheinlich ungelernter Fensterputzer an Hochhäusern.

Alles Schmu. So integriert, dass der Vater von freier Partnerwahl in Deutschland wusste, war er immerhin schon. Gab politisch korrekte Antworten. MD hatte versucht, mehr aus ihm hervorzulocken, auch über seine eigene Vergangenheit, aber nichts erreicht. Das habe er alles schon damals bei der Asylbeantragung erzählt, er wolle nicht mehr im Alten herumrühren. Guter Deutscher sein und aufs Neue schauen. Seine kleinen Kinder sprächen schon deutsch. Samira unterrichte sie alle und sei sehr streng. Was dieses Mädchen absolvierte! Davon konnten sich die deutschen Smartphone-Teenies eine Scheibe abschneiden. MDs Drängen, Samira brauche eine psychologische Betreuung; was sie auf der Flucht erlebt habe, mache sie krank, war ins Leere gelaufen: »Samira ist gesund, ist gut, nix brauchen.« In Klammern hatte MD eingefügt: »mit erhobener Stimme; abweisend«.

MD hatte aber darauf bestanden, dass Samira in eine Art Klinik müsse, damit sie besser esse, Ruhe habe und sich erhole – damit war wohl die therapeutische Wohngemeinschaft gemeint, die sie für das Mädchen ausgeguckt hatte. Wie blauäugig konnte man sein! Mit so etwas konnte man einem Großfamilienverband nicht kommen. Der Vater hatte denn auch den Kopf geschüttelt und »Samira nicht weg von Familie« gemurmelt. Ein Tauziehen hatte begonnen, ziemlich raffiniert war MD vorgegangen, das musste der Neid ihr lassen. Hatte die hanebüchenen Äußerungen des Vaters pariert, ihm klargemacht, wer Gutes für seine Kinder wolle, müsse zustimmen, was er dann schließlich auch getan hatte (»Vater nickt«), oder sollte man sagen: hatte eine Äußerung aus ihm herausgekitzelt, die – bei gutem Willen! – als Einwilligung angesehen werden konnte: »Wenn sie Wochenende zu Familie kommt.«

Pönsgen schloss die Akte. War das alles klug? Entfremdete MD das Mädchen nicht zu sehr der Familie? Schürte den Neid der Brüder, die Ängste der Eltern? MD hatte ihm gegenüber eine Traumatisierung Samiras erwähnt. Aber nicht, was ihr wo und wie passiert war. Selbst Anja hielt da dicht. Falls sie überhaupt etwas wusste. Was dieses Mädchen wirklich erlebt hatte, darüber wurde geschwiegen. Die Sache war unangenehm. Andererseits musste man seit dem Fall Sürücü wirklich aufpassen. Mit einem Ehrenmord in seinem Schulbezirk wollte er sich nicht in den Ruhestand verabschieden. Auf den ja sein Leben zusteuerte wie eine Stahlschaluppe auf den Magnetfelsen.

Pönsgen lehnte sich im Stuhl zurück und starrte aus dem Fenster. Seine Manpower war ungebrochen, in jeder Hinsicht, wie Anja vor jedem Gericht beschwören könnte. Was hoffentlich nie nötig werden würde, weder getrommelt noch gepfiffen. Absurd, diese Guillotine der Pensionierung. Die genau am 14.7. in vier Jahren fallen würde und ihn, ein funktionierendes Haupt, von seinem Tätigkeitsbereich trennen, dem er sich körperlich verbunden fühlte. In jeder Hinsicht. Dass man sich seiner Erfahrung nicht bedienen wollte, war eine dieser staatlich angeordneten Vergeudungen. Vielleicht war die neue Flüchtlingswelle eine

Chance. Man brauchte jeden Mann. Sonst blieb nur Reisen und Rentnerei. Den ganzen Tag zu Hause an der Schrankwand? Danke ab, oh Schwanenkönig.

MD dagegen konnte noch lange schalten und walten, die Gute. Zehn Jahre jünger als er, alleinstehend, geschieden, gesund. Ob sie sein Amt übernehmen würde? Es überhaupt anstreben? Wahrscheinlich wollte sie mehr praktische Gestaltung. Schon bald nach der Eheschließung hatte sie sich scheiden lassen, Paradebeispiel einer kernigen Konsequenz, die sie im Schulleben allerorten zeigte. Aus ihrer kurzen Ehe gab es einen Sohn, wie er aus ihren Papieren wusste. Anja behauptete, der Sohn sei Ingenieur und fliege von einer Ölplattform zur anderen, lebe in Norwegen. Wahrscheinlich Statoil. Unverheiratet. Warum sich MD nie wieder gebunden hatte, der einzige Sohn so weit weg – man verstand es nicht. So musste sie ihre überschüssigen Kräfte in die Schule und die Integrationsarbeit ableiten, die bei ihm, Pönsgen, anderswohin flossen. Dass MD einen Partner verbarg, würde nicht zu ihr passen. Außerdem wäre Anja schon längst dahintergekommen. Vor ihr verbarg man nichts Wesentliches.

»Eine einsame Frau«, hatte er neulich im »Schwanenkönig« gesagt. »Quatsch«, war die Reaktion gewesen. »Sie spielt Tennis und singt im Chor. Hat eine tolle Stimme.« Mit dem Tennisschläger in der Hand und kurzen weißen Hosen war MD schwer vorstellbar, aber vermutlich er mit Angelgerät inzwischen ebenso wenig.

MD hatte Mann und Sohn verlassen, er war bei Eva geblieben. Nach Johanns Tod war es schließlich nicht anders gegangen. Ein gemeinsames Kind verband, ein totes noch mehr als ein lebendes. Und Radikalität passte nicht zu ihm. Was passte überhaupt? Anders als MD hatte er keine Lust zur Ausländerintegration. Nichts als Beschäftigungstherapie für alternde Gutmenschen war das. Was ihn erwärmte, war Anja, und dann erst einmal gar nichts. Und wenn er das Angeln je wieder aufgriffe, dann nur hochseemäßig. Wie damals, als er noch Meeresbiologe werden wollte.

Wieder blickte Pönsgen auf die Akte. Also gut. Er sollte ein offenes Wort mit MD reden. Was sie wirklich bei Samira befürchte. Mit ihr beraten, was man präventiv tun könne. Er konnte sie damit nicht alleinlassen. Als ehemaliger Pfadfinder. Aber dann Schluss damit.

Anja hatte recht: An sich musste MDs Single-Status nicht mit Einsamkeit vergesellschaftet sein. Komisch, dass er das immer so sah. Andersherum wurde eher ein Schuh daraus: Er war einsam, obwohl er zwei Frauen hatte. Die eine für Tatort, die andere fürs Bett. Was schließlich der beste Tatort der Welt war. Aber im Grunde bräuchte er noch eine. Vielleicht steckte das hinter der orientalischen Haremsidee. Von Muslimen lernen war das Gebot der Stunde. Wer ein breites Spektrum hatte, kam mit einem Gegenüber nicht aus. Vor allem, wenn das Gegenüber so wenig wollte wie Eva und nur das eine konnte wie Anja. Jemand wie die kleine Baumgarten, die ihn perfekt ergänzen würde, das wär's für ihn. Diese fragile Schönheit in die Oper ausführen, auf die Salzburger Festspiele, mit ihr in die Scala fliegen. Nach Wien ins Burgtheater. Dafür würde er sich direkt vorher mit den aufgeführten Stücken beschäftigen. Angeben und dann anstoßen mit Champagnerkelchen auf nächtlichen Terrassen. Sich offenbaren mit seltsamen Sehnsüchten. Ausgesuchten Schmuck verschenken. Seidentücher. Parfüm. Das ginge auch bei Anja, aber sie konnte es nie mit ihm ausführen, und das schmälerte die Sache denn doch.

Eine ferne und dadurch nahe Geliebte. Wie einst Beate. Pönsgen trat ans Fenster. Lange hatte er nicht mehr an sie gedacht. Beate, die Besondere, die Schulsprecherin aus dem Jahrgang über ihm, dreizehnte Klasse, wie sie es heute nicht mehr gab. Beate aus einer anderen Zeit. Ihretwegen war er in die Schülerselbstverwaltung eingestiegen. Wo er sich gar nicht schlecht gemacht, es auf Anhieb zu ihrem Stellvertreter gebracht hatte. Alhambra Lichtspiele. *Das Schlangenei*, ein Film, den er extra ausgesucht hatte, weil er gehört hatte, sie liebe Bergmann. »Lass uns einen trinken«, hatte er hinterher gesagt, »den Film besprechen.« Sie war ungewöhnlich schweigsam gewesen, vermutlich, um ihn kommen zu lassen. Da er sich vorbereitet hatte, hatte er den Film lässig in Bergmanns Schaffen eingeordnet, dann aber nicht mehr gewusst, was er dazu sagen sollte. Ein dummes Schweigen hatte sich ausgebreitet. Bis heute hasste er solche Gesprächspausen. Er hatte nicht zu fragen gewagt, was sie denke. Plötzlich war sie aufgestanden: »Wir lassen es besser bleiben.« Kühl. Unbeteiligt. »Warum, wieso?«, hatte er gestammelt. »Weil du dich nicht traust, du selbst zu sein«. Er war ihr nachgelaufen, hatte sie im Torweg gestellt, an die Wand gedrückt und gekeucht: »Los, erkläre das.« Ganz ruhig hatte sie gesagt: »Du meinst, es kommt drauf an, den Längsten zu haben. Was ist deine persönliche Meinung zu dem Film?« »Dass Bergmann Mozart geliebt haben muss. Er hat die Oper abgefilmt.« »Aber warum?« »Sag' du mir's doch!« Obwohl er sie an die Mauer gedrückt hatte, hatte er mit dem Rücken zur Wand gestanden, nicht sie. »Weil es heute noch so ist wie damals. Das hat Bergmann begriffen, aber du nicht. Wenn du heiratest, heißt deine Frau Pönsgen, oder?« Er hatte albern genickt. Natürlich würde sie dann Pönsgen heißen, wie denn sonst? Was hatte das mit dem *Schlangenei* zu tun? Bis heute hatte er das nicht enträtselt. War aber auch nie wieder hineingegangen. »Du findest es selbstverständlich, dass deine Frau für dich ihre Identität aufgibt. Deinen Namen trägt. Und das meine ich. Du denkst nicht selbst. Du bist gut im Nachplappern, darin übertriffst du sogar andere. Aber du bist nicht du selbst.«

Alberne feministische Tusse. Und doch kam es wieder und wieder hoch. Wie ein Holzstück, das, unter Wasser gedrückt, immer wieder an die Oberfläche poppte. Sein ganzes Leben lang. Auch vor der Hochzeit hatte er daran gedacht. In einem schwachen Moment Eva gefragt, ob sie nicht lieber ihren eigenen Namen behalten wolle. Heute war das selbstverständlich. Damals gaben Männer ihre Namen höchstens für einen Adelstitel auf. Gottseidank hatte sie nicht gewollt. Weil er sich eben eine Frau ausgesucht hatte, die so etwas nicht anstrebte. Wenn Beate ihm doch eine Chance gegeben hätte.

»Werde, der du bist«, darüber war neulich auf der Pensionierungsfeier eine Rede gehalten worden. Sehr philosophisch, nicht zu verstehen. Man war, wer man war. Aus seiner Haut kam keiner heraus. Bei solchen Gelegenheiten spürte er, dass ihm Entscheidendes fehlte. »Mit deinem Schwafeln wirst du MD nie herumkriegen«, hatte Anja kürzlich gesagt. »Die Einzige, die ich herumkriegen will, bist du.« Er hatte es weggewitzelt, aber es stach immer noch. Er musste schwafeln, weil er keine andere Waffe hatte gegen ein Schweigen, das ihn außer Gefecht setzte, gefühlt von allem Lebensanfang an. Das ihm sagte: »Was bist du denn für einer?« Trotzdem. Bei so jemandem wie der kleinen Baumgarten würde er sich anstrengen, sie zu gewinnen. Aber wie? Er trommelte mit den Fingern an die Scheibe. Mehr als doppelt so alt war er als sie. Es war vorbei.

Anja Miljes: Wenn nicht, dann nicht

»Haben Sie übrigens gewusst, dass Frau Baumgarten in Ihrem ehemaligen Chor singt?«, fragte Anja Miljes durch die halboffene Tür. Diese Art der Kommunikation zwischen Vorzimmer und Rektorat hatte sich über die Jahre eingebürgert: Kam eine Antwort, war ein Plausch genehm. Wenn nicht, eben nicht. Man stand nicht auf dazu, allerhöchstens trat man einmal in den Türrahmen. Wie man sich nachbarschaftlich etwas über den Zaun zurief beim Unkrautjäten.

Anja hörte MD in dem ersten von Frau Baumgarten korrigierten Klausurensatz des Russisch-Grundkurses blättern, den sie ihr am Morgen hingelegt hatte. MD hatte klare Ansichten dazu, wie Klassenarbeiten zu korrigieren waren, und überprüfte bei jedem Neuen, ob er zu viel oder zu wenig anstrich, nur eine Fünf unter die Arbeit schrieb oder Kommentare verfasste. Das Sachliche überließ sie den Fachleitern, das Menschliche nicht, wovon mancher Referendar ein trauriges Lied zu singen wusste. »Was wissen Sie über Karoline von Günderrode?«, hatte MD vor längerer Zeit einen jungen Mathematiker gefragt und in sein Gestotter den Satz platziert: »Schule ist mehr als Binomische Formeln.«

»Na, so was.«

Aha. Desinteresse. Auffällig betont. Das Chorthema war also immer noch heikel. Nun gut, es war ein Versuchsballon gewesen; dann blieb er eben unten. Vor der Krise war MD der Dienstagabend heilig gewesen. Der Chorwechsel hatte wohl zu MDs Neustart gehört: kein Alkohol, Alltagsklamotten, Samira, donnerstags statt dienstags singen. Wahrscheinlich beschwor die pure Erwähnung des Chors unangenehme Erinnerungen herauf.

Ordner auf, Ordner zu. Klick und fertig. Die am unteren Ende hefteten Akten ein, die am oberen zeichneten sie ab. So war das. Hier wie am harmlosen Thema Chor war die Asymmetrie ihres Verhältnisses wieder einmal mit Händen zu greifen. Das ein Arbeitsverhältnis war und offenbar für immer bleiben sollte. Ein dienendes. Auch wenn es nachbarschaftlich daherkam, wenn vieles locker besprochen wurde: MDs Tennistrainer duschte zu wenig, aber konnte Rückhand beibringen wie kein anderer. Wohin per Fahrrad in Brandenburg? Und natürlich Kochrezepte. Blumentipps. Aber auch wenn unzählige Stauden in befeuchteten Plastiktüten vom Miljesschen Schrebergarten in die Muttererde des Dreyerschen Grundstücks wechselten und wenn MD sich ehrlich dankbar zeigte für schöne Fahrradtouren: Auf eine einfache Rückfrage wie »Und wie war's in Chorin?«, »Sind die Japananemonen angegangen?« holte man sich stummes Schulterzucken ab. Am meisten Echo gab es auf Rezepte. MD machte keinen Hehl daraus, Küchenflüchter zu sein. Von der Existenz ihres Sohnes hatte Anja durch den Stoßseufzer »Was soll ich ihm bloß auftischen?« erfahren. Alles in allem ergab das eine gute Menge Redestoff, der sich weich um harte Abwimmelungen legte, die einen dahin zurückbrachten, wo man herkam: nach unten.

Anfangs hatte sich Anja schwer vergaloppiert. Als sie MD naiv gefragt hatte, ob in ihrem Chor noch Bedarf sei für Altstimmen. Sie, Anja, würde auch gern einmal wieder »irgendwo mitsingen«. Es war noch der Dienstagschor gewesen. MDs Gesichtszüge waren schlagartig eingefroren, und parallel dazu war Anja das heiße Rot den Hals hinaufgeflammt. Die Beziehung endete eben am Schulzaun, eigentlich schon außerhalb der Zimmerwände auf dem großen Flur. Ob MD sie bei Lidl überhaupt erkennen würde, stand doch sehr infrage. Damals hatte Anjas Wunsch nach mehr MD wie ein hilfloser Besucher nackt und unbeholfen im Raum gestanden. Sie waren beide nie darauf zurückgekommen. Noch ein zweites Mal hatte sich Anja fast um Kopf und Kragen geredet: »Stellen Sie sich vor, ich habe heute Nacht im Traum mit Ihnen ein Duett gesungen. Ave Maria. Sie im Sopran, ich im Alt. Sie haben nebenher noch ein ganzes Orchester dirigiert.« Es war im ersten Jahr ihrer Zusammenarbeit gewesen. Kurz nachdem die Probezeit vorbei gewesen war und sie von MD diese Bombenbeurteilung bekommen hatte, die sie in Sicherheit gewiegt, geradezu blind gemacht hatte: *»Frau Miljes wendet sich allen in der Schule vertretenen Individuen, seien es Lehrer, seien es Schüler, seien es Reinigungskräfte, mit echtem Interesse, absoluter Zuverlässigkeit, hohem Arbeitstempo und loyaler Menschlichkeit zu und hat innerhalb kürzester Zeit zu Recht eine hohe Vertrauensstellung errungen ... Mir persönlich erscheint sie die ideale und noch dazu sympathische Person auf einem anspruchsvollen, mühsamen Posten.«* Noch dazu sympathischen. Das hatte alles getoppt. Die Beurteilung war ihr wie Butter heruntergegangen. Sie hatte sie zu Hause so oft vorgelesen, bis ihr Mann gesagt hatte: »Soll ich dir die Sätze rahmen? Und übers Bett hängen?«

Manches wusste man erst, nachdem man in den Fettnapf getreten war. Damals hatte sie andauernd von MD geträumt. Aus heutiger Sicht war es vertrauensselige Kindlichkeit gewesen anzunehmen, sie mache ihr eine Freude mit dem Dirigentenkompliment. Wenn jemand nicht auf Schmeichelei stand, dann war es MD, die so etwas wie eine zu süße Nachspeise zurückwies. Natürlich stilvoll. Pianissimo. Durch federleichtes Fallenlassen des Themas. Jürgen konnte ein Lied davon singen, aber an seinem dicken Schulratsbauch prallte das ab. Schien es abzuprallen. Als sie neulich seinen Hang zum Salbadern kritisiert hatte, hatte er geschluckt. War auffällig still geworden. Bis sie ihn gekitzelt hatte.

Drehstuhl-Knatschen aus dem Rektorenzimmer:

»Haben wir noch Nescafé?«

Anja sprang auf. Also doch ein Pläuschchen gefällig? Um diese Zeit war das Caro-Nes-Gemisch, mit dem MD ihren Kaffeekonsum regulierte, normalerweise noch nicht dran. Anja unterbrach das Einheften der Zeugniskopien und setzte den Wasserkocher in Gang. Wie man empfindlich wurde füreinander.

»Hat Frau Baumgarten Ihnen das selbst erzählt?«

Der Kaffee im Becher schwappte über, als ihn Anja auf MDs Schreibtisch stellte.

»Nein«, sagte sie so sachlich wie möglich, »ich habe sie da gesehen«.

Schnell zog sie ein Papiertaschentuch hervor und wischte auf der polierten Oberfläche herum.

»Ah. Und wie fanden Sie das Konzert? Hat es Ihnen gefallen?«

»Unbedingt! Ich war mit einer Freundin da, die jemanden aus dem Chor kennt ...«

Leise schloss Anja die Tür hinter sich und atmete aus. Gut, dass das Telefon gegangen war. Womöglich hätte MD noch mehr gefragt, und sie wäre in Teufels Küche gekommen. Kurz entschlossen hängte sie den Zettel »Gleich wieder da« an die Tür und wandte sich Richtung Lehrertoilette. Drehte vorher ab und ging zum Ausgang. Luft schnappen, allein sein. Unerwartet war der Kelch der Verlegenheit mit Glück aufgefüllt worden. MD fragte nach ihr, ihrem persönlichen Eindruck, ihrem Geschmacksurteil; nicht nach der Baumgarten! Ob da eine Kollegin mitsang, interessierte sie gar nicht! Anja lächelte die Straße hinauf und hinunter. Offenbar hatte sie übertrieben, hatte um das Chorthema ein Hirngespinst gelegt, sich verschätzt. Es war gar nicht tabu, ganz selbstverständlich fragte MD nach ihrer,

Anja Miljes, Meinung. Wie sie eine Kollegin fragen würde. Oder eine Freundin.

In Wahrheit war sie MD hinterhergelaufen. Nichts Freundin, nichts Konzert, es war ja alles erstunken und erlogen. Sie hatte dahin gewollt, wo MD so lange so gerne gesungen hatte. Wo ihr Platz nun leer war. Ihre Nähe gesucht, indem sie sich auf den verwaisten Stuhl setzte. Anja schüttelte den Kopf: Vor dieser kläglichen Wahrheit biss die Maus keinen Faden ab, und Gottseidank war das nicht herausgekommen. Als sie bei der Probe die Baumgarten gesehen hatte, hatte sie einen Schreck bekommen: Was, wenn Frau Baumgarten MD erzählte, dass ihre Sekretärin in ihren Fußstapfen wandelte? Schon deswegen hatte sie es ansprechen müssen. Als Peinlichkeitsprophylaxe. MDs Annahme, dass sie sich ein Konzert angehört hatte, war die Rettung gewesen.

Wie kompliziert konnte das Leben sein. Die Wahrheit wäre so einfach. Anja Miljes sah auf das Glyziniengestrüpp, das sich um das Erkertürmchen der Schule rankte. Die Pflanze war das erste gewesen, was sie damals vor ihrem Bewerbungsgespräch gesehen hatte. Als sie von der U-Bahn aus direkt auf den Erker zugelaufen war, hatte sie sich an dem Satz festgehalten: Blauregen bringt Segen! Und so war es auch gekommen. Sie hatte eine Chefin, die wissen wollte, was sie über wichtige Dinge dachte. Sie ins Vertrauen zog. Übrigens war Frau Baumgarten sehr nett gewesen. Hatte ihr ein Zeichen gemacht zu bleiben und gefragt, wie das Vorsingen gelaufen war. Als Anja ihr gesagt hatte, dass sie sich doch nicht getraut habe und noch überlege, hatte sie gelacht. Herzlich und spontan war sie, eine besondere Erscheinung mit den geröteten Wangen in dem dunklen Habit. Jung und zart. Hoffentlich setzten die Schüler ihr nicht zu sehr zu. Dann war der Dirigent gekommen, hatte sie umarmt und herumgewirbelt, alle hatten gelacht, es hatte ein großes Gewimmel gegeben, und sie war unbemerkt aufgebrochen.

Unbegreiflich, wieso MD, die auf Qualität Wert legte, dort ausgetreten war. Ein netter Dirigent, ein Chor, der gut sang, eine freudevolle Atmosphäre. Nach Hause war Anja einen Umweg geradelt, dass die Aufregung sich legte, aber stattdessen war sie immer mächtiger geworden. Aus dem Nichts hatten sich Erinnerungen vorgedrängt, von ihrem Vater mit seiner schönen Stimme. Wie er kreuz und quer Schlager gesungen hatte – selbst wenn er besoffen war, hatte es noch gut geklungen. Erst später, in der Arbeitslosigkeit, war er verstummt. Suff statt Singen; Rauchen und gereiztes Herumhängen ihre ganze Pubertät hindurch. Als kleines Kind hatte sie oft auf seinem Schoß gesessen, den Kopf an seine Brust gelehnt: »Du brummst, Papa.« »Einmal Lolita – immer Lolita«, hatte die Mutter gesagt, wenn er sie später, als sie nicht mehr wollte, gegriffen und zu sich gezogen hatte. Hatte sie in die Kneipe geschickt: »Geh du, hol ihn nach Hause.« Tolle Wurst.

In ihrer großen Krise war es MD jedenfalls zugutegekommen, dass ihre Sekretärin solche Erfahrungen hatte. Anja Miljes starrte in das Glyziniengeflecht, verschlungen, undurchdringlich. Beim Trinker sah man nur aufs Trinken, nicht auf die Gründe dafür. Irgendwann würde sie MD erzählen, dass sie in ihren Ex-Chor eingetreten war. Im Grunde gut, wie alles gekommen war. Sie war ihr nachgelaufen, ohne dass es jemand ahnte. Und war wie im Märchen hinter einer verbotenen Tür gelandet. In einem Raum, wo alle von dem Mittelpunkt gleich weit entfernt waren. Wie es ihn im Leben selten gab.

Marie Baumgarten: Nicht so schlimm

Es war schneller abgelaufen als gedacht, sie hatte besser abgeschnitten als befürchtet, aber statt sich zu freuen, saß sie hier auf dem Drehstuhl von Frau Giese mit der eingeklemmten Rolle. Fester als fest, matter als matt, mitten im Lehrerzimmer. Großer Gott, dies waren seit langem ihre ersten Stunden Freizeit! Mit einem Fuß brachte Marie den Stuhl in Schwung. Wieso stand sie nicht auf? Draußen schien die Sonne.

Finster starrte sie auf die Bögen mit den Schülerantworten, stand schließlich auf und schob sie in Klarsichthüllen. Gelb für Russisch, rot für Englisch. Gut sortiert durchs Leben, wie der Vater immer sagte. Volle Aktentasche, leerer Kopf. Die erste Lehrprobe lag also wirklich und wahrhaftig hinter ihr. Alle hatten ihr gratuliert, einen schönen Nachmittag gewünscht. Vielleicht kam die Erleichterung noch. Siebzehn Uhr, kein Mensch mehr da. Heute war Freitag, Herbert und sie hatten Konzertkarten, er hatte schon angekündigt, dass es Sekt geben würde, egal wie die Stunde ausgefallen sein würde.

Eines stand fest: Die nächste Vorführstunde würde sie nicht so minutiös vorbereiten wie die erste. Darin hatte Herbert recht: Wie schlecht sie fünfe gerade sein lassen konnte, wie sehr sie auf Perfektion bedacht war. Andererseits wäre sie weniger ausgepowert, wenn er unterstützender wäre. Nicht immerzu seinen Kopf in ihr Zimmer steckte und sie mit seinen Einfällen und Gedanken übersprudelte oder vom Schreibtisch zog, um ihr etwas vorzuspielen, dampfende Kaffeetassen brachte und sich in den Sessel warf: »Wie gern ich dich anschaue!« Immer wurde sie zum Spielverderber. Musste regelrecht beleidigend werden, um ihre Dinge erledigen zu können. Und wenn es ihr gelang, die geschlossene Tür zu ihrem Arbeitszimmer zu verteidigen, spielte er nebenan Klavier. Eine Weile hatte er sich an der wütenden Oktavenetüde von Débussy versucht und wild geflucht dabei; oder er drehte Oratorien auf, die er mitsingend durchdirigierte. Sicher war sie nur vor ihm, wenn er an der Orgel saß. Eine regelrechte Gottesgabe, dass dieses Instrument nicht zu Hause stand.

Marie schaute in den Vertretungsplan. Eingetragen war sie nicht, also hatte sie frei bis zum Montagnachmittag, der Russisch-AG. Die sie kaum vorzubereiten brauchte. Eine Atempause. Alle hatten gewarnt, das Referendariat werde anstrengend, tatsächlich war es mehr als das. Es war alles zu viel. Nur Herbert begriff das nicht. Neuerdings wich sie in Bibliotheken oder zu Freundinnen aus. Sogar zu den Eltern in ihr altes Zimmer, wo einen die Vergangenheit aus Kuscheltieren ansprang. Ruhe ließ sich da auch nicht finden. Es war zum Auswachsen. Und von ihm wegzulaufen keine Lösung. »Setz dich zu mir. Ich koche, du schnibbelst, wir hören Deutschlandfunk. Man kann nicht immer arbeiten. Du verlierst den Kontakt zur Welt, Marie! Von mir gar nicht zu reden.« »Wenn ich mir noch ein einziges Mal die Staumeldungen anhören muss, werfe ich eine Bombe.« Er hatte sie so entsetzt angeschaut, dass sie den Ausbruch sofort bereut hatte. Das war es eben. Er meinte es gut. Wollte ihrer Anspannung etwas entgegensetzen.

Aus heutiger Sicht würde sie dem Vater Recht geben: Das mit dem schnellen Zusammenziehen war zu früh gewesen. Einerseits. Andererseits konnte ihr mehr Spontaneität nicht schaden. Und ab jetzt würde es ja besser werden. Der gute erste Eindruck war zentral bei Beurteilungen: primacy effect! Darüber hatte sie neulich referiert. Der erste Moment bahnte alle späteren Wahrnehmungen. Sogar in Paarbeziehungen. Dem sollte sie trauen! Frau Dr. Dreyer hatte Unterrichtsplanung und Lehrerverhalten gelobt. Vor ihrem Urteil hatte sie am meisten Angst gehabt. Ja, sie kam gut an bei den Schülern. Vor allem bei den Mädels. »We like your dress, Mrs. Baumgarten. Where have you buyed it?«, hatte Sandra zum Schluss gefragt. »Bought«, hatte sie gezwinkert und die Dreyer gegrinst: »Man merkt, dass Sie schon Unterrichtserfahrung haben.«

»Stellen Sie sich gut mit Frau Dr. Dreyer«, hatte ihr der Schulrat vor einiger Zeit zugeraunt, war extra auf sie zugekommen während der Hofpause: »Von ihr hängt Ihre Weiteranstellung ab. Die Stellen werden vom Rektorat angefordert. Ich bin nur ein ausübendes Glied ...« Nach dieser Begegnung hatte sie Herbert endlich erzählt, dass sie an der Schule seines ehemaligen Soprans gelandet war, und ihn mit Fragen bestürmt. Wie er MD einschätze, wie man ihr gefallen könne. »Ach, ja?«, hatte er nur gesagt. »Weiß nicht«. »Du kennst sie doch! Warst traurig, dass sie weg war.« »Kennen ist ein großes Wort. Was willst du genau wissen?« »Ob sie zum Beispiel auf dich einen Groll gehabt hat. Den sie an mir auslassen könnte.« »Auf mich? Einen Groll? Was meinst du denn?« »Na, du musst es doch wissen. Du bist doch der, der sie nachts im Kofferraum herumfährt.« Sein Handy war gegangen, und so war alles stehengeblieben wie so oft: im Ungefähren. Wo jedes Gespräch mit ihm landete. »Bloß nicht reden«, hatte sie einmal ironisch hingeworfen, worauf er sie so befremdet angesehen hatte, dass sie ihn direkt umarmt hatte: »Vergiss es.« Alles konnte man nicht haben. Er teilte sich eben anders mit, wortkarg, aber überströmend im Gefühlsausdruck, und war es nicht das, worauf es ankam?

»Wie isses gelaufen?«

Eine SMS von Lukas.

»Gut«, tippte sie schnell. Lukas war nicht gekommen, obwohl sie für seine Lehrprobe damals extra länger geblieben war. Wahrscheinlich leckte er noch seine Wunden. Seine Stunde war eine Katastrophe gewesen. Für alle Beteiligten. Aufgereiht wie

Pinguine hatte sie mit den anderen Referendaren und Fachlehrern neben Melissa Dreyer hinten an der Wand des Klassenzimmers gesessen und verfolgt, wie er seine viel zu schweren Fragen stellte, nicht wartete, ob sich eine Hand hob, alles binnen kurzem selbst beantwortete und im gleichen Atemzug den Schülern Faulheit vorwarf. Aus dem Augenwinkel hatte Marie bemerkt, wie MD wütende Kringel in Lukas Unterrichtsentwurf malte, der bei der Besprechung hinterher die Stirn gehabt hatte, alles auf die früheren Lehrer zu schieben. Der Stoff sei längst dran gewesen.

»Es geht nicht, dass Sie das Unterrichten verachten, aber sich vom Staat bezahlen lassen wollen«, hatte die Dreyer danach gesagt. »Sie setzen sich weder für die Musik noch für die Schüler ein.« Krass, aber wahr. Lukas hatte geschluckt und sofort die Schule wechseln wollen. »Frau Dr. Dreyer meinte sicher, Sie sollten den Stoff mehr in den Horizont der Schüler rücken.« Der Fachleiter hatte es heruntergekocht.

Mit allem Takt der Welt hatte Marie hinterher in der Pizzeria versucht, mit ihm zu reden; es war aber beim Auf-ihn-Einreden geblieben. MD hatte recht gehabt in ihrer Begrüßungsrede. Den Mut, sich infrage zu stellen, hatte Lukas nicht. Oder er zeigte es nicht. Vielleicht hatte er vor Scham und Wut alles abgestritten: «Die sind doch zu blöd für die Musik.« »Du versuchst es nicht einmal. Lässt dir nichts einfallen. Lobst nicht, wartest nicht ab.« »Die wollen doch gar nicht mitmachen.« »Dein Bemühen würden sie schon honorieren. Zumindest einige von ihnen. In jeder Klasse sind Musikinteressierte.« Wahrscheinlich war sie in der Stunde der Not zu kritisch gewesen. Wie der Vater, wie sie es eigentlich ablehnte. Marie biss sich auf die Lippen. »Das ist mir nicht bewusst«, war das, was er schließlich herausgepresst hatte.

Nach ewigem Abstreiten. Es hatte geklungen wie: »Dafür kann ich nichts«.

Ja, sie hatte ihm zu sehr zugesetzt, und darum war er heute nicht zu ihrer Stunde gekommen, das ergab einen Sinn. Trotzdem war es kränkend. Immerhin hatte sie ihm einen ganzen Abend geopfert. Referendarsolidarität ging anders. Ein Abend, der sehr persönlich geendet hatte. Unerwartet persönlich: »An der Oper habe ich es nicht geschafft, jetzt bin ich zu schlecht für die Schule.« Ein weinendes Häufchen Elend war von ihm übriggeblieben. Sie hatte ihm gut zugeredet, ihn in ihr Auto geladen und nach Hause gefahren: »In unserem Chor suchen wir Tenöre. Hast du nicht Lust dazuzukommen? Als Aushilfe natürlich nur. Mit deiner ausgebildeten Stimme würdest du den ganzen Chorklang heben. So zur Ablenkung?«

Was saß sie hier herum? Ab in die Stadt. Wenn sich keiner um sie kümmerte, dann tat sie es eben selbst. Rüstung an und los. »Holst du mich nach meiner Stunde ab?« »Später. Ich muss erst üben.« Natürlich. Immer üben, üben, üben. Noch kein einziges Mal hatte Herbert die Schule betreten, die sie ihm gern einmal gezeigt hätte. Obendrein hatte es wegen Lukas Ärger gegeben: »Nennst du das Trösten, mit einem Mann stundenlang essen zu gehen? Und wir haben Zeit für nichts.« Es musste sich etwas ändern, sie würde weniger nett sein. Zu allen.

Nur noch Dreyers Mercedes auf dem Parkplatz. Auf einen plötzlichen Impuls hin stoppte Marie beim Passieren, beugte sich vor und schaute in das Wageninnere. Noten auf dem Beifahrersitz: Sang sie in einem anderen Chor? Schnell zuckte sie zurück: Wenn man sie sah! Neugier, die Todsünde. Auf Sandras Von-Frau-zu-Frau-Frage am Schluss der Stunde hatte MD vergnügte Augen bekommen und plötzlich spitzbübisch aus ihrem ewigen Jackett geguckt. Wie sie wohl lebte? Mit diesem Stressjob. Der ein Dauerzustand war, während man so ein Referendariat nach eineinhalb Jahren hinter sich ließ. Alle hatten Wochenende, Dreyer war noch da. Sogar in ihrem Autokennzeichen führte sie die Initialen, die jeder hier benutzte. Offenbar hatte sie nichts dagegen. Mächtige Dame. Mit Dampf. Ein schickes Auto, keine C-Klasse, sondern dieser elegante Katzbuckel. Sie selbst sollte langsam auch nach einem neuen Auto Ausschau halten. Ihr Nissan hatte sie treu durch das Studium und den englischen Linksverkehr begleitet, und man sah es ihm an. In der Stadt könnte sie in einen Autosalon schauen. Aber so viel Zeit war nun auch wieder nicht. Besser direkt zum Konzertsaal fahren, dann gab es keine Hetze mit der Parkplatzsuche. Dort ein bisschen flanieren. Überhaupt: Anstoßen konnte man schon vor dem Konzert. Sogar mit sich allein.

Marie schickte Herbert eine SMS-Botschaft. Schon bevor sie ausgeparkt hatte, ging die Antwort ein: ein Daumen-hoch-Bildchen, drei Herzen, drei Ausrufezeichen: »Bin gleich da!« Offenbar hatte er ausreichend geübt, dann war er guter Laune. Sonst sagte er schon einmal abendliche Termine ab. Sogar Konzerttermine. »Nichtmusiker begreifen einfach nicht, dass man immer unter Übedruck steht. Sich am liebsten nur spontan etwas vornimmt.« Argumentieren ließ sich nicht darüber. Auch das müsste sich jetzt ändern. Über Lukas Rosenwald und sein bisheriges Leben hatte sie an einem Abend mehr erfahren als in einem langen Jahr von dem Mann, für den sie sich gegen alle Warnungen entschieden hatte.

Der Vater zog schon die Augenbrauen hoch, wenn sie sich zum Arbeiten in ihr altes Zimmer zurückzog. Wahrscheinlich sah er darin bereits seine Annahmen bestätigt. Aber wenn sie ihm sagen würde: »Du willst ja nur, dass es schiefgeht. Die Botschaft tropft dir aus jeder Pore«, käme »Einbildung ist auch 'ne Bildung« zurück. Mehr nicht. Seit er zum juristischen Berater im Außenministerium aufgestiegen war, hatte er sich zu seinem

Nachteil entwickelt. Von Steinmeier sprach er nur als »Der Minister«. Als ob der Name sakrosankt war. Und das bei einem Mann, der das Herz auf dem rechten Fleck hatte, von dem man las, dass er Kindern seiner Mitarbeiter schon mal eine SMS schrieb, dass er leider ihren Papa für den Nachmittag entführen müsse. »Schreiben lässt, meinst du wohl. Seit wann liest du die Regenbogenpresse?« Immer die väterliche Stimme im Kopf.

Sie würde am Kanal entlangfahren, es war eine schöne Strecke. Dahinter der Park und die Schrebergärten. Früher war sie mit dem Vater oft dort gewesen, die Buschberge hatten sie es genannt, im Winter zum Schlittenfahren, im Sommer zum Indianerspielen. Im Spätsommer waren sie mit einem Korb losgezogen und hatten Beeren abgeschnitten. Später hatten sie am Wohnzimmertisch zusammen laut Schillerdramen gelesen, und er hatte notfalls alle Rollen außer der weiblichen Hauptperson gespielt. Jetzt glitt er in Bedeutsamkeit ab, feilte an seinem weltlichen Ruhm. Klopfte Sprüche. Hatte immer recht.

Marie ließ den Motor an. Man musste aufpassen, dass man sich nicht verlorenging. Immerhin hatte sie einen Vater gehabt, was man von Herbert nicht sagen konnte: »Der ist für mich gestorben, war schon immer gestorben und fertig.« Fertig – was? Gestorben – wann? Sie mussten reden. Er war mehr Kind als alle ihre Schüler. Aber auch mehr Mann als alle seine Vorgänger. »Und deswegen bin ich zu ihm gezogen, Papa. Ob du das hören willst oder nicht.« Merkwürdig. Dass der Mensch aus mehr als Bewusstsein bestand, wusste man seit der Antike, dass man sich verändern konnte, seit einem Jahrhundert, aber alle wollten bleiben, wie sie waren.

Herbert Michaelis: Alles auf einmal

Immer kam alles auf einmal.

Ich bin los, Marie. Du hast frei von mir! Bis überübermorgen! Du siehst, wie ernst ich alles nehme! Drei Tage, so lang hin. Warte auf mich, denk an mich, bleib mir gewogen.

Herbert Michaelis drückte auf »Senden« und starrte eine Weile auf den blauen Strich im Display, wie er anschwoll, zögerte, nach rechts abzog und verschwand. Seine Nachricht kam durch, weil sie musste! Weil seine Liebe jedes Funkloch übersprang. Zugestellt. Bitte sehr.

Er drückte sich in den Sitz zurück. Auf den Konzerttourneen früher waren sie im Bus herumkutschiert worden; wenn die Bahn gewählt wurde, hieß es immer: »In Fahrtrichtung sitzen, Jungs! Dann wird euch nicht schlecht.« »Macht uns keine Umstände«, war die eigentliche Botschaft gewesen. Alles Quatsch mit Soße. Mit dem Rücken voran rollte sich die Landschaft vor den Augen auf wie ein Kulissenvorhang. In der Oper wurde einem auch nicht schlecht. Wie hübsch Deutschland war! Man sollte öfter alles stehen und liegen lassen. Dieses Auf und Ab der grünen Landschaften. Anderswo war es platt oder dürr oder einschüchternd. Wenn er Marie schrieb, würde er die Namen der Orte verändern. Das mit dem Ehemaligentreffen war ja nur eine Ausrede gewesen, um ihr zu zeigen, wie gut er ihre Kritik verstanden hatte. Er sollte ihr mehr Raum geben: Bitte sehr! Schon war er weg.

Ich klammere nicht, Marie! Siehst du?

Wie sehr das Gespräch bei ihm reingehauen hatte, musste sie nicht wissen. Sich wie ein Mann aufführen, der konstruktiv mit Kritik umging, das war jetzt dran.

Die Dörfer zusammengewürfelte Fallerhäuschen, jede Straße rechts und links hat ihre Bäume, sie glänzen in der Sonne, alles steht in Saft und Kraft. Wie ich für dich.

Gut, dass er den Laptop für die Noten mitgenommen hatte. Noten, Not, genötigt. So konnte er ihr mailen, wo er saß und stand. Ohne Marie ging alles verloren.

Um die Kirchtürme mächtige Kronen, dahinter bewaldete Hügel. Wie satte Tiere liegen sie da! Gelbe Felder, gesprenkelt von dem Grün der Linden oder Ahorne. An kleinen Bachläufen Weiden. Dazwischen Knicks. Wie schade, dass du es nicht sehen kannst, Marie.

Nun fuhr er ins Blaue und war allein. Wie man sich beschränken musste. Keiner außer Melissa verstand etwas von Schönheit. Auch Marie nicht. Die Schöne.

Außen und innen schön bist du, Marie. Aber du weißt es nicht.

Seine Geliebte hatte ihn weggeschickt, er machte etwas daraus. So eine Reise war gut, da hatte man Pause. Auch von den Augen.

Darum gehen wir nach der Chorprobe immer essen, Marie, was du überflüssig findest. An andere verschwendete Zeit, sagst du. Oh, ich habe mir jedes deiner Worte gemerkt. Aber vor der Probe kann ich nichts essen! Aus Angst vor den Augen. Darum brauche ich hinterher etwas! Jedes Mal vor dem Einsingen Dienstagabend wird mir flau!

Die Augen. Sonntags, wenn sie vor dem Gottesdienst alle aufgereiht im Gemeindehaus standen. Aus ihren Köpfen, mal hochgereckt, mal draufgesteckt, aus müden oder glatten Gesichtern starrten sie ihn an. Manche hatten regelrechte Saugaugen. Stechaugen. Er musste dann sofort loslegen.

Aus ihren Augen springen die Menschen mich an!

Die wenigsten im Chor wollten Einsätze oder gar Anleitung zur Gestaltung. Die wollten nur die Musik, die sie in ihren beschränkten Hirnen herumtrugen. Nicht die, die in den Noten steckte.

Für die meisten bin ich nichts als eine wandelnde Stimmgabel, ein Metronom mit fuchtelnden Armen.

Frauen machte es nichts aus, sich nach seinem Dirigat zu richten. Aber Männer hielten dagegen.

Das Drängen des Buchstabens im Unbewussten. Einer hat das am Dienstagabend gemurmelt. Hast du das auch gehört, Marie? Aus dem Bass kam es.

Mit solchen Sprüchen gaben sie an. Ließen ihm gegenüber den Akademiker heraushängen. Was war ein dürrer Buchstabe gegenüber einem Klang?

Heute Nacht habe ich wieder Melissas Augen gesehen.

Den Satz sollte er nachher löschen. Immer bohrte Marie nach, was es mit Melissa auf sich gehabt habe. Fragte und hakte. Das Leben, ein göttliches Kunstwerk, hatte die einzigen Frauen zusammengeworfen, die ihm etwas bedeuteten. Melissa war ein loses Ende gewesen, das in seinem Leben herumflatterte; nun kam alles an den rechten Ort. Bald würde er Marie einmal abholen von der Schule, er würde Melissa sehen, alles würde sich klären.

Wieder Haufen von Fallerhäuschen. Jetzt ein Tunnel. Mir gegenüber isst einer wahrhaftig das sechste Körnerbrötchen. Trocken, ohne jeden Belag darauf! Erst kracht es in seinem Mund, dann kaut er still. Wenn wir Kühe wären, müsste er auch noch wiederkäuen. Er trinkt nichts dazu, wie kriegt er es herunter? Er kaut und kaut. Ich schaue ihn verwundert an, aber er fühlt sich weder irritiert noch kritisiert. Ist blind für meine Augen! Gerade fahren wir an einer Talsperre vorbei. Was wir hier für Wasser haben, und anderswo ist Wüste. Jetzt gibt er Ruhe, obwohl in seiner großen Papiertüte noch zwei Brötchen stecken. Ich muss mich erholen, Marie. Sogar von mir selbst. Du sagst, du brauchst mehr Abstand. Ich auch. Das habe ich nur nicht gemerkt. Das ist der Grund, darum bin ich gefahren. Nicht weil ich auf ein Ehemaligentreffen will. Das wäre das Letzte, wo ich hinführe! Ein ausgewachsener Knabenchor! Was mir da hochkäme, kannst du dir nicht vorstellen. Du willst reden, aber über manches kann man nicht reden, Marie! Womöglich kämen noch die Lehrer von damals, jetzt zahnlos und zittrig. Er käme! Modrar! Den will ich nie wiedersehen. Diesen Teufel. Aber was sage ich? Jedes Wort schneidet die Wirklichkeit zurecht. Schneiden und scheiden tun weh. Ich vermisse dich jede Minute. Ich vermeide dich, hast du gesagt. Meiden mit dem runden m. Nein, das tue ich nicht! Ich zeige mich anders als andere. Du willst mehr von mir wissen. Hier. Bitte. Ich erzähle dir von mir: Als Kind habe ich mir zu den Stimmen, die ich aus dem Radio kannte, Personen mit Gesichtern ausgemalt. Jetzt pass auf: Der Zugbegleiter hier redet, als lese er bedeutsame Nachrichten vor. Akzentuiert wie ein ausgebildeter Sprecher. Wie ein Schauspieler! Die größte Rolle seines Lebens! Wenn es knackt, schauen alle hoch von ihren Zeitungen und Laptops: Was für eine Stimme! Was für ein Mann! Und eben kam er: ein dünnes Zwerglein in speckiger Uniform und fettigen Haaren. Hättest du das gedacht?

Auch bei Maries Vater klafften Erscheinung und Stimme auseinander.

Findest du nicht auch, Marie? Oder ist er heilig für dich, dein Vater?

Das sollte er streichen. Obwohl es stimmte. Baumgartens Stimme war zu dünn für den imposanten Körper. Sie verriet die geschickt unter Worten versteckte Unsicherheit. Seinen Neid auf ihn. Auch bei Melissa hatte die Singstimme nicht zum Äußeren gepasst, wohl aber die Sprechstimme. Wenn Melissa sang, kam eine andere in ihr zum Vorschein, eine, die sonst nicht lebte. Die so weit von der Sprechenden entfernt war wie ein Adler vom Spatz.

Ich bin schwer von einem Menschen zu überzeugen. Du, du hast mich sofort überzeugt, Marie. Von dir und von mir. Ich wusste: Wir sind füreinander geschaffen. Vor aller Zeit waren wir zwei Hälften und haben uns zufällig gefunden. Wie in der Sage. Liebend sind wir ganz! Manchen passiert das nie! Nie im Leben, Marie, stell' dir das vor. Versehrt rennen sie herum. Wund am ganzen Körper. Hoffen, suchen, rennen. Dann verbittern und zerknittern sie, und am Ende keuchen sie ihre Suche aus.

Marie dachte sicher, er sei schon da. Aber er würde weiter fahren, immer weiter, bis München, und dann umsteigen und ins Allgäu. Nach Ornstadt. Dem einzigen rundum schönen Ort, den er kannte. Ob er alles finden würde? Sie hatten vom Bahnhof früher eine Weile hochgehen müssen; das Hotel, wo die Mutter Seminare besuchte, hatte am Rand des Orts gelegen, in der Nähe eines breiten flachen Bachs mit hellbeigen, fast weißen Steinen und Felsen darin.

Wie ich da gespielt habe, Marie! Im eiskalten, sprudelnden, singenden Wasser.

Andere Mütter steckten ihre Kinder zu Verwandten. Nicht sie. Mehrfach hatte sie ihn nach Ornstadt mitgenommen, wenn sie nicht gewusst hatte, wohin mit ihm.

Bis ich zu den Sängerknaben kam, waren wir unzertrennlich, die Mutter und ich! Hörst du? Ich rede!

Die hatten gedrängt, dass er kam. Nicht sie. Schließlich hatte sie zugestimmt. Sie war in Sorge um ihn gewesen: die Schule! Die Zensuren! Auf dem Internat waren sie gleich besser geworden. Weil er der Star gewesen war. Die Mutter hatte keine enttäuschten Augen mehr gehabt. In Ornstadt hatte er abends im Bett gelegen und auf sie gewartet.

So wunderbare Klänge hab ich da gehört, wie nie zuvor, abends im Bett, auf einer Reise mit meiner Mutter, Marie, mal näher, mal ferner; erst wusste ich nicht, was es war, und hab mir Wesen dazu ausgedacht, kleine Menschen, die auf lange Stöcke so Klangschalen gesteckt hatten, die sie über sich hielten, leicht bewegten und damit eine Prozession zelebrierten, ein ganzes freundliches Volk! Das ist mir gerade eingefallen, Marie, hier im Zug fällt mir manches ein, und du möchtest doch von meiner Kindheit hören.

Bei der Ankunft am Bahnhof hatte er zum ersten Mal in seinem sechsjährigen Leben ein Paar in Dirndl und Lederhosen gesehen.

Meine Kleinen gingen übrigens in Tracht und hatten größere Ohren als Menschen, mit denen sie auch Ungesagtes hören konnten, einige besser, andere schlechter.

Am Bach, an dem er die Vormittage verbrachte, war er plötzlich von einem Grüppchen wohlgenährter Rinder umgeben gewesen, die frei herumliefen, riesigen braun-weißen Kühe mit prallrunden Bäuchen, einem eindringlichen Muhen und großen, dunkelblauen Augen.

Alle trugen Glocken um den Hals. Daher waren die Zauberklänge gekommen! Ich habe mich an einen Stein geklammert. Alles war hin gewesen! Das ganze freundliche Völkchen. Fette Kühe mit ihrem Blechgeläut haben es verscheucht. So ist es im Leben oft.

Was hatte Marie sich dabei gedacht, ihn mit diesem Mitreferendar zu vergleichen, diesem Rosenwald? »Von ihm weiß ich so viel und kenne ihn gar nicht. Du und ich – wir kennen uns –, und was weiß ich über dich? Fast nichts.« Was war gut daran, an einem einzigen Abend einem anderen Menschen sein ganzes Elend zu servieren? Wie lange er selbst dazu gebraucht hatte, damals, im Mercedes. Wo er sich aufgeblättert hatte vor Melissa. Langsam, Seite für Seite. Die ja nicht gewusst hatte, dass es praktisch das erste Mal gewesen war, dass er sich einem Menschen anvertraute. Für sie war er der Chorleiter gewesen. Der Musiker. Der eine andere Welt vertrat. Das hatte er genau gemerkt. Eine Welt, in die sie hineingewollt hatte, ohne dass sie es wusste.

Zwischen ihnen war alles ausgewogen gewesen: Jeder hütete seine Abgründe. Bis sie plötzlich weggeblieben war. In irgendeinem Abgrund verschwunden, und er hatte sie nicht gesucht. *Häschen in der Grube saß und schlief.* Ja, das Schlafen war sein Part gewesen. Weil er Marie kennengelernt und nichts anderes mehr gesehen hatte, nur sie, sie, sie.

Mein Leben war eine Katastrophe, Marie, und wer spricht schon gerne darüber? Drei Generationen dauert es, bis man sprechen kann. Erst der Enkel, der am Bett des sterbenden Opas sitzt, seine Hand hält, hört das Schlimme zum ersten Mal: »So jung war er. Genau in meinem Visier ist er gewesen.« Oder: »Nicht! Nicht schießen, nicht schießen!« Oder: »Zieh es weg, zieh es runter, das Bein, das Bein ...«. »Da, da schwimmt noch einer, da im Scheinwerferkegel.« »Er wollte nur eine rauchen gehen.« So ist es mit allem wirklich Schlimmen. Es braucht so lange, bis es aus dem Inneren hervorgeholt werden kann.

Selbst mit Melissa hatte er sich damals nicht bis zu Modrar vorerzählt. Kurz bevor er soweit gewesen war, davon anzufangen, war sie verschwunden. Wahrscheinlich hatte er ihr damals schon gereicht. Sie hatte nicht mehr hören wollen! Hatte genug an ihrer Schule zu tun. Bis zum Internat waren sie gekommen. Wie es da gewesen war. Wie er alles Neue aufgesogen hatte, wie er gelobt, anderen als Vorbild hingestellt worden war. Wie er sich auf die Wochenenden und Ferien gefreut hatte, wo er alles haarklein der Mutter erzählen konnte. Wie dann ihre Augen aufleuchteten. Graublaue Augen. Ein bisschen wie Melissas. Das hatte er ihr einmal gesagt. Wahrscheinlich hatte es sie gekränkt, so verglichen zu werden. Sie war ja viel jünger als seine Mutter. Man konnte sie altersmäßig schwer einordnen, zumal ihre Stimme so strahlend warm und jung war. Alterslos.

Marie, plötzlich ist das Internat ein Gefängnis geworden. Ich konnte nicht mehr nach Hause, als der neue Mann bei meiner Mutter eingezogen war. Mit dem alles zugrund ging: ihre und meine Welt. Mein Häuschen unterm Klavier, zwischen den geschuppten gebogenen Holzschlangen, mit denen das Klavier rechts und links unter der Tastatur verziert war. Drachen waren es, die Schuppen von meinen Händen glatt poliert. Rote Zungen hingen aus ihren Holzmäulern, angemalt von mir. Manchmal habe ich von unten zu ihrem Klavierspiel gesungen. Ihren Wadenmuskeln zugeschaut, wie sie sich unter den Perlonstrümpfen straﬀten, wenn sie das Pedal benutzte. Ihr: »Hör mal zu, ich hab' mir unter der Woche etwas eingeübt für dich. Türkischer Marsch« … Das war alles, alles verloren. Ich meide das Stück; es erinnert mich. Stelle das Radio aus, wenn es gesendet wird.

Stattdessen ein fremd riechender Mann und Worte wie Steine: »Komm unter dem Klavier vor und stör' deine Mutter nicht.« »Hör auf mit dem Lärm.« »Muss der Junge jedes Wochenende kommen?« Ihr Weinen, sein Brüllen, ihre blauen Flecken, ihr: »Ich kann nichts dafür.«

Mit elf wachte ich auf und stand allein da. Wie jetzt diese jungen Flüchtlinge allüberall. Und dann kam Modrar.

Gleich München, er musste umsteigen. Er könnte behaupten, er sei nach Garmisch-Partenkirchen gefahren, um das Haus von Richard Strauß zu besichtigen. So eine Wallfahrt wäre glaubhaft für einen Musiker. Vier Monate lang hatte er im Internat nach den letzten Besuchen zu Hause nicht gesprochen. Kaum gegessen. Um seine Stimme zu retten, hatten sich seine

Lehrer um ihn gekümmert, ihn schließlich in eine Kinderpsychiatrie gebracht.

Dort habe ich nur Gutes erlebt, Marie, aber komisch, ich habe alles vergessen. Ein Junge war da, der rannte immer mit der Mundharmonika im Mund durch die Hallen. Er hatte eine Art gefunden, wie er sie im Mund hielt und dabei die Hände frei hatte. Mit denen ruderte er so durch die Luft. Vielleicht dirigierte er ein ganzes Orchester. Oft hab ich ihn im Park gehört. Man wusste am Klang, mal gequetscht, mal ruhig, ob er lief, ging oder stand. Wir haben nicht gesprochen. Manchmal träume ich von ihm. Ich träume jede Nacht, Marie. Nicht nur das eine Mal, wo ich dich aus Versehen geschlagen habe.

Auch Melissa hatte er erzählt von dem Jungen, aber verschwiegen, dass er ihm in einer Klinik begegnet war. Er hatte einen exzentrischen Internatsschüler aus ihm gemacht, der immer Krach bekam mit den Lehrern.

Ich erzähle dir mehr als Melissa, Marie. Mehr als allen.

Nach der Rückkehr aus der Klinik hatte er im Internat nur noch gesungen, nicht mehr gesprochen. Erst Jahre später war der Brief der Mutter gekommen. Dass sie dem Mann den Laufpass gegeben habe. Ob er nicht zurückkommen wolle. Wie leid ihr alles tue. Dass er ihr ein und alles sei.

Wo war er? München Hauptbahnhof. Er musste besser aufpassen. Eine Wurst essen, eine bayerische. Hier war alles leckerer als in Berlin. Die Menschen liefen gut gekleidet herum, ab und an trug eine Dirndl. Sauber und freundlich war es. Man verstand die Amerikaner, die dieses Bayern anstaunten. Der Brief der Mutter hatte ihn mitten im Stimmbruch erreicht. Er war spät dran gewesen mit der hormonellen Umstellung, hatte gehofft, es würde alles schnell ablaufen, dass er nahtlos mit dem Aufbau einer Sängerkarriere loslegen konnte. Zum Ausfüllen der Warteschleife hatte er Orgel gewählt, ein forderndes Instrument, ganze Tage und Nächte hatte er in den Überäumen der Kirchenmusikabteilung verbracht. Bei den einen wanderten die Hoden nicht nach unten, bei ihm war die Stimme brüchig geblieben, aus der Traum. So war er Jungstudent für Orgel geworden, der einzige aus dem Internat. Und dann Modrars Erwählter.

Der Brief meiner Mutter kam zu spät. Ich hatte Modrar schon kennengelernt und liebte ihn sofort. Natürlich habe ich ihr geantwortet. Sie vertröstet. Aber ich wollte ihr Gesicht nicht sehen. Dann musste ich es. Als sie in der Klinik lag. Ich habe sie kaum wiedererkannt, Marie. Nur an den Augen. Sie wollte mir etwas sagen, aber es kam nur Blödsinn heraus. »Liegst du kreuzweise in der Musik?«, hat sie gefragt. »Hier, nimm die Tomaten.« Sie meinte Kekse! Ich habe nur geweint. »Ach, was bist du ausgeschwungen.« Das ist das Letzte, was ich von ihr gehört habe.

Nach dem Tod der Mutter hatte er urplötzlich doch eine Bassstimme bekommen, aber keine Technik, kein HNO-Arzt, keine ausgefeilten Kuren – nichts hatte geholfen! Wenn er sang, verkrampften sich die Stimmlippen. Aus der Warteschleife wurden die vielen Jahre, die er Modrar gedient hatte. Erst als Ministrant der Kunst, dann als Lustsklave. Er war kein Lukas Rosenwald. Davon brauchte Marie nichts zu wissen. Kein Versager. Das Dirigieren erst hatte ihn weggebracht von allem. Ihn geheilt.

Der kleine Bahnhof sah damals aus wie aus einem Heimatfilm! Aber hier ist kein Bahnwärter mehr, keine Kurbel, keine Schranke. Alles läuft elektronisch, Marie.

Er würde Richtung Zentrum gehen und nach dem Gasthof fragen, an dessen Seite der Fluss – oder war es nur ein Bach gewesen, der ihm damals groß vorgekommen war? – entlangsprudelte. Hoffentlich war überhaupt ein Zimmer frei. Das schön, aber nicht teuer war. Dumm, hoffen zu müssen. Er hätte vorher googeln sollen. Eine verrückte Idee, ins Blaue zu fahren. Wie Worte einen aus dem Tritt brachten.

Ich habe es gefunden, Marie. Das Ehemaligentreffen findet in einem Hotel in O. statt, nicht in W., wie ich gesagt habe. Hatte mich vertan. Morgen machen wir einen Ausflug an den Froschweiher, wo ich mit meiner Mutter als Kind gebadet habe. Sie hat mich schwimmen gelehrt, hielt mich erst im Ring, bis ich die Bewegungen konnte. Auf einmal zog sie den Ring unter mir weg: »Du kannst es, du kannst es!« Sie vertraute mir, und das trug mich. Der Weiher war von einem Schilfgürtel umgeben; später sind wir ganz hinübergeschwommen; von West winkte die Zugspitze herüber. »Das Dach der Götter«, hat sie immer gesagt. »Da passen wir beide darunter und viele andere auch.« Du und ich, Marie. Du und ich unterm Götterdach. Am schönsten wäre es, du würdest direkt hierherkommen. Im Zug könntest du arbeiten, die Fahrt dauert lang, du könntest alle deine Hefte korrigieren, und dann hättest du frei. Wir würden auf dem Hotelbett liegen und die freundlichen Kuhglocken hören. Das Bachrauschen. Hier kreist der Milan, Marie! Mit seinen großen Schwingen. Im Fluss können wir von Stein zu Stein klettern oder an der Seite aufwärts bis zum Wasserfall spazieren. Oder ganz hochwandern. Der Berg heißt Heimgarten. Er grüßt dich als Verwandter, Marie Baumgarten! Das Essen schmeckt. Hier ist alles gut. Hier finden wir uns wieder. Versprochen: Ich erzähle dir alles. Komm. Bitte komm.

Kapitel 3

Melissa Dreyer: Hören Sie mich?

Die Große Pause mitten im Leben war ohne Klingel, ohne Schritte, ohne Schülerlärm. Still und lang, dass Anfang und Ende darin verschwammen. Als Melissa damals mit dem kleinen Flugzeug über den Grand Canyon geflogen war, hatte der Abgrund von oben gewaltig, aber überschaubar ausgesehen. Erst vor Ort hatte sie seine Tiefe begriffen. Die Hitze erschlug einen, nahm jeden Atem. Leer im Kopf, kleinen Schritt vor kleinen Schritt war sie ächzend den Trail hochgestiegen und im klimatisierten Bus kollabiert. Es war schnell vorbeigegangen. Dieses hier war zeitlos. Nun war sie unten angekommen.

... no travellor returns. Marie Baumgartens kultivierte Stimme, ein unpathetischer Vortrag in ihrem Leistungskurs Englisch. Sie war die erste Lehrerin seit langem, die an der Günderrode Shakespeare mit den Schülern durchnahm. Stand es überhaupt im Lehrplan? Worte und Stimme eine Wohltat gegenüber dem Gepiepe, Geticke, Geschnarre hier, dem Plastikrascheln, den quietschenden Sandalen und der künstlichen Helligkeit, die durch die geschlossenen Lider drang. Dabei brauchte sie Dunkelheit, Luft und Ruhe; wieso begriff das keiner?

»Frau Dr. Dreyer? Hören Sie mich?« »Haben Sie Schmerzen?« »Sie brauchen nur mit den Augen zu reden, Frau Dr. Dreyer.« »Können Sie mich verstehen, Frau Dr. Dreyer?« »Haben Sie einen Verdacht?« »Es ist alles in Ordnung.« »Sie kommen wieder auf die Beine. Wir haben Sie ins künstliche Koma versetzen müssen.« »Können Sie mich hören, Frau Dr. Dreyer?« »Es war knapp. Wer wollte Ihnen Böses, Frau Dreyer?«

Fragen ohne Zahl. Fast immer mit ihrem Namen darangehängt. Fast wie bei tag-questions. Auch darüber hatte jemand mal eine Vorführstunde gegeben: »Isn't it? Wasn't it? Haven't you?« Was alles hochkam. Aber nicht die Baumgarten. Grammatik hatte sie noch nie von ihr gehört. Sie sollte sich einen Vermerk machen. Nur Literatur ging schließlich auch nicht.

»Öffnen Sie doch die Augen, Frau Dr. Dreyer.«

Immer diese direkte Namensanrede. Aus dem Mutterschoß wurde man als bloßes Bündel Mensch gepresst, dann ging es los mit den Namen, mit denen sie nach einem fischten. Hier unten war Angeln verboten. Sie würde nicht anbeißen. Endlich war sie da, wo sie aus eigener Kraft nicht hingelangt war, damals, nach der Parkplatzoffenbarung am Dienstagabend, als sie in den Teich gesprungen war, nachts, mit aller Kleidung, besoffen, und partout nicht unterging. Lückenlos war sie wieder in der Schule angetreten. Als Zombie, aber pünktlich.

»Hallo, Frau Dr. Dreyer.« Man hieß. Man tat. Man war. Natürlich verstand sie. Wenn sie hinhörte. Aber noch gab sie ihnen kein Zeichen. Sie würde die Augen nicht aufmachen. Noch lange nicht. Wer in der Tiefe lag, brauchte Zeit. Wenn Anja hier wäre, das wäre etwas anderes. Dann vielleicht. Anja. Die Frau mit dem Ja im Namen – sie hatte damals etwas gemerkt. Nichts gewusst, aber alles geahnt. Damals die Couch, jetzt die Intensivstation. Ein anderer hatte es für sie übernommen. Mit einem Messer! Soviel hatte sie schon verstanden. Kaum glaublich. War gescheitert. Und zwar, weil sie immer im Dienst war! »Ihre Aktenmappe hat sie gerettet«, hatte jemand gesagt. Im Leben klappte selten etwas wie geplant. Davon konnte man als Lehrer ein Lied singen. Wie schnell wurde der sorgsam durchdachte Stundenaufbau durch eine Schülerfrage durcheinandergebracht.

»Laut EEG ist sie wach. Vermutlich schwer im Schock. Ist eher etwas für die Psychiater jetzt. Eine Vernehmung ist noch nicht möglich.«

Leise gemurmelt, aber sie hatte verstanden. Man kam ihr auf die Schliche. EEG als Lügendetektor. Die Polizei, natürlich. Man konnte einen Messerstecher nicht einfach durchwinken. Dabei war so einer nur die Spitze des Eisbergs. Wie viele Eltern blieben unbehelligt? Aber, aber, Frau Direktor, die stechen ihre Kinder ja nicht ab. Mit den Blicken schon. Mit Worten auch. Seele zählte aber nicht. Nur Fleisch. Butter bei die Fische! Anderswo wäre sie liegengeblieben und verblutet. In Afghanistan traten Kinder auf Minen, die Klinik war entweder weit oder weg oder voll oder ohne Ärzte. Sie dagegen hielt die Augen zu, wurde umsorgt und kassierte noch Gehalt. Sogar als Fall für den Psychiater.

»Sie bewegt sich. Bald ist es soweit. Warten Sie bitte draußen. Ich gebe Ihnen Bescheid, wenn sie die Augen öffnet.«

»Frau Dr. Dreyer, hören Sie mich? Die Polizei ist hier, der Kommissar Zumbaum möchte gerne mit Ihnen reden.«

Ein schöner Name, roch nach Pfifferlingen und Spätsommertagen. Nach Frühherbst. Wo morgens die Schleier hochstiegen. Es war neblig gewesen. Das könnte sie dem Polizisten später sagen. Daran erinnerte sie sich. Neblig an einem frühen frischen Morgen. In der Nacht hatte es endlich gewittert. Nach stundenlangem Wetterleuchten. Obwohl Regen anstand, hatte sie die Fenster angekippt gelassen, damit etwas von der stickigen Hitze abzog. War eingeduselt und musste das Donnern und Regenprasseln verschlafen haben. Plötzlich war sie aufgeschreckt. Wodurch? Das kann ich Ihnen nicht sagen, Herr Kommissar. Hatte es angeklopft? Von außen oder von innen? Jedenfalls hatte sie ein Nachthemd übergestreift und überall die Fenster weit aufgerissen, um die Kühle hereinzulassen. Draußen war alles von Nebelwatte bedeckt gewesen, die wie Augentrost auf den verdorrten braunen Flecken lag, wo der Sprenger nicht hinkam. Der Teich kaum zu erkennen unter dem grauen Gewölk. Da hätte einer stehen können, ohne dass sie es bemerkte.

Auch im Bambusgebüsch neben dem Eingang. Das ja wucherte wie verrückt. Sie war nach vorne gegangen, um zu schauen, ob die Zeitung schon da war, hatte sich einen Kaffee machen und damit auf die Bank neben dem Steg setzen wollen. Das wusste sie alles noch.

Aber dann: War die Zeitung da gewesen oder nicht? Hatte sie zusammengerollt im Briefkasten gelegen? Hatte das rote Fähnchen hochgezeigt? Das kann ich Ihnen nicht sagen, Herr Staatsanwalt. Beim Überreichen des Weihnachtsdanks hatte sie dem Postboten erzählt, wie sie sich immer über das rote Fähnchen freute: »Da wartet etwas für dich.« Was man erinnerte, was man vergaß – da gab es keinen roten Faden. Von dem Überfall erinnerte sie nichts. Jemand hatte sich bei ihr eingeschlichen und zugestochen. Wahrscheinlich im Garten. Oder war sie ins Haus zurückgegangen? War jemand durch die offene Terrassentür eingedrungen? »Haben Sie einen Verdacht, Frau Dreyer?« Wenn das der Kommissar gefragt hatte, war er der einzige, der sie ohne Titel ansprach. Eine solche Tat war etwas für Krimis, nicht fürs Leben. Nur in Büchern klärte sich alles auf. Im Fernsehen. Nach eineinhalb Stunden. Im Leben fischte man im Trüben.

Wenn sie ihr jetzt ein Aufmunterungsmittel infundieren würden, müsste sie die Augen aufmachen. Vorbei die Nacht – der Tag beginnt! Hopp, aus dem Bett. Wir suchen einen Täter. Sie vielleicht, Herr Kommissar, aber ich nicht. Es war eine gute Tat. Wir lassen es so durchgehen. Man muss nicht alles verfolgen. Ich erzähle Ihnen etwas anderes. Kurz nach meiner Führerscheinprüfung war ich in meinem ersten eigenen Auto unterwegs, im Spandauer Forst, mitten in der Nacht, mutterseelenallein auf der Straße. In das weiße Fernlicht sprang plötzlich ein großer Rehbock, ein stattliches Tier. Springen, bremsen, dann der dunkle Wumms. Im hohen Bogen war das Tier durch die Luft geflogen. Ich sehe es noch, Herr Kommissar. In Zeitlupe.

Wie auf dem Achtung-Wildwechsel-Schild. Nur andersherum. Auf dem Rücken. Ich bin mit meiner Taschenlampe hingelaufen, wo es lag. Damals habe ich begriffen, was ein gebrochenes Auge ist. Ich habe mich nicht korrekt verhalten, Herr Kommissar. Nicht dem Forstamt Bescheid gegeben. Am nächsten Tag bin ich als Mörder wieder zum Tatort gefahren. Das Tier war weg. *Müde bin ich, geh zur Ruh*. Ich möchte nicht wissen, wer auf mich eingestochen hat.

»Er wollte Sie töten, Frau Dreyer. Wenn der Täter nicht gefunden wird, kommt er wieder. Gefährdet Sie, gefährdet andere. Wollen Sie das?«, würde er sagen, der Herr Zumbaum. Aber jetzt ging es einmal nicht weiter im Plan des Lebens, denn jetzt kam der Dienstagabend endlich zu sich. Alles passte, nur nicht zum eigenen Willen. *Sondern wie du willst, Herr*. Und das wusste keiner und sollte keiner wissen.

Solange sie ihre Augen geschlossen hielt, blieb alles auf der Stelle. »Samiras Brüder wollten sich rächen.« Pönsgen, Miljes, alle würden das gleiche sagen. Und dann würden die Mühlen des Gesetzes zu knarren und gewaltig zu mahlen beginnen. Oben würde man ein paar Männer hineinstecken, und unten käme immer mehr Verderben heraus. Bei den Afghanen wurde man verurteilt, wenn man gegen die Ehre verstieß, bei den Deutschen, wenn man sich schuldig machte.

Herbert. Wer so mit Blicken ins Innere drang, tat es auch mit dem Messer. Sie hatte seinem Chorsopran die Blüte abgerissen, seine Vorhaben nicht mehr durchgesetzt, ihn kalt stehengelassen. Wen verdächtigen Sie? Meinen ehemaligen Chorleiter. Was hätte er für ein Motiv? Ich habe ihn angekratzt, ihm etwas kaputtgemacht. Ein labiler Charakter. Sie verstehen. Damit wäre Samiras Familie aus der Schusslinie. Wer käme noch in Frage? Der Referendar Rosenwald. Den sie so schroff kritisiert hatte. Ihr Rivale Müller um das Schulleiteramt, der als ewiger Zweiter verbissen die Stundenpläne zimmerte. Ehemalige Schüler, die sich schlecht beurteilt fühlten. Verdächtige ohne Zahl.

»*Die Rache ist mein, spricht der Herr*. Nicht, Melissa?« Der Vater, wie er mit seinen Wurstfingern, der eine vom Ehering in zwei wulstige Teile unterteilt, die blaue Spielfigur der Mutter beim Mensch-ärger-dich-nicht kurz vor dem Ziel vom Brett beförderte. »Kriegst du den Ring überhaupt noch ab?«, hatte sie ihn bei einer solchen Gelegenheit gefragt. »Nur wenn deine Mutter mir den Finger abhackt.« Pflichtschuldigst hatte die Mutter ihr Gesicht verzogen. Ein Zucken der Mundwinkel war der höchste Ausdruck ihrer Gefühle gewesen; mit fünfzig hatte sie sich still aus dem Erdenleben abgemeldet. Die Mutter hatte immer die blauen, der Vater die roten und Melissa schwarze Spielfiguren genommen. »Warum gebt ihr dem Kind nicht gelbe? Oder grüne? Bunte?« »Sie will keine anderen!« Den Grund hatte sie für sich behalten, da hätte die Tante lange fragen können.

Denn die schwarze Spielfigur war der Vater im Talar. Auf der Kanzel war er ein anderer als der mit den Wurstfingern und dem schlierigen Blick. An dem Kanzelvater hatte sie sich festgehalten, ohne den wäre nichts aus ihr geworden. Hätte sie die Mutter am Wurstvater rächen sollen für die Konfirmandinnen im Anbau? Oder den Vater an der Mutter für ihr Leidenchristigesicht? Oder an der Großmutter, die ihn so verzogen, die Mutter am Großvater, der ihr das Verzichten eingeprügelt hatte? Die Großeltern an den Urgroßeltern, die kein Mensch kannte? Rache riss eine Brache in gewachsene Landschaften; bis ins zweite Glied dauerte es, bis die Behausungen wieder standen, ins vierte und fünfte, bis sie bewohnbar waren. Und erst Liebe machte die Lichter an.

»Frau Dr. Dreyer, hören Sie uns? Schauen Sie mal: Ihr Sohn ist da. Der Manfred.«

»Herr Dreyer, reden Sie sie laut und deutlich an. Wir sind sicher, dass Ihre Mutter Sie hört.«

»Frau Dr. Dreyer, Ihre Sekretärin hat schon wieder Blumen geschickt. Wollen Sie sie nicht anschauen? Alle zwei Tage schickt sie neue. So schön zusammengestellt.«

»Frau Dr. Dreyer, Sie sind nicht mehr auf der Intensivstation. Hier haben Sie einen eigenen Nachttisch, da stehen die Blumen von Frau Miljes. Hier, wie sie duften. Ich halte sie Ihnen einmal an die Nase. Schön, nicht? Wollen Sie sie nicht sehen? Und Ihren Sohn nicht, den Manfred? Er kommt jeden Tag.«

Warum gab es keinen Knopf, den sie drücken konnte, dass ein Schild aufleuchtete: »Achtung. Nicht stören.« Sicherheitsabstand. Keine Gefühle. Die einzige, die das je begriffen hatte, war Anja Miljes, die am Mittwoch nach dem Dienstag nichts gefragt, ihr feuchte Tücher auf die Stirn gelegt, die Leute vom Leib gehalten und Aspirin-Brausetabletten hingestellt hatte. Morgen für Morgen. Den Migräneschutzwall errichtet, sie in die Duschräume begleitet. Die jetzt Blumen schickte und nicht drängelte.

Also Manfred war da. Der in der Abizeitung als Berufswunsch Überleben angegeben hatte: »Weil ich das am besten kann.« Nach seiner Geburt hätte sie Anja gebraucht. Als man ihr das strampelnde Bündel hingehalten hatte, nur eines, nicht zwei. Sie hatte auf das Geschlechtsteil gestarrt. Von den beiden MMchen, wie sie die Zwillinge in ihrem Bauch genannt hatten, war der Junge übriggeblieben. Manfred. Damals, Anja, wo warst du da? Als sie beim Friedhof wegen eines Kindergrabs anrufen musste. Die Geburtsanzeigen ändern. Die Hebamme informieren. Die Besuche organisieren. Roland, ihre eheliche Hälfte, war nichts als eine Belastung gewesen. Hunderte Male hatte sie ihn freisprechen müssen: »Du bist nicht schuld. Die Wehen kamen zu schnell, die Feuerwehr war spät dran, das Mädchen nicht lebensfähig, der Arzt unerfahren.« Nur einmal war es ihr herausgerutscht: »Du warst zu langsam.«

Anja hätte den kleinen Manfred getröstet, ihr Dinge abgenommen und Roland beschäftigt. Wahrscheinlich hätte Roland sich in Anja verliebt; alle Männer standen auf sie, eine Weile hätten sie eine Ménage-à-trois gelebt, ihr wäre das recht gewesen, dann hätte sie Ruhe von ihm gehabt. Der kleine Manfred hätte aus dem Kinderladen seine Freunde mit nach Hause gebracht und wäre ein lauter Junge geworden statt ein Grübler und Zweifler. »Habe ich Marina in deinem Bauch kaputtgestrampelt?«, hatte er auf dem Weg zur Einschulung gefragt: »Hättest du Marina genau die gleiche Schultüte gekauft?«

Also ihr Sohn war hier, der sonst nur zu Weihnachten kam. Zu Ostern und an ihrem Geburtstag stand zuverlässig die rote Fahne am Briefkasten oben. Zu Ostern kam eine Karte, zum Geburtstag ein Parfüm. Sie hatte sich nie beklagt. Die Nabelschnur zwischen ihm und ihr verlief direkt durch den Hades. Außer ihnen beiden verstand das keiner. Drei Knoten waren darin: die Geburt, Rolands Weggang, das Internat, in das Manfred mit fünfzehn unbedingt gewollt hatte. Manfred und Melissa. Jeder in seiner eigenen Schlucht, und nun war er hier.

»Mutter, wo bist du?«

Am Teich, auf dem die Bötchen schwammen. Seelenlichter. Auf ihrem Fest, seit langen Jahren der erste Abend frei von Schatten und Gespenstern. Wo erstmals Hoffnung auf Lebensfreude wie ein rosiges Wölkchen an Abendhimmel gestanden hatte. Herberts Handkuss, seine Nähe. Gern hätte sie ihm damals gesagt, dass auch tote Seelen leuchteten, und dann von ihrer Tochter Marina gesprochen, die bestimmt eine warme schöne Stimme gehabt hätte. Viel schöner als ihre eigene! Aber das hatte sie sich für die Abende im Auto aufgehoben. Die irgendwann zu Abenden an ihrem Teich, in ihrem Haus, in seinem Bett hatten werden sollen. Auch dass Manfred wie Herbert im Knabenchor gesungen hatte, hätte sie ihm erzählt. Ja, dafür hatte sie gesorgt, im Staats- und Domchor, jede einzelne Aufführung hatte sie ohne Roland besucht: »Dieses Affentheater, das du um ihn machst.«

Ob Manfred noch sang? Oder hatte er sich auf die Seite seines Vaters geschlagen, zwei Techniker, die Apparate zum Funktionieren brachten und sich von ihren eigenen Anlagen abwandten? Hatte Manfred überhaupt Kontakt zu Roland? Wenn sie danach fragte, schwieg er. Aber jetzt hörte sie ihn. Von oben rief er zu ihr hinunter. Nach dem Stimmbruch hatte er weggewollt. »Es ist so still hier«, war seine Begründung gewesen. »Nur du und ich.« »Deine Kumpels sind jederzeit willkommen.« »Jetzt, wo Papa weg ist, fehlt mir Marina noch mehr. Ich bin nur halb, Mama«, hatte er gesagt. »Und du bist auch nur halb.«

»Ich habe eine gute Nachricht für dich, Mama. Sie betrifft Samira.«

Namen trafen ins Herz. Darum hatte sie ihre Doktorarbeit über die Pfeil-und-Bogen-Symbolik geschrieben. Wie war die Kunde von diesem fremden Mädchen auf Manfreds Ölplattformen gedrungen? Wie selbstverständlich der Name aus seinem Mund kam! Wie lange lag sie hier schon? War sie schon beerdigt worden? War jeder mit seinem Sprüchlein ans Grab getreten? Pönsgen mit einem ausufernden Lob ihrer Tüchtigkeit, Anja Miljes wortlos mit Blumen, Samira laut weinend, Fleder oder Müller Dank abhaspelnd, Marie Baumgarten verwirrt als Sprecherin der Referendare. Kein Chor. Herbert Michaelis, erstarrt. Ohne Geste, wortlos. Und dann Manfred:

Zwischen uns stand immer der Tod, und jetzt erst begreife ich, dass meine Mutter mich genauso geliebt hat wie ihre tote Tochter. Ich habe nur auf das gestarrt, was mir fehlte.

Sie hätte es ihm deutlicher zeigen müssen. Jetzt war es zu spät. Der Spaten hatte die Kröte durchteilt.

»Hörst du mich?«

Kapitel 4

Anja Miljes: Nicht mit mir

Anja schaute auf die Zeiger der großen Uhr im Chefzimmer: halb sieben. Neben dem Knacken der Heizung war das Ticken das einzige Geräusch.

MD war weg, und sie selbst war da. Das war die neue Situation. Und zwar früher da als alle anderen. Als Hüterin der Vergangenheit, der Stille und der Verschwiegenheit, bis der Schultag durch die Flure tobte. Die Reinmachefrauen waren schon weg, Nullstunden gab es nicht mehr, MDs Vertreter kam Punkt viertel vor acht. Früher als alle anderen zur Schule zu kommen hatte sich Anja in der Zeit der Krise angewöhnt. Manchmal hatte MD damals auf der Couch übernachtet. Dann hatte sie sie mit einem Tee geweckt, ihr den Kulturbeutel in die Hand gedrückt und sie zum Duschen in die Turnhalle begleitet. Schweigend wie eine Gefängniswärterin. Wochenlang. Bis die IS-Pläne des Schülers Windruff MD geweckt hatten. Bis Samira ins Lehrerzimmer gerannt kam. Nun war wieder Krisenzeit. Aber diesmal konnte sie für MD nichts tun. Nichts helfen, nichts lindern.

Anja stand auf, fuhr ihren PC hoch, füllte den Wasserkocher in der kleinen Abseite und begab sich wieder auf die Couch. So hatte MD hier gelegen. Auf diese Decke hatte sie gestarrt. Auf diese Wände, an denen sich seit der Renovierung schon hier und da Gebrauchspuren zeigten. Beim Menschen waren es Falten, im Gemäuer Risse.

»Sie hängen sehr an Ihrer Chefin, nicht?«, hatte Zumbaum gesagt. »Warum nicht?«, hatte sie geantwortet. Vielleicht etwas spitz. Aber was ging es ihn an? Er hatte wissen wollen, wie MD war, als Chefin, als Kollegin, als Lehrerin, als Schulleiterin, als Mensch. Sie hatten lange gesprochen. Fast freundschaftlich. Ich bin auf deiner Seite, ich kriege es heraus, hatte er ausgeströmt. Sie hatte ihm eine Liste von Schülern vorlegen sollen, die von der Schule geflogen waren: »So etwas kam bei MD nicht vor!« »Aha. Dann von Schülern, die ihr Bildungsziel nicht erreicht haben. Grollend abgegangen sind.« Auch den Zahn hatte sie ihm gezogen: »Sie wird respektiert. Von vielen sogar verehrt. Auch von schlechten Schülern. Sie war fair.« »Hat Frau Dreyer keinen je enttäuscht? Gekränkt? Vielleicht mal heftig zur Brust genommen?«

Er kannte MD eben nicht. Um ihn von Irrwegen abzubringen, auf denen er seine Zeit verschwendete, hatte sie ihm schließlich MDs Krise geschildert, schlechten Gewissens, aber es war nötig gewesen. Es war doch sonnenklar, dass der Mordanschlag mit damals zusammenhing. Der Mann, den MD über ElitePartner kennengelernt hatte, von dem sie sich damals unter Qualen getrennt hatte – der musste es gewesen sein. Wer sonst? Da brauchte die Polizei nur die Mails der Partnerbörse zu durchforsten.

Anja setzte sich auf den Schreibtischstuhl, stellte die Teetasse auf den Untersetzer für MDs Caro-Nes-Gemisch und drehte sich einmal um sich selbst. Ihr Blick glitt an der Schulhofplatane hinter dem Fenster vorbei über die cremefarbene Wand mit der Bildergalerie der früheren Schulleiter, die angelehnte Tür zum Sekretariat, das große Bild Karoline von Günderrodes, an der Stundenplanübersicht entlang über die Sitzgruppe mit dem Ficus Benjamin daneben, den MD immer Behördenkraut nannte, bis zur Couch mit dem einzigen persönlichen Bild darüber, Friedrich der Große, Flöte spielend in seinem Kabinett: »Ertrödelt!«, hatte MD triumphierend eines Montags gesagt.

Würde ihre Chefin dies alles wiedersehen? Bisher war Anja wie selbstverständlich davon ausgegangen. Bis Jürgen gestern im »Schwanenkönig« gesagt hatte: »Willst du an der Schule bleiben, oder soll ich für eine Versetzung sorgen?« »Natürlich bleibe ich! Bereite alles vor für den Tag, wo sie wiederkommt.« Er hatte sie lange und ernst angeschaut. Wie er es selten tat. »Wir wissen doch nicht, wie es weitergeht mit ihr. Wie sie aus dem Koma auftaucht, verstehst du? Du gehst davon aus, dass alles beim Alten bleibt. Aber das ist doch gar nicht sicher.«

Noch einmal drehte sie sich langsam um sich selbst. Natürlich würde es sein wie vorher. Natürlich kam MD zurück, hierher an ihre Schule, in ihr Zimmer und zu ihr, Anja Miljes. Die Medizin konnte heute alles. Ins Koma versetzen, die Leute zusammenflicken, wieder aufwecken, dann gab es Reha, Wiedereingliederung nach dem Hamburger Modell, und dann ging es weiter.

Der Gedanke, dass der Anschlag auch das Gehirn geschädigt hatte, war ihr bisher nicht gekommen. Jetzt gab es nur noch ihn. MD auf einer Steinstufe, einer Kante, auf Terrassenfliesen, mit Karacho hingeworfen, hingestoßen. Schädel-Hirn-Trauma. Das irreparabel war? Anja biss sich auf die Lippen. Ein Messerstich war schlimm genug; aber gegen diese Bilder regelrecht sauber. Umrissen. Alles zunähen, warten, bis es heilte, und fertig. Natürlich passte das lange Koma nicht dazu. Das passte eher zum Gehirn. Sie hatte sich etwas vorgemacht, die ganze Zeit. Um es leichter zu haben. Wenn sie doch bei ihr gewesen wäre. MD brauchte unauffälligen, ständigen Beistand. Seit der Krise hatte sie das doch gewusst. Weil MD nicht auf sich aufpasste. Sich zu sehr auf andere ausrichtete.

Anja legte sich wieder auf die Couch. Sogar Jürgen war durch den Anschlag verändert. Jürgen, von dem sie geschworen hätte, dass ihn kein Wässerchen trüben könne. Im »Schwanenkönig« wurden nur noch Tätertheorien entfaltet. Sie hatte die Treffen ganz absagen wollen, was er nicht zugelassen hatte: »Wir müssen jetzt zusammenhalten!« Dass ihr der Appetit auf Sekt und

Sex vergangen war, respektierte er. Gestern hatte er erstmals zugegeben, dass er der Ehrenmord-Variante anhing und alles Samiras Brüdern in die Schuhe schob. Genau, wie Anja die ganze Zeit angenommen hatte. Dann hatte er sich dazu verstiegen, MD zur Mitschuldigen zu machen: »Sie hat sich zu sehr hineingehängt in die ganze afghanische Geschichte.«

Sie war explodiert. Er hatte richtig Aufwand betreiben müssen, sie zu beschwichtigen. Erst nachdem er hoch und heilig geschworen hatte, bei Zumbaum den Verdacht nicht auf die Afghanen zu lenken, hatte sie Ruhe gegeben. Ihm eindringlich den guten Kompromiss geschildert, den MD mit Samiras Vater ausgehandelt hatte: dass das Mädchen Abitur machen dürfe, nicht zwangsverheiratet werde, aber in ihrer Familie verbleibe. Es gebe also keinerlei Veranlassung für Rache. Um ihn auf die richtige Fährte zu setzen, hatte sie schließlich Jürgen die Augen geöffnet, ihm erstmals von MDs Krise berichtet und MD dabei innerlich Abbitte getan. Erst Zumbaum, nun Jürgen; aber es war in MDs Sinn; so würde man Samira und die Ihren in Ruhe lassen. Das mit dem Trinken hatte sie heruntergespielt, das Seelische in den Vordergrund gestellt. Es hatte Jürgen nachdenklich gestimmt: »ElitePartner. Bist du sicher? Es passt gar nicht zu ihr.« Nicht zu seinem Bild von ihr, hatte er wohl sagen wollen.

Das Handy vibrierte. Manfred Dreyer. Mit großen Augen schaute Anja auf die Botschaft: »Danke für den Tipp mit dem Namen des Mädchens. Es hat geklappt, meine Mutter ist wach.«

MD war wach, MD war wach! Mit dem Handy in der Hand tanzte Anja durch den Raum. Es lachte die Platane, es zwinkerte Friedrich der Große, es strahlten alle Vorgänger MDs. Anja stellte sich vor das Bild Karolines: »Sie ist wach. Hörst du?«

Wach – das war der erste Schritt zur Heilung. Jetzt war sie wieder da, schaute auf die Welt, die sie fast verlassen hätte. Zitternd setzte sich Anja auf die Couch. Wie ihr die Botschaft in die Beine fuhr. Ab sofort könnte MD Zumbaum den Täter nennen. Sie musste Jürgen informieren. Nein, später. Noch war er nicht im Amt. Außerdem hieß es aufpassen, dass er ihr nicht die Freude verdarb. »Was heißt schon wach?«, könnte er unken. »Damit ist noch nichts erreicht. Erst wenn sie den Mund aufmacht, wissen wir mehr.« Gestern war es ihr fast so vorgekommen, als ob er MD Unheil an den Hals wünschte. Sie war ihm zu engagiert. Unbequem. Gut, dass sie das erkannt hatte.

Immer wieder las sie die Handy-Nachricht. Ein netter Mann, der Sohn. Sehr zurückhaltend. Zwar war er Fleisch von MDs Fleisch, seine Stimme allein aber hatte nicht gereicht, sie zurückzuholen. Er war nur die Angel gewesen, und sie, Anja, die Frau, die MD am besten kannte, hatte ihm den Köder gereicht: Samira. Ihm erzählt, wie Samira sofort nach Bekanntwerden des Anschlags im Informatikkurs ein Foto der Schule bearbeitet hatte, in das sie die Zeile »Wir vermissen Sie« und ein Gedicht hineingeblendet hatte von Karoline von Günderrode, das garantiert die wenigsten Deutschen kannten, wohl aber dieses Mädchen aus dem kargen bergigen Land, wie man es aus dem Fernsehen kennengelernt hatte. Anja hatte Samiras Nachricht kopiert, dem Sohn gemailt, sie ausgedruckt, an den PC gehängt und gestern auf Jürgens Drängen das Gedicht im »Schwanenkönig« sogar aufgesagt. Es hatte sie gewundert, dass er es hören wollte, und seine Reaktion mehr als erstaunt: »Du solltest es singen«, hatte er gesagt. »Mit deiner schönen Stimme.«

Ja, Jürgen war durcheinandergekommen. Ein solches Kompliment war unüblich. Genauso wie sein Ernst, sein vieles Schweigen. Er war anders. Hatte sie sogar nach dem Chor gefragt, ob sie eingetreten sei. Von wem sie die Stimme habe. All das war so neu, dass sie noch nicht wusste, wie sie es fand. Dann hatte er hinzugefügt: »Damals war ich so gegen die Namensgebung. Jetzt verstehe ich nicht mehr, wieso. Das Gedicht ist wirklich gut.« Der Feldzug für die Umbenennung der Schule war MDs erste bedeutende, öffentlich wirksame Amtshandlung gewesen, geschickt und geduldig gegen Jürgen durch alle Gremien und Parteien vorangetrieben und schließlich erfolgreich durchgesetzt. Im Rahmen der Feierlichkeiten hatte MD festgestellt, dass in die Ecke des Sekretariats ein schmaler Kühlschrank passen würde; sie hatte einen besorgt und, als alles vorüber war, daraus eine Flasche Champagner hervorgezogen und gezwinkert: »Den gönnen wir uns jetzt, Frau Miljes. Nur Sie und ich.«

»Ich war gegen Karoline von Günderrode als Namenspatronin, weil Schule Vorbilder bieten muss«, hatte Jürgen gestern nach dem Gedicht gesagt, als ob er sich vor ihr rechtfertigen wollte. Auch das auffällig. »Eine Sechsundzwanzigjährige, die sich umbringt, ist keines. So war meine Argumentation. Aber ich war nicht ehrlich. Wollte mich nur nicht vor einen feministischen Karren spannen lassen. Weißt du eigentlich, wie die Günderrode es getan hat?« Anja hatte genickt. Jeder an der Schule wusste, dass Karoline sich erstochen hatte, nachdem sie von ihrem Geliebten verlassen worden war. »Wenn wir uns trennen würden, Anja, du und ich, was würdest du tun?«, hatte er plötzlich gefragt und zum ersten Mal seit dem Anschlag wieder mit ihr geschlafen. Wie ein Ehemann, in Missionarsstellung. Sie hatte die Augen schließen müssen, um nicht zwanghaft darauf zu schauen, wie seine Wangen wackelten. Aber mitgemacht.

Was MD wohl als allererstes gesehen hatte nach dem Wachwerden? Natürlich das Gesicht ihres Sohnes. Bald darauf war ihr Blick vielleicht auf die Blumen gefallen. »Die sind von deiner Sekretärin«, hätte der Sohn gesagt. Und MD hätte gelächelt. Ihr erstes Lächeln seit dem Koma galt ihrer Sekretärin.

Anja legte sich so auf die Couch, dass sie aus dem Fenster sehen konnte. Die Blätter der Platane schaukelten im Wind. Ein guter Tag. Dies war nicht nur eine Krisen- und Liebes-, es war auch eine Denkcouch. Vielleicht hatte MD sich damals umbringen wollen. Mit dem Gedanken gespielt zumindest. Und jetzt war sie froh, am Leben zu sein. Sie selbst würde sich jedenfalls weder Messer noch Kugel geben, wenn eine Trennung von Jürgen anstand. Auch nicht, wenn das Unvorstellbare einträte. Dass MD zwar wach war, aber ein Pflegefall bliebe: gelähmt, im Rollstuhl, arbeitsunfähig, dumm. Die Sache war klar: Dann würde sie, Anja, sich in den Verwaltungsdienst versetzen lassen und nach ihrer geregelten Arbeitszeit MD betreuen. Sie würde sie nicht im Stich lassen. Sondern sich kümmern.

Offenbar hegte Jürgen Abschiedsgedanken. Was fragte er sonst? Sollte er sich doch zurückziehen. Ohne ihn konnte sie leben, aber nicht ohne MD. Wahrscheinlich wurde ihm die Affäre mit der Schulsekretärin zu heiß, seitdem die Polizei das ganze Schulleben durchforstete. Wenn Jürgen so ernst war wie gestern, sah er aus wie ein Steinkauz. Vielleicht war es sein Abschiedssex gewesen. Ja, es wurde Zeit zum Aufstehen, Aufwachen und Aufhören. Das Schlussmachen würde sie selbst in die Hand nehmen. Eine Anja Miljes ließ man nicht fallen. Sie nahm Handtuch und Stöckelschuhe aus der Schublade, steckte sie in eine Plastiktüte und legte sie in ihre Umhängetasche.

Jürgen Pönsgen: Lehrers Kinder

Lehrers Kinder, Müllers Vieh geraten selten oder nie. Dass er unter diesem Spruch aufgewachsen war, hatte Pönsgen MD nach einer der endlosen Stellenverhandlungen beim Senat anvertraut. Damals war MD so erschöpft gewesen, dass er sie zum Italiener herumgekriegt hatte. »Meine Eltern waren Grundschullehrer, beide an der Schule, die auch ich besuchen musste. Also machte ich nichts als Dummheiten, um mir bei den Mitschülern Ansehen zu verschaffen. Zweimal knapp der Relegation entgangen! Als Schulrat für Gymnasien war ich nicht vorgesehen, sage ich Ihnen. Der Posten war wohl meine späte Antwort auf diesen Spruch. Hier und heute in der Behörde, wo die Kollegen sitzen, die es im Unterricht nicht schaffen, kommt er wieder auf mich zu. Die größten Besserwisser: Lehrerkinder! Schauen Sie mal in die Personalakten. Es ist bitter, wenn man den eigenen Eltern recht geben muss.« »*Pastors Kinder, Müllers Vieh* heißt es«, hatte MD geantwortet und gezwinkert. »Ich muss es wissen.« Auf der Toilette hatte er den Spruch gegoogelt. Wieder einmal hatte sie recht gehabt.

Pönsgen trat ans Fenster. Seit Jahren derselbe Blick auf den Parkplatz, aber die Bäume zwischen den Bereichen für Publikumsverkehr und Verwaltung waren in seiner Amtszeit mächtig gewachsen. Ja, die Natur. Draußen Fortschritt – drinnen Stillstand. Immer wieder war er an MDs verdammter Überlegenheit abgeprallt, manchmal hatte er sich unterworfen, manchmal gekämpft, meist kapituliert. Und sie trotzdem immer unterstützt. Ihr die Baumgarten zugeschanzt für ihren Russischfimmel. Jede Schulfeier der Günderrode-Oberschule besucht. In der

Sache Samira wider besseres Wissen zu ihr gestanden. Respektiert hatte er sie immer. Oder war es anderes, das er für sie empfand?

Diese Tat, so körperlich, so plötzlich, so brutal, erschütterte alle Gewissheiten. Wem war MD so verhasst? Der Täter musste aus dem schulischen Umfeld kommen. Eine Frau, die derartig mit ihrem Beruf verheiratet war, hatte kein Privatleben. Tennis, mein Gott. Im ehemals weißen Sport schwang man kein Messer. Choristen kamen noch weniger in Frage. Wo man singt, da sticht dich keiner nieder. Der Täter kam aus Samiras Familie, es gab einfach keine andere Möglichkeit, das konnte Anja drehen und wenden, wie sie wollte.

Pönsgens Blick fiel auf die Bilder der Gymnasien seines Zuständigkeitsbereichs. Freiherr-vom-Stein, Gandhi, Albert Schweitzer, Beethoven. Den Fakt, dass Frauen als Namenspatronen in dem Bezirk so unterrepräsentiert waren, hatte MD damals genutzt. Sonst hätte man so eine labile junge Frau wie die Günderrode nicht durchgewunken. Egal was sie geschrieben hatte. Die sich wahrhaftig bei einem Chirurgen erkundigt hatte, wie man den Stich gegen das eigene Herz führen musste. Der tatsächlich auf Anhieb gesessen hatte. Unvorstellbar, wozu Menschen fähig waren, wenn es ihnen schlecht genug ging. *MD lebensgefährlich mit Messer verletzt.* Als er Anjas SMS-Botschaft gelesen hatte, war sein erster Gedanke gewesen: Sie hat sich umgebracht. Folgte dieser jungen Dichterin. Hatte vielleicht die Diagnose Hirntumor bekommen. Nahm ihr Schicksal in die eigene Hand. Es würde zu MD passen. Was wusste man voneinander? Den dunklen Winkeln. Im Örtchen Winkel am Rhein hatte die Günderrode es getan. Das passte ja.

Pönsgen zerdrückte eine winzige Spinne mit dem Zeigefinger und wischte ihn an der Hose ab. Kleinsttiere zählten nicht. Was Jungen mit Fröschen anstellten, galt gerade noch als Streich. Für große Tiere gab es saubere Tötungsmaschinen. Erst beim Menschen ging es um Schuld. Die Polizei hatte bestimmt geprüft, ob MD Karolines Tat nachgeahmt hatte. Zumbaum jedenfalls suchte einen potentiellen Mörder, keine Selbstmörderin. Und vernünftigerweise suchte er im Schulbereich. Sogar er selbst, Pönsgen, war unter Verdacht gekommen und nach seinem Alibi gefragt worden. Wie im Krimi: Vorladung. Befragung. Das ganze Kollegium samt Anja und Hausmeister hatte aufs Präsidium gemusst.

Gottseidank hatte die Tat nicht in einer Dienstagnacht stattgefunden. Dann wäre der »Schwanenkönig« aufgeflogen, und wie diskret die Polizei mit solchen Informationen umging, das konnte man am nächsten Tag im Käseblatt lesen. Glück gehabt. So hatte er in aller Ruhe sein Konzert-Abo vorweisen können samt Freunden von auswärts, das Restaurant, in dem sie gegessen hatten, und da die Freunde bei ihnen übernachtet hatten, war schnell alles in trockenen Tüchern gewesen. Warum auch sollte er die beste Kraft seines Bezirks abstechen? Abgesehen davon, dass er zum Mörder nicht veranlagt war. Sah man vom Angeln ab. So ein Hecht war und blieb aber eben nur ein Tier. »Motive sind manchmal tief vergraben. Was denken Sie, wer der Täter ist?«, hatte der Kommissar gefragt. Es hatte geklungen, als ob sich ein junger Kollege bei ihm Rat holte. Alles Taktik, natürlich.

Pönsgen trommelte mit den Fingern an die Scheibe. Er hatte ihn auf die unheimliche Ähnlichkeit des Anschlags mit dem Günderrode-Suizid hingewiesen. Es sei gleichsam die Mordvariante des Geschehens. Daher müsse es jemand aus dem schulischen Umfeld sein, der die Geschichte kenne, über die sonst nur ein paar versprengte Germanisten Bescheid wüssten. Zumbaum hatte aufgehorcht. »Erzählen Sie mir doch mal, was darüber in der Schule im Umlauf ist.« Also hatte er von der Ménage-à-trois gesprochen zwischen Karoline als Geliebter und diesem Ehepaar

Creutzer. Dass Karoline den Laufpass bekommen habe, als die Ehefrau nicht mehr mitmachen wollte. Die ihren kranken Mann gepflegt und ihm zur Belohnung den Verzicht auf die Geliebte abgerungen hatte. »Hat denn Frau Dreyer so gelebt? À trois?«, hatte ihn Zumbaum unterbrochen. Er wisse wenig über sie, war Pönsgens Antwort gewesen. Und das stimmte vollkommen. Sie gehe in ihrer Arbeit auf, sei zurückhaltend im Persönlichen. Geschieden sei sie und habe sich seines Wissens nicht wieder gebunden, weil sie zu offiziellen Anlässen stets alleine erscheine. Aber natürlich sei das kein Beweis, dass es nicht doch eine Beziehung gebe.

Pönsgen ging auf seinen Schreibtisch zu und zuckte mit den Augen. Die ganze Sache setzte einem zu. Er musste aufpassen, dass er keinen Tic bekam. Die Verdächtigungen bei Zumbaum waren unangenehm gewesen. Teils ließ er einen kommen, teils stieß er zu mit einer überraschenden Frage aus blauem Schweigen wie ein Raubvogel. Da hatte das mit dem Augenzucken begonnen. Bevor Pönsgen sich den Ruck gegeben hatte und mit der Frage herausgekommen war, ob der Kommissar schon die Afghanen unter die Lupe genommen habe. Bei denen alles zusammenkomme: schulisches Umfeld, Motiv, Tatfähigkeit und die Nähe solcher Völker zum Messer. Anja hatte er das natürlich verschwiegen. Aber wie man es drehte und wendete: Was konnte es anderes sein als eine muslimische Spiegelstrafe? In Arabien war so etwas gang und gäbe. Wer klaute, dem wurde der Arm abgehackt. Wenn MD einem afghanischen Vater seine Tochter aus dem Herzen riss, wurde ihr ins Herz gestochen. Ganz einfach. Die Tat war eine Antwort auf etwas. »Ist das nicht jede?«, hatte Zumbaum eingeworfen. Ganz philosophisch. Pönsgen hatte sich ereifert: MD habe das Mädchen der Familie entfremdet. Das sei ein Fakt. Sie ganz bewusst an sich gezogen. Sie sogar mit zu sich nach Hause genommen. Die Sekretärin habe einmal so etwas herausgeplappert; wer wusste, ob da etwas dran war …

Pönsgen wischte ein Stäubchen von der Schreibtischplatte: Hier lag alles, wie es sollte. Die Fassade stimmte. Seine eigene Ménage-à-trois war bisher unsichtbar geblieben. Wenn seine Frau ihm als Furie am »Schwanenkönig« auflauern würde und Rachegericht spielen, das ergäbe einen Sinn. Es wäre sogar realistisch, davor Angst zu haben. Hatte er aber nicht. Stattdessen fürchtete er sich vor den beiden afghanischen Türstehersöhnen. Wann würden sie bei ihm auftauchen? Und wie? Welche Strafe ereilte nach muslimischem Gesetz einen Unterstützer? Denn er hatte MD nicht zurückgepfiffen. Das wussten sie. Der Vater von Samira hatte sich persönlich über MD beschwert, hatte hier in diesem Zimmer auf dem Besucherstuhl gesessen, und Pönsgen hatte nichts Besseres zu tun gehabt, als ihm MDs Handeln als Hilfe für die ganze Familie hinzustellen. Die kohlschwarzen Augen unter den buschigen Brauen hatten ihn angestarrt: »Wir nicht brauchen Hilfe.« Nun hatte er diesen Mann angeschwärzt. Schwärzer als schwarz. Anja durfte das nicht wissen.

Er seufzte. Auf dem Polizeiparkplatz, am Tag des Zumbaum-Gesprächs, war er rückwärts mit dem Wagen an einen Poller geknallt. Aber schlimmer: Es rumste bei ihm selbst im Gebälk. Ob er etwa den Poller bezahlen müsse, hatte er Zumbaum gefragt. Wo er ihn nicht einmal schiefgefahren hatte. Wo der schon von anderen Kerben aufwies, weil er einfach dumm dort im Weg stand. »Wie eine Falle der Fortuna?«, hatte Zumbaum langsam gesagt und ihn seltsam angeschaut. Ein gebildeter Kommissar. Auch das noch. Die Polizei sollte handeln und nicht deklamieren. Immerhin hatte Pönsgen gut pariert mit »Meinen Sie *The slings and arrows of outrageous fortune*?«. Shakespeare kam immer gut. Schlug alles, sogar Goethe. Wieder holte er tief Luft. Wie die Baumgarten den Hamlet-Monolog vorgetragen hatte. Die Schüler, die Englisch nur aus amerikanischen Sendungen kannten, hatten gestaunt. »Die versteht etwas von Literatur«, hatte MD auf dem Flur gesagt. »So muss ein Lehrer sein: das Fach lieben und die Schüler auch.« Er hatte MDs Stimme noch im Ohr. Die ja nun verstummt war, und keiner wusste, wie lange das so bleiben würde. Und ob aus ihrem Mund je wieder Shakespeare kommen würde oder nichts als Unsinn. »Was bedrückt Sie gerade?«, hatte der Kommissar statt einer Antwort gesagt. Erst war er wie Heidegger herübergekommen, dann wie Freud. »Der Poller jedenfalls nicht«, hatte Pönsgen gesagt. »Aber die Afghanen.«

Das Ganze nahm ihn übertrieben mit. Bedrückt würde er sich nicht nennen. Belastet eher. Es war so krass körperlich. Kam so nah. Als ob das Messer knapp an ihm vorbeigegangen wäre und statt seiner MD getroffen, sich quasi verirrt habe. Manchmal fragte Anja: »Was denkst du?« Sie wollte dann aber nur wissen, ob er innerlich auf Abwegen war. Nicht, wie es ihm ging. Für das Allround-Wohlbefinden war seine Frau zuständig. Anja für den Genuss. Seine Seele war unversorgt. Alles klaffte auseinander. Er brauchte jemanden, der an ihm Anteil nahm, verdammt. »Die Türsteher werden mir genauso auflauern wie MD!« – mit so etwas konnte er Anja nicht kommen, da sie die Afghanen verteidigte. Seiner Frau noch weniger. Eva würde alle Pferde scheu machen: »Siehst du?! Jetzt sind wir dran! Was lässt du dich mit Ausländern ein!«

Pönsgen blätterte in dem Terminkalender und verglich das Aufgeschriebene mit den Eintragungen in seinem Handy. Lehrprobe Baumgarten, nächste Woche. Schön. Wenn er einmal mit ihr die ganze schreckliche Chose besprechen könnte. Wie gern würde er sie zu seiner Diotima machen. Mit ihrer kühlen Seelentiefe wäre sie die perfekte Herzensfreundin. In Bayreuth, in der Pause vom Tristan, o Wunsch, lass nach. Sinnend würde sie ihn ansehen, ein Sektglas in der schmalen Hand: »Was bedrückt Sie?« »Dass ich nicht der geworden bin, der ich bin. Und jetzt ist mein unfertiges Sein auch noch bedroht.« »Ist unser Sein nicht immer bedroht?«, würde sie zurückfragen und das Glas heben. Tristan und Isolde, zwei Bedrohte. Zwei Versunkene, denen die Wirklichkeit auflauerte. Mit solchen Sätzen würden sie perfekt in die Szenerie vor dem Festspielhaus hineinpassen. Mit Künstlerthemen: Wie man war. Dass das Leben sich nach den Menschen richten sollte. Nicht umgekehrt. Auch von der Günderrode würden sie sprechen. Wie konsequent die gewesen war. Und so weiter. Die Bläser des Festspielorchesters würden auf den Balkon treten und die Pause mit einem Motiv aus dem dritten Akt beenden. Wie man es aus dem Fernsehen kannte: Stoiber, Merkel, Seehofer auf dem roten Teppich, mit ihren ehelichen Gesponsten am Arm. Nun aber sie beide, er und Marie. Auf ihrem Sitz neben ihm würde ihn ihr Gesicht im langsamen Fallen der Dunkelheit anleuchten: »Du bist gut so, wie du bist. Was gibt es da zu verändern?«, würde sie hauchen. Er würde sich in dies Du hinein vorbeugen und sie küssen. Ihr zuflüstern, dass sein Leben bisher unter dem Fluchschatten einer ehemaligen Mitschülerin gelegen habe, der sich aber endlich hebe! Seit es nämlich sie, Marie, für ihn gebe. Mit *Lehrers Kindern, Müllers Vieh* würde er ihr nicht kommen. Fluchschatten war ein gutes Wort. Das sollte er sich merken.

In all den Jahren seiner Zusammenarbeit mit MD wäre er nie auf die Idee gekommen, sie auch nur ein einziges Mal zu fragen: »Sind Sie bedrückt?« Wahrscheinlich hätte sie etwas gemurmelt wie »Beamte haben kein Innenleben«, und er hätte im Regen gestanden. Beate hatte leider recht gehabt vor vierzig Jahren. Er traute sich nur etwas, wo er sicher war, und das war denn schon kein Trauen mehr. Aber nun würde er etwas wagen. Nächste Woche. Nach der Lehrprobe würde er die kleine Baumgarten beiseite nehmen: »Ich würde sehr gern einmal etwas in Ruhe mit Ihnen besprechen.« Das würde sie nicht abschlagen. Dazu war sie viel zu höflich. Außerdem angewiesen auf seine dienstliche Beurteilung.

Marie Baumgarten: Mehr nicht

»Gelegentlich mal auseinanderrücken«, hatte sie gesagt. »Mehr nicht. Er solle respektieren, dass sie ein bisschen zweisamkeitsbehindert sei. Rein referendariatsbedingt. Nur zeitlich. Nicht innerlich. Was machte er daraus? Einen fast einwöchigen Aufenthalt im Allgäu. Sogar den Orgeldienst am Sonntag hatte er abgegeben. Aus eigener Tasche die Vertretung bezahlt, was in Jahren nicht vorgekommen war, soweit sie wusste. Heute oder spätestens morgen im Laufe des Tages müsste er zurückkommen; morgen war schließlich Chor. Und nächsten Sonntag der Jahrestag ihres Kennenlernens. Ob er das im Kopf hatte?

Körperliche Abwesenheit, digitales Pressing. Seitenlange Mails. Ergießungen, unzusammenhängende Beschreibungen: Schau her, ich mach's dir recht. Oder wie sollte sie es sonst auffassen? Ohne seine körperliche Anwesenheit wurde er fremd und sie kritisch: Wie er schrieb, war einfach kindisch. Nicht jeder, der Schlimmes erlebt hatte, ließ sich so gehen. War sie dafür blind gewesen?

Am ersten Abend hatte sie ihn vermisst. Hatte die ungewohnte Ruhe in der Wohnung genießen wollen, war aber immer wieder hochgesprungen von ihren Vorbereitungen, auf und ab getigert, hatte sich zum Schluss ans Klavier gesetzt und einen Choral gespielt. *Wunderbarer König.* Plötzlich geweint. Sich albern gescholten. Wieder an die Vorbereitungen gesetzt. Unter Aufbietung aller Konzentration schließlich sogar das Hauptseminar-Referat über die Entwicklungsspezifika der Pubertät begonnen. Aufatmend ein Glas Rotwein getrunken. Dann Herberts viele Botschaften gelesen, auf dem Handy, im PC: seine Einladung ins Allgäu. An dem Abend hatte ihr seine Öffnung nach innen gefallen. Wahrscheinlich weil sie einen in der Krone gehabt hatte. Spontan hatte sie zusagen wollen, bereits »Lieber Herzenskönig ...« getippt, dann hatte Lukas angerufen: »MD. Ermordet. Fast.« Er war außer Rand und Band gewesen: »Wir werden alle verhört.«

Wie betäubt hatte sie nach dem Telefonat dagesessen. MD in einem Klinikbett, blass, mit geschlossenen Augen, an Versorgungsstrippen, mit einer Naht in der Brust. Vergeblich hatte sie das Bild abzuschütteln versucht. Autoritäten hatten ohne Brüste oder Hintern zu sein; sie gingen nicht aufs Klo, lagen nicht im Bett. Ihre Körper waren mehr so Turnierüberhänge, wie man sie im Mittelalter trug. Hie Pönsgen, da MD, Lanze aufgestellt, losgaloppiert und fertig. Mit ihrem persönlichen Fleisch hatten die einen nicht zu behelligen. Aber nun überrollten einen ungerufene Bilder, sie hatte die SMS-Botschaft nicht weiterschreiben können. Schlimmer: Sie hatte überhaupt nicht mehr schreiben können. Wie Herbert das Schreckliche vermitteln? Dem wäre er nicht gewachsen. Das war klar. Es würde ihn niederwalzen, wenn sie auch nicht wusste, warum. Seither stand es zwischen ihnen als Wand, gegen die sie jeden Tag neu stieß.

Was, wenn man Herbert verdächtigte? Seine Reise war plötzlich gekommen, ohne Vorwarnung, aus dem Blauen. Genauso plötzlich, wie Melissa Dreyer einst aus seinem Chor verschwunden war. »Jeder steht unter Verdacht«, sagte Lukas wohl tausendmal am Tag. Es war alles absurd und zerrte an den Nerven, sogar die Schüler waren anders als sonst. Ihr Vater hatte sich ihren Bericht schweigend angehört und von Massenhysterie gesprochen. Auf Lukas traf das zu. Gestern Abend hatte sie mitten im Gespräch aufgelegt, nachdem sie ihm das x-te Mal nahegelegt hatte: »Geh zum Therapeuten, wenn du so in Angst bist. Das ist krankhaft.« Vielleicht lag es daran, dass er kein Alibi hatte: »Ich geistere manchmal nachts so herum.« Bestimmt wisse Zumbaum inzwischen, dass er ein Motiv habe, weil MD ihn gekränkt hatte. »Kritisiert, meinst du.« Dann hatte er ins Telefon geraunt: »Ich hätte sie tatsächlich umbringen können danach. Wie sie mich bloßgestellt hat. Kleingemacht vor aller Welt. Gedemütigt.« »So etwas denkt, aber tut man nicht. Außerdem schleichst du doch nicht nachts mit einem Messer herum, oder?« »Ich war aber einmal in einem Kriseninterventionszentrum. Mein Tinnitus war so laut geworden, dass ich dachte, ich höre Stimmen. Das kriegen sie alles heraus! Und dann bin ich dran. Kriege nie eine Stelle. Zwar können sie mir nichts beweisen. Aber Untersuchungshaft reicht. Damit bist du out.«

Danach hatte sie endlich Herbert informiert. Immerhin, das hatte Lukas bewirkt. Offenbar hatte Herbert es nicht verdaut. Seit sie ihm geschrieben hatte, war Sendepause. Sie hatte es so neutral wie möglich formuliert. Von einem »Anschlag« gesprochen. Es plötzlich albern gefunden, dass sie es ihm nicht früher mitgeteilt hatte. Wenn er wieder da wäre, sollte sie reden. Ausführlich. Über alles.

Marie zog den Mantel aus der Garderobe und warf einen Blick in den Spiegel. Es war dumm gewesen, zu einem fremden Friseur zu gehen statt zu warten, bis der eigene aus dem Urlaub zurück war. Unvorteilhaft, wie der sie geföhnt hatte. Obwohl sie ihm genau gesagt hatte, wie sie es haben wollte. Manche Männer hörten einfach nicht zu, mussten immer ihr Eigenes machen. Sie nahm einen Kamm und verteilte die Haare wie gewohnt, aber sie lagen nicht. Dann eben nicht. Sie musste los. Herbert hatte Pech gehabt, wenn er heute Abend kam. Wer sich nicht ankündigte, konnte kein Empfangskomitee erwarten.

Sie zögerte, malte ein Herz auf die Mitteilungstafel, die sie manchmal benutzten: »Willkommen zu Hause! Bin bald zurück«, und legte sie hinter die Tür. Bestimmt käme er erst morgen.

Mit Schwung zog sie die Haustür hinter sich zu. Wenn der eigene Schulrat einen einlud, wäre es fahrlässig abzulehnen. Wahrscheinlich würde es um MD gehen. Dieser Anschlag verrückte alle gewohnten Grenzen. Wer ihr je gesagt hätte, dass sie sich mit einem sechzigjährigen Uhu außerhalb des Dienstlichen verabreden würde, dem hätte sie einen Vogel gezeigt. So kochte jeder seine eigene Suppe auf dieser Tat. Vielleicht wollte er sie beruhigen, dass die Ausbildung ordnungsgemäß weiterlaufen würde, auch unter MDs Vertreter. Aber dazu hätte eine Mail an alle Referendare gereicht. Lukas hatte pikiert reagiert: »Der will dir jetzt schon eine Stelle zuschanzen. Frauen haben es allemal leichter, vor allem schöne.« Da er es herausgebellt hatte, ließ sich die Äußerung kaum als Kompliment verbuchen. Seit dem Lehrprobendebakel war er unbeherrscht ihr gegenüber. Fast wie Herbert, wenn sie nicht sofort aufflammte in seiner Gegenwart. Auch der Kommissar war in der Befragung zudringlich geworden. »Sie müssen doch einen persönlichen Eindruck von Ihrer Direktorin formulieren können!«, hatte er geblafft, als sie ihm gesagt hatte, sie sei so neu an der Schule, dass sie noch kein differenziertes Bild von MD aufgebaut habe. »Sie ist besonders tüchtig. Und wie soll Ihnen dieses Detail bitte bei Ihrer Arbeit helfen?«, hatte sie zurückgegeben und ihn angelächelt. So sphinxhaft wie möglich. Der sollte sich um Fingerabdrücke kümmern und was es sonst gab. Kühle Kontrolle schien Männer zu reizen. Man sollte die Referendare in Ruhe lassen mit der ganzen Angelegenheit. Die hatten eigene Probleme. Weder hatte Marie eine Idee zum Täter noch interessierte ein Geschehnis, das etwas krass Übertriebenes an sich hatte. Das anderswo passierte und auf die letzte Zeitungsseite gehörte. Natürlich musste MD einem leidtun, aber trotzdem.

Wo hatte sie das Auto abgestellt? Schulleute hatten es mit Pünktlichkeit. Sicher auch Pönsgen, obwohl er beleibte Gemütlichkeit ausstrahlte. Damit allein wurde man jedoch nicht Schulrat. Garantiert hatte er ganz andere Seiten. Jeder zeigte seine Fassade; die wenigsten waren, wie sie waren. Nur Herbert. Er ja. Das musste sie ihm lassen. Und war es nicht letztlich das Wichtigste? Wohin geriet sie mit dieser Verabredung? Der Vater hatte sie ja gewarnt: »In der Schule tobt mehr Leben, als dir lieb sein wird.« Wenn sie eine Unikarriere hingelegt hätte, das hätte er passend gefunden. Für ihn selbst natürlich, als Aushängeschild: »Darf ich vorstellen? Meine Tochter, Frau Dr. Baumgarten.« Dennoch mochte er recht haben. War sie nicht einerseits zu genau und andererseits zu distanziert für die Schule? Manches nahm sie zu ernst, anderes fand sie lächerlich: Wenn Kollegen in Birkenstockschuhen Unterricht gaben, wo ein Zeh durch den Socken guckte. Wenn sie den Schülern ihren penetranten Eigengestank zumuteten. Oder nach jeder Stunde Häkchen in ausgefeilte Beurteilungstabellen eintrugen mit einem eigens dafür angespitzten Bleistift und ausrasteten, wenn der verschwunden war. Beleidigt reagierten, wenn sich jemand auf einen Platz gesetzt hatte, über dem das unsichtbare Schild schwebte: »Dieser Platz gehört dem Kollegen XY«.

Ja, Schule infantilisierte. Leider stimmte auch diese Vatermeinung. »Sie sind gar nicht wie eine richtige Lehrerin, viel zu schick und höflich, aber auch streng, und das finden wir gut«, hatte die kleine Dicke aus der siebten Klasse neulich auf dem Theaterabend zu ihr gesagt. In plumper, aber süßer Vertraulichkeit, mit einer Lakritzstange im Mundwinkel, die das Kind dann in toto eingesaugt und quer im Mund platziert hatte, sodass an beiden Wangen spitze Beulen herausgeragt waren. Eine Mitschülerin hatte ihr mit beiden Händen auf die Wangen geklatscht, und die braune Soße war aus dem Mund gespritzt; Gottseidank hatte sich Marie in weiser Voraussicht rechtzeitig zurückgezogen. Solche Szenen waren auf der Universität nicht zu gewärtigen, stattdessen aber spitzfindig ausgetragene Ellenbogenkämpfe, endlose Drittmittelsitzungen und ständig wechselnde Verbündete. Da traf sie sich doch lieber mit einem dicken Vorgesetzten und hörte seinen Anschlagtheorien zu.

Anja Miljes: Noch lange nicht

Ich fürchte, noch lange nicht.«

»Noch lange nicht. Es war also schlimmer als gehofft. Diese Antwort hatte einen dunklen Rand. Herr Dreyer war ein vorsichtiger Mann. Offenbar stand ein langer Heilungsprozess bevor, eventuell sogar einer mit zweifelhaftem Ausgang. Mit dem ja auch Jürgen rechnete. Und sie war so sicher gewesen. »Wer sich seiner Sache zu sicher ist, stolpert früher oder später über seine eigenen festen Annahmen. In der Schule früher«, hatte sie MD einmal zu einem Referendaren sagen hören.

Anja schüttelte den Kopf. Wie alles passte. Gestern hatte sie mit ihrem Mann abends eine eheliche Fahrradrunde gedreht. An einer Stelle, über die sie schon tausendmal gefahren war, wo man von der Straße eine Einfahrt hochmusste, war sie gestürzt. In voller, wenn auch nicht schneller Fahrt. Am Arm eine Prellung, die Lederjacke eingesaut, die aber Schlimmeres verhindert hatte – so war es glimpflich abgelaufen. Bernd hatte sie auf eine Bank geführt, war besorgt gewesen, als er ihr Zittern gemerkt hatte. »Was ist los mit dir?« »Ich halte es nicht mehr aus«, hatte sie zu ihrer eigenen Überraschung gesagt. »Kann ich verstehen«, war die Antwort gewesen. Kurz, aber hinreichend. Er war ein guter Kamerad.

So ging es nicht weiter. Sie brauchte Klarheit. Man konnte jemanden auch besuchen, der nicht sprechen oder denken konnte. Die Komazeit war vorbei, MD hatte die Augen auf, kein Mensch der Welt verbot einen Krankenbesuch. Anja könnte ihr etwas aus der Schule bringen, das wäre dann quasi ein Dienstgang. Samiras Günderrode-Gedicht zum Beispiel mit der Zeile »Wir vermissen Sie« farbig über die schwarzen Buchstaben gelegt. Wie ein Graffiti sah es aus, handgeschrieben, energisch. Ja, das wäre gut. Passend.

In aller Eile tippte Anja Miljes die Rundschreiben von MDs Vertreter an die Gesamtkonferenz und schickte sie los. Seit Herr Müller im Rektorat residierte, blieb die Tür zum Sekretariat geschlossen. Sie klopfte an:

»Ist noch etwas? Sonst gehe ich jetzt.«

Dass sie zu MD wollte, würde sie ihm nicht auf die Nase binden. Seine Neugier kannte keine Grenzen. Neulich hatte sie mitbekommen, wie er Schubladen aufzog, in die hintersten Ecken schaute und alles durchwühlte. Dabei hatte MD hier auch persönliche Dinge gelagert. Ihr Konzert-Abo. Einen zweiten Autoschlüssel. Was ging ihn das an! Sogar die Couchgarnitur, wie er es nannte, hatte er entfernen lassen. Ins Krankenzimmer gestellt: »Was macht das bei Elternbesuchen für einen Eindruck?« Es tat weh, nur daran zu denken.

Noch lange nicht. Dann stand es schlimm. Dann hatte MD auch keine Täterbeschreibung geliefert. Oder Hinweise über den Tathergang gegeben. Wenn sie es denn überhaupt konnte. Angeblich wurde nach einem Schock alles aus dem Kurzzeitgedächtnis gelöscht. Selbst ein Gehirn wie MDs war störanfällig. Also stagnierte alles. Vielleicht war es vorschnell gewesen, Jürgens Angebot, sie an eine andere Schule zu versetzen, abzulehnen. Wenn sie sich von ihm zurückzog, könnte sie nicht mehr auf seine Hilfe rechnen. Aber Sekretärinnen brauchte es allüberall, und dies war keine Zeit für Entscheidungen. Sie durfte nicht ins andere Extrem verfallen. Sie würde so lange MDs Flagge an der Schule hochhalten, wie Hoffnung bestand.

Jürgen Pönsgen: Ein Zufall

So. Sie hatten ihn also, den Täter. Einen Drogenabhängigen, der in MDs Gegend Einbrüche durchgeführt und die Dummheit besessen hatte, nicht nur MDs Laptop, sondern auch ihr Handy mitzunehmen. Das hatten sie geortet, alles ganz einfach. Dazu Reste von MDs Schmuck bei ihm gefunden. Wahrscheinlich hatte sie ihn überrascht, und er hatte sie zum Schweigen bringen wollen. In Panik zugestochen. War vielleicht auf Bewährung draußen gewesen. Hatte Angst gehabt, dauerhaft eingebuchtet zu werden. Was wusste man, was in so jemandem vorging. Der schon außerhalb stand. Ein stinknormaler Kleinkrimineller, keiner aus dem schulischen Umfeld, der verbiestert seine unergiebige Schulkarriere beendet hatte. Und vor allem kein Afghane. Kein Syrer. Kein Schwarzer. Ein ganz gewöhnlicher Deutscher ohne Migrationshintergrund.

Wieso hatten sie ihn nicht schneller beim Wickel gehabt? Handyortung war doch eine Routinemaßnahme. Hätte unmittelbar zum Erfolg führen müssen. »Wozu die ganzen Verhöre?«, hatte er Zumbaum vorgehalten, den er wegen Samiras Brüder noch einmal angerufen hatte: »Ich schlafe kaum noch, meine Frau ist zu ihrer Schwester nach Duisburg gezogen, weil sie es nicht mehr aushält vor Angst, dass es einen Anschlag auf uns gibt. Das sind unhaltbare Zustände.« »Sie brauchen keinen Personenschutz, und ich könnte Ihnen rein rechtlich auch gar keinen angedeihen lassen. Außerdem haben wir den Täter.« Damit hatte Zumbaum auflegen wollen, aber Pönsgen war drangeblieben. Viel hatte er »wegen des laufenden Verfahrens« nicht aus ihm herausquetschen können, nur das, »was auch die Presse mitgeteilt bekommt, aber Ihnen sag' ich's etwas früher.«

Ein Zufall also. Keine Spiegelstrafe. Ein banaler dummer Zufall, der fast alles ausgelöscht hatte. Hätte MD fest geschlafen, wäre das nicht passiert. Morgens hätte sie den Laptop gesucht und beim Anziehen gemerkt, dass die Schmuckschatulle leer war. Was geisterte sie in aller Herrgottsfrühe herum? Er würde wetten, dass ihr verdammtes Pflichtgefühl dahintersteckte. Ihr protestantischer Erledigungswille. Irgendetwas, das am Vortag liegengeblieben war, hatte sie dem Junkie wortwörtlich ins Messer getrieben, und nun war alles zappenduster für sie. Blieb es womöglich für immer. Ade Günderrode, *Ade du mein lieb Heimatland*. Was war der Mensch ohne Gehirn? *Ein Kot, ein Fleisch, ein Sündenkloß*. Wie neulich im Liedtext, den der unglückselige Rosenwald der zehnten Klasse unbedingt hatte anbieten müssen. Barockes gab es in den Vorführstunden ja bis zum Abwinken, wahrscheinlich kam die Drastik an. *O Ewigkeit, du Donnerwort*. Da hatte er noch in aller Ruhe neben MD sitzend die Stunde abgenickt, jetzt war sie der Ewigkeit näher als ihm. Vom anderen ganz zu schweigen. Das war doch zum Auswachsen. Da half eben kein Donnerwort. Gar nichts half gegen ihr Verstummen.

»Sie können sie jetzt besuchen«, hatte Zumbaum noch gesagt. Eine seltsame Äußerung. Was ging die Polizei an, wer MD besuchte oder nicht? Vielleicht wartete der Kommissar auf ein Wunder. Hoffte, dass MDs Gehirn durch vertraute Gesichter aus der Schule wieder in den Takt kam. Wenn sie den Täter wiedererkennen würde, wäre der Fall unwiderruflich im Kasten.

Nichts geschah ohne Ursache. Darüber war neulich im Grundkurs Philosophie debattiert worden. Ein Fach für fruchtlose Diskussionen, endlose Selbstbespiegelungen oberschlauer junger Leute, von denen die Hälfte die Ursache mit einem h zu einem praktischen Gegenstand des Alltagsgebrauchs umfunktionieren würde. O Donnerwort. Es gebe unzählige Kausalketten und Einflussfaktoren, nur blieben sie unsichtbar. Und vor allem unvorhersehbar. So wie der Zeitpunkt des Zerfalls des nächsten radioaktiven Atoms aus einer Stoffmenge. Wie es neulich an der Beethoven-Oberschule erarbeitet worden war. Tja, in den Lehrproben bekam man das Beste auf anregende Weise serviert. Beim Würfeln gab es sechs Möglichkeiten. Man konnte Wahrscheinlichkeiten für einen Pasch errechnen, und so hatte es der neue Mathereferendar an der Günderrode die Schüler auch tun lassen, aber vorhersagen konnte man ihn nicht. Pech für Profispieler. Dass Samiras Familie MD angegriffen hatte, war zwar wahrscheinlicher, als dass es irgendein dahergelaufener Drogensüchtiger getan hatte, der ihr in seinem ganzen Leben noch nie begegnet war; man konnte aber eben nicht davon ausgehen. Wie er selbst es getan hatte. Fehler, sechs, Herr Schulrat, setzen.

Wenn die Samira-Brüder MD nichts getan hatten, dann würden sie ihn, Pönsgen, erst recht in Ruhe lassen. Dieser Zusammenhang hatte eine mehr als hohe Wahrscheinlichkeit. Es wäre also logisch, wenn sich nun bei ihm Entspannung und Erleichterung breitmachen würden, nur tat es das nicht. Das war es ja. Denn er war aus dem Lot, so sehr, dass er Eva »Komm zurück! Wir machen es uns schön!« gesimst hatte. Selten in den letzten Jahren war er seiner Frau gegenüber so einladend gewesen.

Personenschutz. Er hatte sich lächerlich gemacht. Vor Zumbaum, und dann – viel schlimmer! – vor der Baumgarten. Jürgens Pönsgen ging zum Wohnzimmerschrank und öffnete die Bar. Von der verspiegelten Wand blinkten ihm die Flaschen doppelt entgegen, die meisten seit Jahren unangebrochen. Auf Verdacht gekauft für Besuch, der seltener geworden war und sowieso nur Wein trank. Er goss sich einen Whiskey ein. Prost, Beate. Deine Weissagung hat sich erfüllt. In welches Spieglein blickst du jetzt? Im trauten Heim? Allein? Zu zweien?

Vom Sessel aus starrte Pönsgen auf die Schrankwand, das Glas in der Hand. Um dieses Ungetüm mit Bar aus Evas Familie hatte es unzählige Streits gegeben. Es nahm Platz weg, es war sturzhässlich, es passte nicht – aber er hatte Eva nicht dazu bewegen können, es durch etwas Gefälligeres zu ersetzen: »Nur über meine Leiche.« Dumme Redensart. Er hätte es darauf ankommen lassen sollen. Eine Leiche wurde man durch ein Messer, nicht durch einen gewöhnlichen Streit. Nie hatte er einen Konflikt mit ihr durchgestanden. Geschweige denn sich gegen sie durchgesetzt. »Das Wichtigste in der Mittelstufe für einen Lehrer: Man muss sich durchsetzen können.« Kehrwoche vorm eigenen Haus – das war jetzt dran, Herr Schulrat. Er trank einen weiteren Schluck. Werde der Spießer, der du vorgibst nicht zu sein. MD hatte also eine Krise gehabt vor einem Jahr, und Anja schwor darauf, dass ein Mann dahintersteckte. Getrunken hatte MD auch – wie viel, hatte Anja im Dunklen gelassen. Dann trank er jetzt auch einmal. Die Geschichte mit Marie Baumgarten war so etwas von in die Hose gegangen, das war Anlass genug.

Wieso hatte ihn nichts gewarnt? Keine innere Stimme? Hatte er überhaupt eine? Im Nachhinein war nicht mehr nachvollziehbar, wie er je hatte meinen können, dass die Baumgarten ihn als Sugardaddy akzeptieren würde. Diplomatenfamilie, Vater im Ministerium, du liebe Güte. Nur mit Mühe hatte er einen Abgang hinbekommen: Die Geschichte um MD habe ihn durcheinandergebracht. Seit Jahren arbeitete er mit ihr zusammen. Ein gutes Team. Fast wie eine alte Ehe. Menschlich habe sie ihm nahegestanden ... Marie müsse verzeihen ... die Seele wolle sich irgendwie ergießen ... O Gott. Allein der Gedanke an ihren Blick trieb einem die Schamesröte ins Gesicht ... Da half kein Whiskey, half kein Weinen. Pönsgen schlug die Hände vor die Augen.

Seit Johanns Tod hatte er nicht mehr geweint. Aber das war Schicksal gewesen, hier hatte er sich alles selbst zuzuschreiben.

Wo hatte er seinen Kopf gehabt? Natürlich war es das Kennzeichen einer Krise, dass man ihn verlor. Bei anderen kam es zu grandioseren Symptomen als bei ihm, einem Durchschnittsbeamten. Max Frisch ließ diesen Juristen Öderland, den die Kampmann zu ihrer Beförderungsstunde aus der Versenkung geholt hatte, mit der Axt auf Aktenschränke eindreschen. Das machte einiges her. Aber wenn er, Jürgen Pönsgen, jetzt in den Keller stiege und den nie benutzten Vorschlaghammer holte, den er vor Jahren bei Obi gekauft hatte, um einen Zaun selbst zu bauen – der eigene Zaun ums eigene Haus: Wo waren sie? Im Wilden Westen? –, und mit großer Geste auf die Eichenschrankwand einschlüge, darüber lohnte kein Drama. Womöglich bekam er den gar nicht hochgewuchtet. Hau den Lukas. Genau. Den, der hinter der Baumgarten her war.

Wenn der Junkie einen Vorschlaghammer genommen hätte, dann wäre von MD nichts übriggeblieben. Wo kamen solche Gedanken her? Alkohol lockerte das, was in einem saß, fest wie Erz im Gestein, dass man nie etwas davon gemerkt hatte. Edelmetall kam bei ihm jedenfalls nicht zum Vorschein. »Es ist nicht alles Gold, was glänzt«, war der Lieblingsspruch seines Vaters gewesen. Na, Prost. Im Alter hatte der Vater sich aufs Tiere Ausstopfen verlegt. Der Flur hatte voller Wiesel, Füchse, einem Dachs, Krähen, Eichelhäher und einem Goldfasan gehangen, dem Prunkstück, auf das jeder Besucher besonders hingewiesen wurde. Ausgerechnet. Und die Mutter hatte dem Vater noch geholfen. Nach seinem Tod einmal die Woche die ganze Menagerie abgestaubt.

Du liebe Güte. Wenn er tatsächlich nach der Pensionierung wieder angeln ginge, würde seine Eva sich bedanken, wenn er mit dem blutigen Fisch in der Hand ihre Bulthauptküche beträte, für die er zwanzigtausend Euro hingeblättert hatte. Was nichts daran änderte, dass einem beim Zeitunglesen im Wohnzimmer unangefochten das Elternmöbel über die Schulter guckte. Einmal hatte er seiner Mutter, die Fisch liebte, eine Forelle mitgebracht; der Vater hatte gesagt: »Vögel oder Felltiere lassen sich besser ausstellen.« Ans Essen hatte er gar nicht gedacht. Hatten sie die Forelle überhaupt gegessen? Oder war sie in der Werkstatt vertrocknet? Die Mutter hatte sich jedenfalls auch nicht durchgesetzt. Offenbar kam er nach ihr.

Das Wasser rauscht, das Wasser schwoll, kein Fischer saß daran. Neulich hatte er seinen alten Klappschemel entsorgt; das Tuch war eingerissen gewesen. Nach der Pensionierung müsste eine neue Ausrüstung her. Mit den Geräten war kein Staat mehr zu machen; welcher Fisch stand auf Rost? Der Apfel fiel nicht weit vom Birnbaum: Im Grunde hatte auch er es mit toten Tieren, spießte Würmer auf, schlug zappelnde Körper auf einen Stein. Es gab keinen Grund, sich über den Vater zu erheben. Aber man ging nicht angeln, um zu töten. Man ging, um fernab von allem in der Natur zu sitzen. Und das hieß bei ihm, fernab von allen Frauen. Den Beates und Maries, für die er nicht gut genug war.

Am schlimmsten von allem war, dass er Anja vergrault hatte. Wie er sie je wieder herumkriegen sollte, seit sie herausbekommen hatte, dass er die Afghanen verdächtigt hatte, stand in den Sternen. Er musste sich etwas einfallen lassen. Mit ihrem Elitetäter war sie zwar auch gescheitert, aber darum ging es nicht. So eine Bindung wie Anja an MD entwickelt hatte, war ja schon krankhaft. Dass sie eine verkappte Lesbe war, konnte nicht sein. Siehe »Schwanenkönig«. Er stöhnte. Wenn irgendjemand auf Männer stand, dann Anja. Was auch Zumbaum bemerkt haben dürfte, so oft, wie der bei ihr ein- und ausgegangen war. Wundern würde es einen nicht, aber übel war allein der Gedanke.

Und seine eigene Frau? Seine Eva? Pönsgen schenkte sich noch ein Glas voll. Nomen und Omen. Einmal hatte er in ihren

Apfel gebissen, danach war's bergab gegangen: Sie war sofort schwanger gewesen, und er hatte lebenslänglich gekriegt. Fest am Schuldhaken gesessen. Wer ließ eine Frau mit einem behinderten Kind sitzen?

Dass wir ihn nicht ins Heim abgeschoben haben, das ist die einzige Tat, auf die ich stolz bin, Beate. Ich habe dafür gekämpft, dass er zu Hause blieb. Johann. Eva hatte den Jungen von Anfang an abgelehnt. Weil sie ein Mädchen wollte. Was sie vor keinem Gericht der Welt zugeben würde. Hatte alles aufgegeben und die Supermutter gespielt, damit das nicht herauskam. »Es liegt an dir«, hatte sie tausendmal gesagt, »an deiner Familie.« Da war kein Herankommen gewesen. Dabei hatten die Pönsgens mit Johanns Behinderung nichts zu tun. Auch nach Johanns Tod hatte er Eva nicht davon überzeugt. Als sie beide frei dagestanden hatten. Nur dass sie mit der Freiheit nichts hatten anfangen können. Aneinander klebengeblieben waren. Dazu sie an Tabletten, er an anderen Frauen.

Mit einem Ruck schloss Jürgen Pönsgen die Bar. Sein Blick fiel auf die Fotos, die seit Menschengedenken auf der Ablage neben der Uhr standen, die er zu Beginn der Ehe noch jede Woche aufgezogen hatte: »Das einzige Erbstück meiner Großeltern. Sei vorsichtig!« Eva vor ungefähr dreißig Jahren, den zehnjährigen Johann an der Hand mit seinem immer glücklichen Gesichtsausdruck. Selbst den Wunsch nach einem zweiten Kind hatte er nie direkt an Eva herangetragen, sich hinter Johann versteckt: »Für dich wäre es schön mit einem Schwesterchen, nicht, Johann?« Eifriges Nicken. »Mehr als ein behindertes Kind kommt nicht vor.« Warum hatte er nicht drängender darauf bestanden, dass sie es noch einmal versuchten? Das zweite Kind hatte er sich immer als Mädchen vorgestellt: zum Auf-den-Schoß-nehmen, zum endlosen Vorlesen, ein Mädchen, das er zum Reiten gebracht und zum Angeln mitgenommen hätte.

Eines Tages war Eva nach Hause gekommen, sterilisiert: »Damit mal Schluss ist. Du merkst ja nicht, wie sehr mich das eine Kind belastet.«

Alkohol bekam ihm nicht. Man landete in finsteren Stollen. »Du bist mein Schwanenkönig«. Wie Anja das manchmal gesagt hatte, halb lachend, halb lustvoll. Einmal hatte sie es gesungen. Er hatte gar nicht gewusst, dass ein Lied so hieß. Von Karat, dieser Ostband. Anja war ja aus dem Osten. Er sollte ihr Schmuck schenken. Siebenhundertfünfzig Karat. Sich entschuldigen. Seine Angst anführen. Besserung geloben. Das musste doch zu löten sein. Eine ideale Beziehung, für beide gut. Zwei leidenschaftliche Liebhaber, die zu Hause ausgestopfte Marder als Partner hatten.

Morgen musste er zurück. Die dumme lange Zugfahrt. Am liebsten würde er zurückwandern, einen Fuß vor den anderen setzen, Schritt, Schritt, Schritt, abertausende Male, bis er vor dem Chor stünde: »Jetzt singen wir Melissa zu uns zurück …« Direkt neben ihrem Bett. Oder vom Flur aus in der Klinik. Das würde sie zurückholen ins Leben.

Die Sakristeitür als Omen, Marie!

Für das Lachen damals hatte keiner gekonnt, dieses Herausplatzen, auf das man sich im Slapstick schon freute, wenn von weitem ein Hindernis auftauchte oder eine Torte durch die Gegend getragen wurde. Damals war es eingefroren, jetzt für immer gestorben. Denn jetzt war Melissa ein kaltes Messer in den Leib gedrungen. Mit Gewalt hatte das jemand in sie hineingestoßen. Kalt in warm. Den Tod ins Leben.

Melissa im Koma. Melissa im Auto, die eine Hand auf das Steuerrad gelegt, die andere hinter den Kopf geschoben, ihm zugewandt. Melissa mit geöffnetem Mund bei hohen Tönen. Melissa lachend in der Pizzeria. Melissa neben ihm beim Registrieren. Ihr Duft, wenn sie ihm nahekam dabei. Immer dasselbe Parfüm hatte sie umgeben. Mit Duft und Stimme drang der andere ins eigene Schneckenhaus. Das Sehen ging aufs Außen, nicht aufs Innen. Ein Sternenpaar waren sie gewesen. Zwillinge. Nichts hatte sie bei ihm gesucht. Nur gefunden. Ihre Anwesenheit beim Orgeln hatte das Monster der Vergangenheit gebannt. Modrar, von dem er nie hatte sprechen können. Die Ängste, die ihm Übelkeit verursachten. Und nun hatte der Sternenzwilling auf einmal einen Körper. Und der war aufgebrochen worden. Versehrt. Wie sein eigener. Nur noch schlimmer.

Packen, duschen und den letzten Abend überstehen. Auch wer nichts von Stimmbändern, Zungenhaltung, Lippen und Atmung wusste, spürte sich beim Singen. Beim Sehen nicht. Nicht unbedingt. Sie würden Melissa gesundsingen. Eine Klangdecke über sie breiten, ein Kissen aus Tönen aufschütteln. Früher wurden für Genesungen Votivtafeln gespendet, als Dank. Ein kräftiges Bein für ein hinkendes, ein sehendes Auge für ein entzündetes. Wallfahrten wurden veranstaltet. In härenen Gewändern, die kratzen sollten. Es wurde nur das Nötigste gegessen. Nicht gesprochen. Man geißelte sich. Mit Viehstricken auf den eigenen Rücken. Oder an die Beine.

Jeden Tag der Woche hier war er aufgestiegen. Gekräftigt würde er zurückkommen von der Fahrt ins Blaue. Eintausendsiebenhundertundneunzig Meter hoch und wieder herunter. Dass Marie nicht gekommen war, hatte ihn nicht schwach, sondern stark gemacht.

Heimgarten statt Baumgarten! Ein feste Burg ist unser Gott. *Ist unsere Liebe, Marie. Du bist in Dauerprüfung, die eineinhalb Jahre dauert. Damit komme ich klar. Jakob warb sieben Jahre. Schade ist es. Auch, dass du nur maue graue Schreiben schickst: »Interessant, wir sprechen dann später darüber«. Das Wichtigste verschweigst. Dir hätte es hier auch gut getan, Marie, aber du wolltest ja nicht. Warum hast du mir erst jetzt von Melissa geschrieben? Nun bist du mir um Tage voraus. Hast dich schon daran gewöhnt.*

Sie würde staunen. Jeden Tag war er den Berg hoch. Als Heimgartengänger. Am ersten Tag hatte er fast fünf Stunden gebraucht, sich mehrfach verirrt. Am frühen Nachmittag hatte er schließlich doch am Gipfelkreuz gestanden, sich auf die Aussichtsterrasse der Hütte gesetzt und den berühmten Kaiserschmarrn gegessen: *Um mich Karwendel, Seen, das weite Land.*

Die stechende Sonne war Wolken gewichen, der Wind hatte gekühlt. Hinunter war es schneller gegangen, aber jeder Schritt hatte geschmerzt. Als er sich an den Kaltwasserfällen vorbei dem Dorf genähert hatte, war ihm eine Gruppe Kühe begegnet.

Wie damals mit der Mutter! Kleiner sind sie geworden. Müde sind wir aneinander vorbei, haben uns nichts gesagt und nichts getan.

Am ersten Abend hatten ihm im Hotel die Schenkel gezittert; um neun Uhr war er eingeschlafen.

Jeden Tag bin ich hoch! Richard Strauß hinterher! Als Junge hat er sich direkt hier verstiegen und alles aufgeschrieben und verkomponiert: »Nacht – Sonnenaufgang – Der Anstieg – Eintritt in den Wald – Wanderung neben dem Bache – Am Wasserfall – Erscheinung – Auf blumigen Wiesen – Auf der Alm – Durch Dickicht und Gestrüpp auf Irrwegen – Auf dem Gletscher – Gefahrvolle Augenblicke – Auf dem Gipfel – Vision – Nebel steigen auf – Die Sonne verdüstert sich allmählich – Elegie – Stille vor dem Sturm – Gewitter und Sturm, Abstieg – Sonnenuntergang – Ausklang – Nacht.« Fast alles hab ich auch erlebt. Ich bin aber nur tags gegangen, Marie. Kein Gewitter gab's, keine Gefahren. Denn du warst immer dabei. Strauß war allein. Von Nacht zu Nacht ist er gegangen. Von Anfang bis Ende. Aber wir, wir leben am hellen Tag, Marie!

Es war unerhört. Die ganze Zeit seines Wegseins hatte Marie schon gewusst, was Melissa zugestoßen war. Vielleicht hatte sie ihn schonen wollen. Wäre er überhaupt aufgestiegen, wenn er es gewusst hätte? Es sollte alles so sein. Jetzt war er in Form. Für beide. Gut, dass er sich am dritten Tag gegen den grausamen Muskelkater zur Tour gezwungen hatte. Nicht klein beigegeben. Jetzt brauchte er kaum zweieinhalb Stunden hoch. Himalayasteiger übten in Hochhäusern. Mit Gepäck. Zu Hause könnte er dranbleiben. In dieser Kondition würde er mühelos die Matthäuspassion durchdirigieren. Ohne Pause. Gestern

Morgen die schlimme Nachricht und gestern Morgen auch das Teppichmesser. So war das Leben. Ein kunstvoll gewobener Teppich, den einer plötzlich zerteilte. Alles andere hatten die Handwerker zusammengesammelt und eingepackt. Jeden Morgen am Beginn seiner Tour hatte er sie begrüßt. Für ihn und keinen anderen hatten sie das Messer liegengelassen.

Darum habe ich es aufgehoben. Dass ich jeden Tag aufgebrochen bin, hättest du mir nicht zugetraut, oder? Dass ich so sportlich bin.

Am siebten Tage sollst du ruhen. Eine Woche war er nun hier.

Du bist ein Mann der Extreme, hatte Marie geschrieben mit einem Smiley. *Wir wollten doch nur ein bisschen auseinanderrücken.* Sollte sie ihn ruhig vermissen, damit bei ihr ankam, wie gut sie es mit ihm hatte.

Gestern hatte er sich oben mit dem Teppichmesser ein M in den Arm geritzt. Er hatte es neben dem Gipfelkreuz tun wollen, eine besondere Handlung an einem besonderen Ort. Vor einem Hochaltar. Aber eine Gruppe Asiaten hatte das Gipfelkreuz umkreist und aus allen Richtungen geknipst. Ausgerechnet an seinem letzten Tag. Da hatte er sich in die äußerste Ecke der Aussichtsterrasse vor der Heimgartenhütte gesetzt, allen den Rücken zugekehrt. Die Haut hatte erstaunlich viel Widerstand geboten. Wie eine Vogelspur sah das M aus, dünn, unterbrochen, zaghaft. Herbert zog den Ärmel hoch und starrte darauf. Der Buchstabe passte auf die drei wichtigen Frauen seines Lebens, und eine weitere Frau müsste es für ihn nicht geben. Damals von Melissas Gesicht war das Blut in kleinen Rinnsalen heruntergeströmt. Wie mochte sie nach dem Anschlag ausgesehen haben? Tausende Kilometer waren die Büßer zu Fuß über die Alpen nach Rom zum Heiligen Vater gezogen. Für ihn musste der Heimgarten reichen. Statt Gott die Natur. Wie alles verschränkt und verschwurbelt war.

Ach, Melissa.

Abgesehen von der einen Touristengruppe waren ihm nur wenige Wanderer begegnet.

Alles private Waller! Und erlöse uns von der Schuld, von unseren Wünschen und vor allem von unseren Enttäuschungen. Erlöse uns von uns selbst.

An Melissa hatte er schräg vorbeigelebt. Nie war er ihr nachgegangen. Bei dem Anschlag hätte sie verbluten können. Der Zeitungsbote habe sie gerettet, hatte Marie geschrieben, sie liegen sehen und sofort alles alarmiert, Rettungswagen, Polizei. Vielleicht sogar den Täter identifiziert. Mehr Worte hatte sie nicht gemacht; er war darauf angewiesen, sich die Details selbst auszumalen. Wenn er nach Melissas Verschwinden vor ihrem Haus gewacht, jede Nacht auf sie aufgepasst hätte, unbemerkt natürlich, in dem weiten, respektvollen Abstand, den sie so plötzlich hergestellt hatte, als treue Schildwache seines besten Soprans, hätte er die Tat verhindern können. Dann wäre er der Retter gewesen, nicht ein unbekannter Austräger. »Herr Michaelis hat Sie gefunden. Die Tat hat er nicht verhindern können, aber ohne ihn wären Sie verblutet«, hätte ihr der Chefarzt am Bett gesagt. Aus Dankbarkeit wäre sie zu ihm zurückgekommen. Und dann hätte er endlich erfahren, was sie von ihm weggetrieben hatte.

Zum Abschluss noch einmal zu den Wasserfällen, dann mit einem Bier aufs Zimmer und schlafen. Morgen zeitig zum Bahnhof hinunter. Heute würde hier der erste Regen niedergehen, er hatte Glück gehabt. *Knapp am Herzen vorbei*, hatte Marie geschrieben. *Gut, dass du weg warst.* Sicher befürchtete sie, es wäre ihm zu nahegegangen. Natürlich! *Wer über gewisse Dinge den Verstand nicht verliert, hat keinen zu verlieren.* Warum hatte keiner diesen Satz je vertont?

Eine schicksalhafte Fügung hatte ihn hierher versetzt. Wie mühelos er jetzt ausschritt! Er musste unbedingt im Training bleiben. Sich ein Applearmband kaufen. Wenn die Pilger damals so etwas gehabt hätten, wüsste man heute, wie viele menschliche Schritte es von hier nach Rom brauchte. Vielleicht sollte er für Melissa eine Votivtafel anfertigen lassen. Als Geschenk und Erinnerung. Mit einem rot glänzenden Herzen darauf und einem Messer, auf das ein Engel seinen Fuß stellte. Ein kleines klopfendes Herz mit einem LED-Licht darin, das wäre noch besser als gemalt. Vielleicht konnte er sie mit einem Soloangebot zurücklocken. Es würde reichen, mit ihr nach dem Orgelüben ab und an im Auto gemeinsam nach Hause zu fahren. In den knarrenden Polstern zu sitzen und zu reden. Nie hatte er so gern geübt, wie wenn sie neben ihm saß.

Das Leder deiner Autopolster ist bis Bayern zu riechen, Melissa!

Wenn Melissa wieder mitsänge, hätte Marie nach der Chorprobe Zeit für ihre Unterrichtsvorbereitungen.

Du liebst ja die Pizzeriabesuche überhaupt nicht. Ich brauche sie. Und mehr noch das Reden hinterher, das ewige Reden, der Strom aus dem Inneren.

Er würde Melissa ermuntern, sich zu öffnen. Alles zu erzählen, wie es gewesen war. Wieder und wieder. Sie brauchte seine Hilfe.

Wie schön es hier rauschte. Erdplatten verschoben sich ohne menschliches Zutun. Vulkane brachen aus, Wasser stürzte herab. Man musste nur warten. Nach der Mutter hatte ihm das Leben zwei Frauen zugespielt. Mit keiner ging alles. Zu dem Wasserfall hatte Strauß »Erscheinung« notiert. Auf so etwas musste man warten. Hier im Rauschen. Wo die Luft feucht war von den Spritzern, das Holz glitschig, der Pfad rutschig, alles schattig und dunkel. Herbert starrte in die sprudelnde Gischt.

Da, die Mutter am Klavier. Eine Erscheinung! Ich habe sie genau gesehen, Marie! Jung und schön wie dich!

Zwei Frauen und die Mutter. Bei der er versagt hatte. Er hätte nach Hause fahren müssen, gleich auf ihren Brief. Sofort. Stattdessen hatte er gewartet, bis sie kreuzweise auf dem Totenbett lag. Wichtiges musste man sofort tun, denn im nächsten Moment konnte schon ein Stein herabfallen und einen erschlagen. Jeder wusste darum, aber baute ungerührt seine Fallerhäuschen auf und knabberte seine Brötchen. Melissa würde er nicht warten lassen. Wichtig waren Abstand und Nähe im passenden Wechsel. Auf den Berg hinauf – wieder hinunter. Forte – piano. Crescendo – decrescendo. Pause. Wiederholung. Es war doch ganz einfach. Melissa und Marie.

Kapitel 5

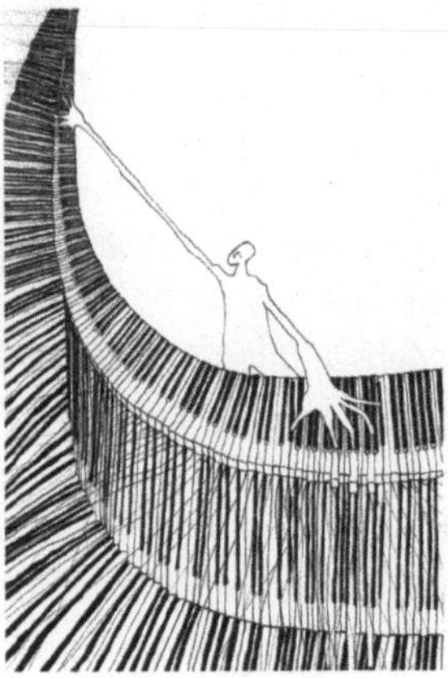

Melissa Dreyer: Omø

Die Wunde schmerzte, wenn sie sich bückte. So verfolgte einen das Geschehene. Sogar auf diese gesunde Insel, ein Drittel so groß wie Reinickendorf, aber mit nur hundert Einwohnern.

Manfred hatte nicht zu viel versprochen: Das Haus war geräumig, der Garten pflegeleicht: Weiches, saftiges Gras, wohin man blickte, nicht zu hoch, nicht zu flach. Gern hätte Melissa weitergeführt, was die dänische Frau an Anpflanzungen begonnen hatte, Freja, die zum Empfang mit einem selbstgebackenen Kuchen vorbeigekommen war. Aber ohne Bücken keine Gartenarbeit. Hatte Manfred etwas mit ihr oder nicht? Stille Fragen, keine Antworten. Immerhin konnte er sich gut mit ihr verständigen. Wer in Norwegen beruflich zu tun habe, verstehe auch dänisch, hatte er gesagt. Er verstand es aber nicht nur, sondern sprach es fließend; so ein aktiver Wortschatz entwickelte sich nur durch viel Kontakt. »Was macht sie sonst so?«, hatte Melissa gefragt, so beiläufig wie möglich. »Verwaltet Ferienwohnungen. Hat drei Kinder.« Manfred hatte jedem Kind etwas mitgebracht und die kleinen Päckchen Freja in die Hand gedrückt. »Vom Flugzeug aus sieht Omø aus wie ein Dreieck«, hatte er auf der Hinfahrt gesagt. Seltsam betont. Obwohl sie doch nur zu zweit waren. Vielleicht hatte er an die Kinder gedacht? An Mutter und Sohn plus Freja?

Dass Reha für Melissa nicht in Frage gekommen war, schien Manfred nicht anders erwartet zu haben. »Dann komm mit«, war seine Reaktion gewesen, als ihre Entlassung aus der Klinik angestanden hatte. »Ich nehme meinen Jahresurlaub. Lass uns an die Ostsee.« Kurz und bündig. Nach all den Jahren Abstand mit ihm in eine kleine Ferienwohnung? Sie hatte den Gedanken gar nicht aussprechen müssen. »In meinem Haus ist Platz genug. Und es steht nicht in Grömitz, sondern weiter nördlich. In Dänemark. Auf einer kleinen Insel im Großen Belt, die kein Mensch kennt.«

Ihr Sohn besaß also ein Haus. Was sie alles nicht voneinander wussten, hatte sie gedacht. Nicht in Ahrenshoop, wo das halbe Kollegium den Sommer verbrachte, nicht auf Usedom, wo die andere Hälfte hinfuhr, und auch nicht in Grömitz, wo sie mit ihm als Kind in den großen Ferien gewesen war. Sondern auf einer Insel, die nach Oma klang. Mutter und Sohn selbstdritt nach Dänemark? In das Land mit der Zipfelmütze, wo sich ein Häuschen ans andere reihte, vor jedem ein Flaggenmast mit dem rot-weißen Danebrog, dazwischen reges Familientreiben mit Bollerwagen? Manfred hatte ihr die Skepsis von den Zügen abgelesen: »Es ist ein älteres Haus mit einem Atelier daneben. Das Grundstück ist ungefähr doppelt so groß wie deines. Es liegt nicht in einer Siedlung. Man kann sich gut separieren.« Damit hatte er sein iPad hervorgezogen und ihr das zweistöckige ockergelbe Haus gezeigt, das hinter einem großen Kirschbaum inmitten eines Rasens lag, der von grasbewachsenen Steinwällen eingefriedet war; dahinter Nebengebäude und Schuppen: »Blumenbeete hab' ich nicht, da ich zu selten da bin. Mir reicht es. Das wichtige am Haus sind die Ruhe und das Atelier.«

In der Schule war Kunst sein schlechtestes Fach gewesen. Wenn er von Werkstatt gesprochen hätte, wäre Melissa weniger verblüfft gewesen. Damals Bastler, heute Künstler? »Was machst du in dem Atelier?« Seite für Seite hatte Manfred Fotos von Steinen aufgeblättert, die alle mehr oder weniger durchfurcht waren. Manche, als ob sie brutal aufgeschlitzt worden wären, andere wie mit einem Skalpell zerritzt oder von einer feinen Harke durchfurcht und welche wie Eisflächen, in die sich Schlittschuhkufen eingeprägt hatten. »Ein bisschen wie diese

Heleristninger damals?« »Ja.« Der letzte Urlaub mit Manfreds Vater zu dritt war eine Jagd nach vorzeitlichen Steinzeichnungen gewesen. In Schottland, von Bed'n Beakfast zu Bed'n Breakfast. Mehr Frühstück als Bett, mehr Regen als Sonne, und erträglich war alles nur durch Klein-Manfreds Begeisterung geworden, der auf den Steinen nach den Umrissen des Loch-Ness-Monsters gesucht hatte. Roland hatte heuchlerisch ein Mountainbike als Preis ausgesetzt, wenn er fündig werde. Manfreds Enttäuschung war von monsterlosem Stein zu monsterlosem Stein ins Unermessliche gestiegen und schließlich so groß geworden, dass Melissa ihm eines gekauft hatte, »für's Durchhalten«. Danach war Roland ausgezogen.

Melissa schaute aus dem offenen Fenster in den Garten. Oma auf Omø. Ihr Sohn brachte also Kindern etwas mit. Er könnte schon eigene haben. Freja hatte »auf eigene Faust«, wie Manfred betonte, Stockrosen gepflanzt. Glockenblumen winkten von den Wällen, Malven standen vor der gelben Hauswand. Astrid Lindgren ließ grüßen. Manfred würde für Schaukel und Sandkiste sorgen. Sie hätte Backförmchen mitgebracht.

Des Menschen Herz erdenkt sich seinen Weg, aber der Herr allein gibt, dass er fortgehe. Seit Jahren hatte sie an nichts als Schule gedacht. Seit Manfreds Wegzug Familie gestrichen. Wollte sie denn überhaupt Enkel betreuen? Mit den Augen suchte Melissa das kleine Bücherregal in ihrem Zimmer ab. Eine Bibel auf Dänisch. Wo stand der Spruch? Prediger? Sprüche Salomonis? Sie blätterte sich durch Ø und Œ und Æ und Å und klappte das Buch zu. Bei Günter Jauch würde sie die Bibelfragen inzwischen verpatzen, die früher eine sichere Bank gewesen waren. Mit dem Vater hatte sie gewetteifert bis zu seinem Tod. Es war seine Lieblingssendung gewesen. Gut, den Spruch fand sie nicht, aber jeden Tag erfuhr sie Neues über ihren Sohn. Was er gerne aß. Welche Bücher er las. Wie lange er schlief. Welche

Musik er hörte. Sie selbst war maulfaul. Überhaupt faul. Nichts als leichte Spaziergänge für sie, sitzen, kochen und schlafen. Sogar tagsüber. Seit ihrer Säuglingszeit hatte sie nicht so viel geschlafen. »Das ist gut«, sagte Manfred zu allem, was sie tat und vor allem nicht tat. Offenbar hatte der Psychiater ihm etwas von Aufbauen gesteckt. Dass seine Mutter Zuspruch brauche: »Für die einen ist Arbeit gut, Alltag, Ablenkung, für die anderen ist es Gift.« Wie der Psychiater zu wissen meinte, was für sie das Richtige war, blieb sein Geheimnis. Nun war sie also für Monate aus dem Verkehr gezogen. Nie krank gewesen, jetzt nur krank – ausgleichende Gerechtigkeit. Seine Fragen hatte sie genauso unbeantwortet gelassen wie die der Organmediziner. Einmal hatte sie gehört, wie er vor der angelehnten Tür die Schwester gefragt hatte: »Was macht denn unsere Sphinx?«

Wenn sie aufstand, war Manfred schon im Atelier oder fuhr auf der Insel herum. Er suchte dann nach Steinen, die er markierte und später mit dem Anhänger herbeischaffte. »Kosten die nichts?«, hatte sie einmal gefragt und er die Achseln gehoben. Fahrrad fahren durfte sie noch nicht; beim Einkaufen ließ sie die Sachen an der Kasse stehen, und Manfred holte alles später ab. Abends saßen sie beieinander am Kamin, der Sommer hier oben war kühl bis jetzt. Er las, sie starrte in die Flammen, immer hörten sie Musik. Viel Scarlatti legte er auf. Wenn die Cembaloklänge vor ihren Ohren verschwammen, war es Zeit, ins Bett zu gehen.

Melissa schaute in den hellen Abend. Sie fröstelte. Früher war ihr nie kalt gewesen. Es klapperte im Energiehaushalt. Dumpfe Schläge, schrilles Kreischen: Manfred war immer noch im Atelier, dann würde sie heute das Feuer selbst anmachen. An die Vorsicht bei allen Verrichtungen hatte sie sich inzwischen gewöhnt. Langsam war sie geworden wie eine alte Frau. Als die Flammen prasselten, öffnete sie das CD-Regal. Bisher hatte

Manfred die Musik ausgesucht. Auf gut Glück zog sie eine CD heraus. Bach, c-moll Präludium und Fuge, Schnitger-Orgel. Hastig schob sie die CD zurück und durchblätterte die Reihe. Nichts als Orgelmusik. Falsche Schublade, falsches Register.

»Wolltest du heute etwas anderes?«

Sie hatte Manfred gar nicht hereinkommen hören. Manchmal fiel sie aus der Zeit. Schlief im Stehen wie ein Pferd.

Jeden Abend hinterließ das Feuer neue Rußschattierungen an den Kaminwänden. In Nagasaki – oder war es Hiroshima gewesen? – war ein Schattenumriss zu sehen, den ein Mensch nach dem Atombombenabwurf an der Wand hinterlassen hatte. War er verbrannt wie das Kaminholz, das Manfred von jeden Abend von draußen hereinbrachte? Explodiert wie ein Tropfen ätherisches Öl aus einer Fichtennadel? Entflammt, sagte man von Herzen. Ohne zu bedenken, dass es körperliches Gewebe war. Wenn sie Manfred von Herbert erzählte, wie würde das für ihn sein? Kinder wollten von den menschlichen Bedürfnissen ihrer Eltern nichts wissen. Eltern waren Eltern, nicht Männer oder Frauen. Die Affären ihres Vaters hatte sie als Jugendliche nur durch entschiedenes Wegsehen ertragen. Das Leiden der Mutter durch Weglaufen.

Von jetzt aus betrachtet, war ihr ganzes Leben nichts als ein Weglaufen gewesen. Und das mit Herbert noch nicht einmal eine Liebesgeschichte, geschweige denn eine Affäre, nichts, das man erzählen konnte. Eine Mondtäuschung eher. Auf der Herfahrt hatte sie eine Radiosendung darüber belehrt, warum man den Mond manchmal riesig sah, obwohl seine tatsächliche Größe doch immer gleichblieb. Es war als Wahrnehmungsphänomen enthüllt worden. Aber wie über Täuschungen reden? Mit dem fremden Sohn? In dem Schweigen der letzten Tage hing das der vielen Jahre. Damals auf der Krisen-Couch hätte sie sich gern jemandem anvertraut. Am liebsten einer Tochter. Andauernd war ihr Marina in den Sinn gekommen. Dass sie schon drauf und dran gewesen war, Anja Miljes einzuweihen. Aber das hatte sie sich denn doch verboten.

»Was hat dir eigentlich die Idee eingegeben, dich ausgerechnet hier auf Omø niederzulassen?«

Ihre Frage versackte in Manfreds Schweigen wie ein ins Wasser geworfener Stein. Sie hatte sie schon fast vergessen, als sich Manfred räusperte:

»Es war eine Spontanentscheidung nach einer Segeltour, die manches geändert hat bei mir.« Unerwartet ausführlich berichtete er von einem Sturm, den ein Freund und er »in dem kleinen Nothafen unten« abwettern mussten. »In den wir es gerade noch geschafft hatten.« Trotz der Dramatik kam sein Bericht ruhig und sachlich daher. Manchmal verbesserte er sich, fand ein anderes Wort passender. Herberts Stimme war ähnlich tief gewesen, aber immer dringlich; die ganze Zeit schrie etwas in seiner Stimme. Ihm sollte man zuhören, unbedingt, während Manfred einem alle Freiheiten ließ. Melissa lehnte sich zurück und schloss die Augen. Sie war ein Kind, dem die Eltern etwas vorlasen.

»Willst du dir meine Segelabenteuer wirklich anhören? Ist es dir langweilig?«

Sie nickte und schüttelte den Kopf. Ja, sie wollte ihn hören, und, ja, gleichzeitig glitt sie weg. Vielleicht hatte der Psychiater davon etwas gemerkt. Es passierte andauernd. So konnte man schlecht eine Schule leiten.

»Der Motor war ausgefallen, wir mussten durch die enge Einfahrt in den kleinen Hafen hineinsegeln, der Wind stand genau gegenan, ich dachte, wir zerschellen an der Mole oder zertrümmern ein anderes Boot. Nie hätte ich das allein geschafft. Mir ist alles fragwürdig geworden durch den Sturm. Der Freund hatte nicht lossegeln wollen bei dem Wind, ich hatte ihm zugeredet. Leichthin. Aus dem Zu-zweit-Modus heraus, wo man sich mehr traut als allein. Jedenfalls war ich schuld. Damals bin ich ausgestiegen. Das Haus stand zum Verkauf, und so bin ich hierhergekommen.«

Manfred beugte sich vor und legte Scheite ins Feuer.

»Damals habe ich viel geschrieben. Und du? Schreibst du eigentlich etwas auf von dem ganzen ...« – er zögerte »... Geschehen? Also dem, was dir zugestoßen ist?«

»Nein. Ich bin kein Mensch, der Tagebuch schreibt. Dachte ich jedenfalls bisher«, setzte sie hinzu.

»Bitte besuche mich morgen im Atelier. Ich habe mir überlegt, eine Büste von dir zu machen. Ist es dir recht? Es ist etwas Neues für mich. Dass man mit dem Kopf anfängt, ist klar. Aber wo hört man unten auf? Es ist ein Unterschied, ob du nur den Halsansatz oder den ganzen Oberkörper zeigst. Oder noch mehr.«

Melissa sah ihn an. Wo man anfing, wo man aufhörte. Was man tat, was man ließ. Alles fragwürdig. Wie konnte sie so müde sein. Die Gedanken schoben sich ineinander. Es war Zeit, ins Bett zu gehen.

War das ein Käuzchen? Überraschend, der dunkle Ruf in der hellen Nacht. Melissa setzte sich auf. Vor dem Fenster spielten die Zweige des Kirschbaums. Selbst nachts war es hier windig. Büsten gab es von römischen Kaisern. Ihr Sohn wollte sie in Stein hauen. Kaum zu glauben. Nicht in Gänze. Nur den oberen Teil. Frau ohne Unterleib. Im Koma war sie Körper ohne Kopf gewesen. Davor jahrelang Kopf ohne Körper. Manfred war als Junge oft aus Albträumen aufgewacht. »Hör auf zu weinen. Du bist schon fünf.« Roland mit seinem Dauerkommentar: »Du verwöhnst ihn. Ein Fünfjähriger schläft ja wohl in seinem eigenen Bett.« Waren das Kinderschritte? Im Garten? Immer hatte der Kommissar nach Schritten gefragt. Ob sie nichts gehört habe? Als Kind hatte sich Manfred zitternd an ihren nachtwarmen, fülligen Körper geschmiegt. Hätte sie ihn abweisen, in sein Zimmer zurückschicken sollen? Melissa zog das iPad vom Nachttisch und gab das Wort Büste in die Suchmaschine ein:

Kopf mit Oberkörperanschnitt. Darstellung eines Menschen, die nach unten durch Schulter, Brust, Leibes- oder Körpermitte [...] begrenzt wird.

Vielleicht wollte Manfred in Wahrheit die Gewalttat gestalten. Verbarg diese Absicht hinter dem Büstenprojekt. Die Tat, die ihren Oberkörper verwüstet hatte fast bis ins Herz. Einmal hatte er gefragt: »Wirst du eigentlich in dem Prozess als Nebenkläger auftreten?« Sie hatte den Kopf geschüttelt. »Dann tue ich es«, hatte er gesagt. Er schien nicht zufrieden damit, wie sie alles gehen ließ, dass sie den Anschlag nicht aktiver verarbeitete. Nicht schrieb. Nichts tat. War es ihr recht, in Stein ausgestellt zu werden? Auf einem Sockel noch dazu? Käme darauf an, wo. Für Manfred, wenn er es wollte, ja. Hier, im Garten zwischen Büschen, warum nicht. Im Haus: nein.

Seit den Anfängen sind Büsten Teil der Erinnerungskultur, sie haben oft Denkmalcharakter, drücken private Wertschätzung aus, stehen an den Stätten des Wohnens oder Wirkens eines bedeutenden Menschen oder dienen einer ideologischen Identifikationspolitik.

Aus dem Atelier drangen Klopfgeräusche, aus dem Erdgeschoss war der Staubsauger zu hören. Wieder war sie so spät aufgewacht. Freja war unten. Ob sie immer im Haushalt half? Oder nur jetzt, damit sich die rekonvaleszente Mutter nicht zu sehr anstrengte? »Martha übernahm die Bewirtung, kochte, backte und trug das Essen auf, Maria setzte sich Jesus zu Füßen und hing an seinen Lippen«, hatte der Vater in einer Predigt ausgeführt. »Jesus sagt uns: Maria hat damit die richtige Entscheidung getroffen. In der vita contemplativa begegnen wir der göttlichen Wahrheit. Martha muss lernen, dem mehr Raum zu geben.« Melissa hatte damals den Kopf gesenkt: Jeder in der Gemeinde musste erkennen, dass der Vater über seine eigene Familie sprach. Seine beiden Frauen. Die Mutter, die immer ackerte, die Tochter, die das Putzen hasste und die Nähe zum Vater suchte. Wegen der flammenden Röte in ihrem Gesicht hatte sie beim nächsten Lied den Gottesdienst unauffällig verlassen. »Was war mit dir?«, hatte sich der Vater am Mittagstisch erkundigt. »Mir wurde plötzlich schlecht«, hatte sie gesagt. Die Eltern hatten nicht nachgefragt.

Frühstück draußen am Steinwall stand ihr als Genesender zu, auch wenn andere schon ans Mittagessen denken mochten. Wie Reha, wie Psychotherapie. Aber sie brauchte nur Ruhe. Es reichte, beim Teetrinken den kleinen blauen Blumen zuzusehen, die in den Zwischenräumen zwischen den Steinen und auf dem Wall oben in dem ständig wehenden hohen Gras wuchsen. *Im Reich der Glockenblumen:* Mit diesem selbst ausgedachten Märchen hatte sie als Schülerin ein Preisausschreiben gewonnen. Also war sie doch eine fürs Aufschreiben; zumindest gewesen. Auch an der Günderrode-Oberschule hatte sie Schreibwettbewerbe eingeführt. Damals. Bevor es passierte. Samira hatten den letzten gewonnen.

Zu allen anderen Häusern hier führten Kieswege. Manfred dagegen hatte den Kies in sechzig Schubkarren abgetragen, Muttererde ausgebracht und überall Rasen gesät. Zum Atelier war ein angedeuteter Trampelpfad entstanden. Die Malven standen nicht in einem Beet, sondern wuchsen im Gras. Eine war besonders hoch und dunkelrot, fast schwarz. »Die hat es hier noch nie gegeben. Die ist extra für dich gewachsen«, hatte Freja gesagt. *Des Menschen Herz erdenkt sich seinen Weg.* Warum hatte sie sich für den Schulweg entschieden?

Vor der Abfahrt nach Omø hatte sie sich über den Auslandsschuldienst informiert. Nicht sehr zielstrebig, in dieser neuen, wie geistesabwesenden Art. Der Gedanke hatte sich ohne ihr Zutun eingenistet, kaum dass sie erstmals wieder in ihrem Haus geschlafen hatte. Schlecht geschlafen. Angespannt wie eine Maus im Loch, vor dem die Katze lauerte. Sodass sie sogar die psychiatrischen Beruhigungspillen eingenommen hatte. Gleich nach der Ankunft auf Omø hatte sie Anja Miljes von den Auslandsplänen geschrieben. Allerdings kurz. Wahrscheinlich zu kurz, nur auf einer Postkarte, und Anja würde vor lauter Rasen den Weg nicht sehen. Danach hatte sie das Ganze vergessen, von Anja auch nichts gehört, heute tauchte es wieder auf. Sie musste versäumt haben, eine Adresse anzugeben, sonst hätte Anja längst geantwortet.

Melissa ging hinüber und berührte die Blütenblätter der dunklen Malve. Ein samtiges Gefühl zwischen den Fingern. Früher hatten Manfred und sie sich unbefangen angefasst. Als Mutter und Kind. Auf die Büste schlug er mit Hämmern ein. Der eine stach, der andere schlug. Durfte man das in einem Atemzug sagen? Sie winkte Freja durchs Küchenfenster zu, schritt langsam die Staudenreihe ab und fand sich plötzlich im hinteren Teil des Gartens. »Da ist nur Müll«, hatte Manfred gesagt. Aber hinter Kieshaufen, Kompost und Gerätschaften ragte neben dem Schuppen eine Reihe Steine aus dem Gras, wie ausgerichtet hintereinander, auf jedem ein Kreuz. Nur Müll? Nachher am Kamin würde sie ihn fragen.

»Was bedeutet die Steinreihe hinten beim Schuppen?«

»Ich zeig' es dir, man kann es schwer beschreiben.«

Melissa legte sich die Wollstola um und folgte Manfred. Die Steine waren eingewachsen, mit bloßen Händen bekam er sie nicht los. Schließlich schob er den Spaten unter den ersten, beförderte ihn aus der Erde, fegte ihn ab und stellte ihn auf einen Gartentisch, dann den zweiten und den dritten. Auf den Rückseiten waren die Steine ausgehöhlt, und in jeder Vertiefung steckte eine winzige Figur.

»Zu jedem Geburtstag habe ich eine Marina hergestellt. Seit ich sechzehn bin. Willst du die anderen auch sehen? Soll ich alle ausbuddeln?«

Melissa nahm die Figuren heraus. Ein Baby, das schrie. Ein Mädchen, das lachte. Ein Kind, das die Faust ballte.

»Wie war es eigentlich wirklich?«, fragte Manfred unvermittelt. Sie sahen sich an. Er war zweiunddreißig und wurde an den Schläfen bereits grau. Eine Strähne wehte ihm ins Gesicht.

»Du hast Marina zigmal beerdigt, nicht?«

Er nickte:

»Sechszehnmal. Bisher. Im Internat fing es damit an. Da habe ich die kleinen Figuren gemacht, die jetzt in den Steinen stecken. Im Studium ging es weiter. Die Figuren sind überall mit mir umgezogen. Erst als ich dies hier gekauft habe ...« – er machte eine Gebärde mit dem Arm über das Grundstück – »... und ernsthaft mit der Bildhauerei begonnen, habe ich die Steine für sie ausgehöhlt. Es war meine erste künstlerische Tätigkeit. Da kamen die Figuren endlich zur Ruhe. Und ich auch.«

Im Haus sah ihm Melissa zu, wie er den Glasschutz entfernte, der vor dem Kamin stand, und ihr den Sessel zurechtschob. Wie einer Greisin. Zögernd setzte sie sich hinein. Wie es wirklich gewesen war! Er wusste doch alles: dass er als erster der Zwillinge im Rettungswagen geboren wurde und seine Schwester auf dem Weg zum Kreißsaal starb. Dass die Wehen frühzeitig eingesetzt hatten, die Hebamme im Stau steckengeblieben war und der auf die Hausgeburt versessene Roland erst die Feuerwehr benachrichtigte, als sie ihn angeschrien hatte. Dass sie nach Manfreds Geburt unter Blaulicht und Getöse das Bewusstsein verloren hatte. Dass die Ärzte ihr später gesagt hätten, dass

Marinas Lunge mangelhaft ausgebildet gewesen sei. Sie hätte auch bereits im Mutterleib sterben können. Ein Fall von Vanishing-Twin-Syndrome. Der Zwilling könne ganz früh oder auch erst nach der Geburt absterben. Es gebe keine Erklärung dafür: »Die Natur nimmt an oder stößt ab, wie sie will«, hatte der Arzt gesagt. Manfred wusste, wo sie Marina begraben hatte. Nur dass sie sich um alles allein hatte kümmern müssen, hatte sie ihm nicht erzählt.

»Warum willst du es immer wieder hören?«

»Weil du es jedes Mal anders erzählst.«

»Und was ist dieses Mal anders?«

»Du sprichst keinen mehr schuldig. Das Schicksal nicht, den Vater nicht.«

»Ich habe nie behauptet, dass jemand dafür konnte. Den Chefarztspruch hast du als Kind schon auswendig gewusst und immer ausgesprochen, wenn er in der Erzählung dran war.«

»Die Natur nimmt an oder stößt ab, wie sie will«, murmelte Manfred.

»Ich erzähle nichts anderes, sondern immer das gleiche.«

»Vielleicht in Worten. Aber nicht im Ton. Du atmest anders.«

Mit seinen Figuren schickte Manfred Marina also in ihren Schoß zurück. Dort, wo man hörte, fühlte und nichts sah, hatte sich monatelang ihr kleines gemeinsames Leben abgespielt. Mal hatten die Zwillinge aneinandergeruht wie auf dem einen Ultraschallbild, das Melissa hauchdünn und abgegriffen in ihrem Portemonnaie herumtrug. Dann wieder waren sie umeinander herumgerudert, auf immer engerem Raum, bis sie aneinandergepresst den hellen Herzschlag des anderen und den tiefen der Mutter gehört hatten, die ihr Haus war, aus dem sie auf einmal hinausgedrängt wurden. Wie man auf sich selbst bezogen war! Bisher hatte sie den Verlust ihrer Tochter betrauert. Das Zerbrechen der Ehe. Immer wieder war auch Platz gewesen für das Bedauern, dass Manfred ohne Schwester aufwachsen musste – aber für Manfreds eigenen Verlust war sie blind gewesen.

Was rauschte? Die Brandung? Der Baum? »Bis hier hinein hört man die Autobahn«, hatte Herbert oft gesagt, neben ihr auf der Orgelbank, in der Stille der abendlichen Kirche. Völlig unvermittelt, wie oft. Melissa ging zum Fenster hinüber. War es Nacht oder Tag? Hatte sie geschlafen oder geträumt? Zum ersten Mal regnete es. »Es wird stürmisch«, hatte Manfred am Abend gesagt. Und: »Hast du dem Vater früher die Schuld gegeben, damit ich sie nicht auf mich nehme?« »Welche Schuld? Du warst ein unschuldiger Säugling.« »Später habe ich oft gedacht, wenn Marina da wäre, müsste ich dich mit ihr teilen. Wie Kinder denken. Das passt einem nicht. Man will immer alles, ganz, sofort und immer wieder. Da war ich manchmal froh über ihren Tod.« »Keiner hatte Schuld. Du nicht, ich nicht, keiner. Deinem Vater habe ich nur vorgeworfen, dass er mir nie geholfen hat. Mit sich beschäftigt war.« »Vielleicht wusste er nicht, dass du Unterstützung brauchtest?« »Oft genug gebeten habe ich ihn. Aber vielleicht nicht im passenden Ton.«

Melissa legte sich wieder hin. Das große Schlafen der letzten Wochen war vorbei. Mit dem Regen kam das alte Leben wieder. *Sich regen bringt Segen* hatte in runenartigen Buchstaben auf dem elterlichen Brotkorb gestanden. Holzgeschnitzt. Buchstabe für Buchstabe hatte sie es entziffert wie alles um sie her, während der Vater Luthers Morgen- und Abendsegen sprach: *Grafschafter Goldsaft, Rheinisches Apfelkraut, Deutsche Markenbutter.* Der Opa hatte den Brotkorb aus der Gefangenschaft mitgebracht. In welchem Ton hatte der Vater den Segen gesprochen? Hatte er wirklich daran geglaubt? Sie hatte es nicht mehr im Ohr.

Samira war die Tochter, die um Hilfe schrie. Zur Mutter gerannt kam. Die man aufnahm, versorgte, tröstete. Deren Weg man förderte, an deren Entwicklung man sich freute.

Marie Baumgarten war die aufgeblühte Tochter. An der man sich weidete, auf die man stolz war. Der sie sogar Herbert gegönnt, an den sie ihn abgetreten hatte. Ja, sie war zurückgetreten, weit zurück. Du liebe Güte. Es hatte Momente gegeben, da hätte sie Marie am liebsten einmal zu sich nach Hause eingeladen, »auf eine Tasse Kaffee, am Teich?« War nahe daran gewesen, die Grenze zwischen Direktorin und junger Dienstkraft zu überschreiten. Sie zu fragen: »Geht es Ihnen gut mit Herbert?« Bestimmt hätte Marie ihr Haar zurückgeworfen, wie sie es tat, wenn sie vor der Klasse an der Tafel stand, die Kreide in der Hand, und durch eine Schülerfrage überrascht wurde. Hätte etwas gezwungen gelacht und sich nicht getraut zurückzufragen: Woher Melissa ihn kenne. Schüchtern war sie. Konventionell auch. Im Grunde passte sie nicht zu Herbert Michaelis. Höchstens äußerlich.

Anja Miljes war die versorgende Tochter. Die sich um die kranke Mutter kümmerte. Wartete. Die immer da war. Blumen schickte. Treu war. Unentbehrlich. *Wo du hingehst, da gehe auch ich hin*. Und die ihr doch jetzt nicht fehlte.

Seele, Seele, *du musst wandern*. Die eine ackerte, die andere lauschte. Höhle und Stein hatten Herbert und sie gespielt, einander Unterschlupf gewährt, kein Mann, kein Kind war er für sie gewesen und sie für ihn keine Frau, keine Mutter. Zusammen wären sie ganz gewesen. Kinderträume alles.

»Warum suchst du Marina nicht unter lebenden Frauen?«

»Freja ist doch sehr lebendig, findest du nicht?«

Manfred hatte das Glas erhoben, und zum ersten Mal seit langem hatten sie sich angelacht.

Kapitel 6

Herbert Michaelis: Zurück

Der Zug war mäßig besetzt. Herbert Michaelis wählte einen Fensterplatz mit Tischchen und stieg über die lang ausgestreckten Beine seines Gegenübers hinweg. Versuchsweise nickte er dem jungen Mann zu, ohne eine Reaktion zu erzielen. Aussichtslos bei der Hotel-Mama-Generation: Rücksichtnahme, Grüßen – alles uncool. Goldbraune Rastalocken, gesunde Gesichtsfarbe, erster Flaum auf glatten Wangen, ein Winner-takes-it-all-Typ; das Mädchen blässlich mit schwarzen langen Haaren und ägyptischen Kajalstrichen um die Augen, an ihn geschmiegt, die Unterschenkel angezogen, ein Paperback vor dem Gesicht. Beide höchstens zwanzig. Chips kauend, rhythmisch zu einer Musik wippend, die abgedämpft, aber deutlich genug aus ihren Kopfhörern drang. Wenn der eine etwas sagte, antwortete der andere mit »Was? Hä?« und zog die Kopfhörer ab: »Noch mal.«

Teletubbies unterwegs. Der Zug fuhr an, der junge Mann zog einen bunten Zauberwürfel aus der Reisetasche und begann ihn unablässig zu drehen. Herbert betrachtete die langen, schlanken Hände. Klaviergeeignet waren sie, völlig verschenkt an das sinnlose Tun. Auf der Hinfahrt der Mann mit den trockenen Brötchen, jetzt ein Doppelpack mit Scheuklappen, verstöpselt und verkapselt. Krachende Chips, klackernder Quader.

Er beugte sich vor:

»Wo geht's denn hin?«

Wieder blieb er ohne Antwort.

»Wohin fahren Sie?«, fragte er lauter. »Nicht dass Sie den Ausstieg verpassen.«

»Was?«

Abgehobene Kopfhörer, aufgerissene Augen. Wie jung sie waren.

»Was?«, wiederholte der Junge.

Herbert deutete auf einen roten Koffer im Gepäckfach:

»Ich möchte in den Speisewagen und wollte euch bitten, auf meine Sachen aufzupassen.«

»Das ist doch unser Koffer.«

»Ach, ja? Seid ihr sicher?«

Wie sie ihn anstarrten. Wohin mit all den Muskeln, die er sich in der Woche aufgebaut hatte? Damals im Internat hatte er sich mit allen angelegt und beim Prügeln nichts gespürt, damals, als Knabenstar, als er der mit der göttlichen Stimme und der unerreichbaren, kaputten Mutter gewesen war. Keiner hatte ihm etwas gekonnt. Vor dem Jungen mit der Mundharmonika in der Klinik hatte er schon mit erhobener Faust gestanden.

Damals Gejaule, jetzt Geknatsche. Den Irren hatte er in Ruhe gelassen, weil der ihn ungerührt angeschaut hatte. Mit glasigen Augen, in die man hätte tief hinabsteigen müssen. In der Zeit vor Modrar war es gewesen. Bevor der ihn zivilisiert hatte: »Du kleiner Wilder. Aus dir mach' ich was.«

Auf dem Grund der Augen – da lag bei jedem Menschen etwas. Aber keiner gab sich die Mühe, dahin vorzudringen, wo das Magma glomm. Den Jungen mit der Mundharmonika hatte er verschont, weil der sich nicht gewehrt hätte. Dem kleinen Altisten aber, der angegeben hatte wie Bolle, obwohl er ihm das Duo verpatzt hatte, war ein Zahn aus dem Mund geflogen.

Damals hätte man einen Kindersoldaten aus mir machen können! Das sind Jungs, die mal eben drei Frauen erschießen, Marie. Frauen, die ihre Mütter hätten sein können. Die geboren, erzogen, Feuerholz gesammelt, Wasser geschleppt, Essen bereitet, ihren Kindern über den Kopf gestrichen, gesungen und gelacht hatten. Weg mit ihnen, um vor dem Reporter anzugeben. Das kommt dabei heraus, wenn ich rede, Marie. Willst du das wirklich hören? Willst du nicht. Du willst nicht behelligt werden mit dem Leben außerhalb deiner Kreise. Wo man mit anderem Treibstoff fährt.

In der Hotellobby hatte eine Zeitung mit der Reportage über Kindersoldaten in Afrika gelegen. Der Journalist hatte seine Recherche vermutlich danach abgebrochen. Saß in einer Klinik. Die Mörder mordeten, die Opfer litten, die Zeugen verstummten.

Herbert wendete den Kopf zum Fenster. Hier war Deutschland. Ein Messerstecher war die traurige Ausnahme, es gab Polizei, Hilfe, Rettung, Ärzte und ein geordnetes Leben. Der Zug gewann an Fahrt, in Rinnen zog der Regen quer über das Glas. »Man muss erst einmal herausbekommen, wie es ihr geht«, würde Maries Antwort sein auf seinen Plan mit dem Heilungssingen an Melissas Bett. Vernünftig, vernünftig. Sie sagte MD, wie alle an der Schule. Mächtige wurden zu ihrem eigenen Markenzeichen verkürzt. Dann waren sie handhabbarer. Er schien der einzige zu sein, der Melissas Vornamen benutzte.

Maries harmlos daherkommende Mails waren in Wahrheit Kampfansagen. *Danke, interessant, wir reden dann darüber.* Glatt wie ein Zauberwürfel. Nur er konnte aus Menschen herausholen, was in ihnen steckte. Ohne ihn fiel Marie zurück. Flachte ab. Nur einmal in der ganzen Woche hatte sie ausführlicher geschrieben. Nach dem Abend mit Rosenwald. Wo sie endlich von dem Anschlag berichtet hatte. An zweiter Stelle aber erst! Die Mail hatte hauptsächlich von Lukas Vorführstunde gehandelt, in Anwesenheit von Melissas Stellvertreter: *Er hat die ganze Stunde den Kopf geschüttelt und Lukas zu sich ins Büro gebeten. Vor uns kein Sterbenswörtchen! Er muss ihn geschont haben. Jedenfalls wollte Lukas unbedingt mit mir feiern. Dabei war die Stunde genauso schlimm wie die erste. Da fand ich die klaren Worte von MD besser. Aber die ist ja jetzt in einer Klinik. Auf sie ist nämlich ein Anschlag verübt worden ...*

Was gab es nach so einer Stunde zu feiern? Schlimmer: Nach so einem Anschlag zu quatschen? Rosenwald als Güldenstern, ein Schnüffler und Einschleimer, der nur Maries wegen in den Chor gekommen war. An der Freundin des Chorleiters hatte sich keiner zu vergreifen. Schon gar kein Versager.

Mit einem Ruck beugte sich Herbert schräg über das Tischchen und nahm dem Jungen den Zauberwürfel aus der Hand:

»Es nervt.«

»Mich beruhigt es«, sagte der Junge gelassen und schob die Kopfhörer so weit nach oben, bis sie rechts und links aufsaßen wie ein Geweih.

»Beruhigt es dich auch, wenn du weißt, es stört jeden, der hier im Umkreis von zweieinhalb Metern sitzt?«

Der Junge schob die Beine der Freundin von seinem Schoß und beugte sich ebenfalls vor.

»Wenn Sie so freundlich wären, mir den Würfel zurückzugeben?«

»Sonst?«

»Sonst rufe ich den Zugbegleiter.«

»Schade. Ich hatte mir eine andere Antwort erhofft. Aber gut: Ich gebe ihn zurück, wenn du aufhörst, damit Lärm zu machen.«

Um sie herum ein unsichtbarer Ring von Mitreisenden. Eine Runde scheinbar unbeteiligt dasitzender Katzen mit gespitzten Ohren vor Laptops, hinter Zeitungen.

»Sonst?«, fragte der Junge leise.

»Sonst knallt's, du Bambi.«

Herbert beugte sich so weit vor, dass sich ihre Köpfe fast berührten.

»Lass uns umziehen«, zischte die Freundin, »weg von dem Irren hier. Ist doch Platz genug.«

»Das Mutter-Kind-Abteil ist noch frei«, sagte Herbert, ohne sich zu rühren. Er wusste, dass seine Augen flackerten. »Du musst dich mal sehen«, hatte einer aus dem Internat gesagt. »Du sprühst Feuer wie ein Kata.« Jahre später war er in der Zeitung auf das Gesicht des intensiven Tieres gestoßen, in dessen Gesicht der Junge jetzt blicken musste. Gut so.

Die Freundin schob ihren Freund aus dem Sitz in den Gang und zog an dem roten Koffer. Der Junge griff zu, bevor er sich neigte, und wuchtete ihn in den Gang.

»Fünfzig Kilo Zauberwürfel da drin? Lern doch Klavier. Dann tust du deinen Fingern etwas Gutes.«

»Lassen Sie ihn in Ruhe«, blaffte das Mädchen.

Schon bei der Einfahrt in den Bahnhof sah Herbert Marie. Der Regen hatte aufgehört, es war warm, er war wieder da, alles war gut. Sie hatte sich eine rotflammende Bluse gekauft, trug ihr Haar offen und wedelte mit etwas in der erhobenen Hand: einem Autoschlüssel? Neuer Duft, neue Farbe:

»Bald bin ich Beamtin. Regelmäßiges Einkommen. Da war ein neues Auto dran.«

»Auch ein neuer Mann?«

»Quatsch. Zur Feier des Tages habe ich einen Tisch bestellt.«

»Zur Feier des Autos? Oder weil ich zurück bin?«

Herbert zog sie an sich. In der Umarmung löste sich das Generve auf. Gottseidank. Er atmete tief und sog ihren Duft ein.

»Hier wartet etwas auf dich«, flüsterte er ihr ins Ohr. »Du wirst staunen. Merkst du? Lass uns erst nach Haus.«

»Ich habe aber reserviert. Und Hunger.«

Die Bergwanderungen waren schnell erzählt. Das M am Arm würde er ihr später zeigen. Im Lokal passte es nicht. Je aufgedrehter Marie von dem dicken Pönsgen und seinen Nachstellungen berichtete, desto fester drückte Herbert seinen Arm an den Körper. Zwischen ihren Tellern wuchs eine Trennscheibe, im Hals schwoll ein Kloß, an dem das Essen nicht vorbeikam. Wie von ferne trommelten Maries Worte an das Glas, an die Herzwand. Schüsse aus schönen Lippen:

»Ich bin zu einer Freundin gezogen. Keine Trennung. Nur dass wir etwas auseinanderrücken. Mein Vater hat recht: Ich bin zu schnell bei dir eingezogen. Als du weg warst, bin ich aufgelebt. Obwohl ich dich sehr vermisst habe, jeden Tag, glaub mir ...«

Wie aufgezogen plapperte sie. Bemühte sich, ihm etwas schmackhaft zu machen. *Du wirst dich daran gewöhnen, kleiner Wilder. Du wirst es wollen, lieben, danach betteln.*

»Herbert?«

Er musste etwas sagen.

»Komm mit mir. Lass uns nach Hause.«

Schläfrig drehte sie sich zu ihm um, seine Hand glitt um ihren Leib. Wie entspannt ihre Züge waren, wie offen und still sie dalag. »Wenn ich dir Klavierstunden gebe, kommst du wieder hinein«, hatte er nach dem Sex gesagt. »Es wird dir Freude machen, Stress abbauen. Ich breite eine Decke aus und lege mich unter den Flügel, wenn du übst.«

Er wendete den Kopf. Tatsächlich wäre erstmals Platz unter dem alten Blüthner. Sonst hatten sich da Maries Rollkoffer getürmt, die nirgendwo anders hingepasst hatten. Aufgeräumt, leer und groß wirkte die Wohnung. Wo Maries Schreibtisch gestanden hatte, thronte eine neue Bodenvase mit Lilien. Der Duft lag schwer in der Luft, drückte sich förmlich in den Kopf hinein. Anstelle ihres Bücherregals hing ein großes Poster an der Wand: Johann Sebastian Bach. Nur das Bettzeug war geblieben. Obwohl es ihres war. Auch ihr Buch lag noch auf dem Nachttisch. Ein Buch mit grünem Einband: *Die Lieben meiner Mutter*.

Es hatte ihn abgestoßen, dass der Autor sich die intimen Briefe der eigenen Mutter vornahm und ihr Liebesleben zur Schau stellte. »Aber er setzt seiner Mutter ein Denkmal. Und ihrer ganzen Zeit!«, hatte Marie gesagt.

Herbert griff Marie ins Haar und drehte eine Strähne um den Zeigefinger. Die Körper hatten es gerichtet. Das Glas zwischen ihnen war verschwunden. Er rollte sich auf den Rücken zurück. Sein Denkmal für die Mutter wäre unsichtbar, es wäre öffentlich und gleichzeitig intim, die Aufführung ihres Lieblingsstücks: *Meine Seele hört im Sehen*. Noch nie hatte er sich wieder daran gewagt; kein Sopran war ihm passend dafür erschienen. Bei seinem letzten ungestörten Aufenthalt zu Hause hatte die Mutter ihm die Noten in die Hand gedrückt: »Wenn du im Internat so ein Star geworden bist, kriegst du das bestimmt hin.« Er hatte die Stücke nicht gekannt: *Händel, Deutsche Arien*. Sich eingeschlossen und das aufgeschlagene Stück mental geprobt, um die Mutter zu überraschen. Als er ihr es vorsang, waren ihr die Tränen über die Wangen geflossen. Dass Leute im Publikum weinten, wenn er sang, hatte er oft erlebt und nie verstanden. Heute wusste er: Es war ihr Abschied von ihrem Sohn gewesen. Damals hatte er gesagt: »Wein' doch nicht, Mama. Gefällt es dir nicht?«, und sie hatte gelächelt und ihn umarmt. Wahrscheinlich hatte sie damals den Mann kennengelernt, der sie heruntergewirtschaftet hatte. Herbert legte den Arm über das Gesicht, als Marie sich regte:

»Ich gehe dann mal. Morgen ist ein langer Tag für mich. Wir telefonieren und verabreden uns, ja? Hast du dich da geschrammt? Am Arm? Bist wo hängen geblieben im Gestrüpp?«

Er spürte Maries Hand auf dem M und schüttelte sie ab.

»Du willst gehen? Ich verabrede mich nicht mit dir, Marie. Du bist da oder weg.«

Es war gesagt, fast eh gedacht:

»Nimm den Schulrat. Meine Seele sieht einen promovierten Beamten für dich und hört dein Ja. Der bettet dich auf Rosen. Du bist fairer als Melissa. Verschwindest nicht einfach. Aber wer mit einem Bein aus der Tür ist, der ist für mich ...« – er rang nach einem Wort – »... ausgeschwungen. Und zwar kreuzweise.«

Sie war gesucht. Anja starrte auf das Behördenblatt mit den Stellenanzeigen. Es gab mehrere Möglichkeiten, allerdings nicht gerade um die Ecke. Frohnau, am Ende der bewohnten Welt. Schmöckwitz. Alt-Mariendorf. Alles noch Berlin. Gerade noch. Dass es je zu diesem Schritt kommen würde. Aber es ging nicht anders. Für alles gab es Grenzen. Rückzug hätte sie erduldet. Aber Missachtung: nein. Eine Karte war alles, was MD ihr geschickt hatte. Von hier Berge an Blumen und Welten an Zuwendung, von da ein kleines Pappbildchen mit vorne Dünen und hinten einem dürren »Danke für alles. Ich werde mich wohl ins Ausland versetzen lassen. Und Sie? Alles Gute. Ihre Melissa Dreyer.«.

Das einzige Wörtlein, das einen Hauch von Gefühl transportierte, war ein unpassendes besitzanzeigendes Fürwort. Sah man es als Höflichkeitsfloskel, erstarb auch der Hauch. Eine Sekretärin konnte stehengelassen werden wie ein alter Schreibtisch. An dem Tag, als der Hausmeister die Karte ins Büro reichte, hatte sich die Nachricht, dass MD nicht zurückkommen würde, wie ein Lauffeuer in der Schule verbreitet. Eine Stunde später hatte Samira vor Anjas Schreibtisch gesessen, die mageren Schultern zuckend: »Warum das? Wir haben ihr doch nichts getan? Wir nicht!« Selbst da noch hatte sie MD den Rücken gestärkt. Versucht, Verständnis dafür zu erwecken, dass man sein Leben anders weiterleben wolle, wenn es einem von Gott noch einmal geschenkt worden sei. Fast hätte sie Allah gesagt. »Sie war meine liebe Schutzengel«, hatte Samira geschluchzt. »Jetzt ...«. Das so perfekt deutsch sprechende Kind schien vor Trostlosigkeit auf einen früheren Sprachstand zurückzufallen. »Hat sie mein

Gedicht nicht bekommen?« Anja hatte genickt und ratlos die Schultern hochgezogen: Gedicht, Blumen, Botschaften – alles war angekommen, aber offenbar hatte nichts MD erreicht. »Ich kenne das«, hatte Samira plötzlich gesagt und in ein Papiertaschentuch geschnupft. »Man verlässt sich selbst, wenn man etwas nicht mehr aushält. Sie kommt wieder. Sie braucht uns.«

Von wegen. Es gab kein Uns mehr. Schnöde verließ MD ihr Baby, die nach ihrem Vorschlag benannte und geführte Schule. Ihr Lebenswerk. Und dich und mich, Samira. Selbst wenn es nicht klappte, hatte MD alles zerstört. Wohin wollte sie sich versetzen lassen? So viele A-Sechszehner-Stellen gab es im Ausland nicht.

Es musste eine Rache sein. Aber wofür? Schließlich hatte der Täter mit der Schule nicht das Geringste zu tun. Zu Hause hatte Anja die Karte kurz und klein geschnitten und nur das »Ihre« übrigbehalten. Es in seine einzelnen Buchstaben zerlegt. Dumme Wörter daraus gepuzzelt: »hei, ihr, hi, hi, hi, re.« Dann die Buchstaben so klein zerschnitten, bis alles in Pappfaserchen zerfallen war. Dabei den linken Zeigefinger verletzt, hektisch Pflaster gesucht, bis ihr Mann eines aus dem Erste-Hilfekasten im Auto geholt hatte. »Wieso haben wir keine Notapotheke im Badezimmer?«, hatte sie gebrüllt. »Wieso kannst du nicht auch einmal für irgendetwas sorgen?« »Tu ich doch«, war die Antwort gewesen. Er hatte ihr einen Schnaps eingeschenkt, Zanderfilet gekocht, sie hatten am Küchentisch gesessen, und dann hatte sie ihm erzählt, dass die Chefin, wie sie MD zu Hause nannte, nicht zurückkomme an ihren Arbeitsplatz und dass sie soeben beschlossen habe, unter diesen Umständen dort keinen Fuß mehr hinzusetzen. »Ist das nicht übertrieben?«

Sparen, dienen, leisten. Kein vernünftiger Steuerzahler konnte etwas dagegen haben, dass Stellenanzeigen der Behörde auf grauem Altpapier gedruckt wurden. Praktisch, nützlich, nachhaltig. Wie oft wanderte es wieder in den Altpapiercontainer, bis nur noch Schwärze übrig war? Irgendwann gab es ein Ende. Für Papier wie für Geduld. Auf der Karte hatte selbstverständlich keine Adresse gestanden. Kein »Ich würde mich freuen, wenn wir uns später einmal treffen könnten« oder – o kühner Wunsch – »Wollen Sie vielleicht mitkommen?«. Gar nichts.

Also gab es nichts zu hoffen. Wer hoffte, kam nicht vom Fleck. »Denk' doch daran, wie es mit deiner Mutter war«, hatte ihr Mann spät am Abend gesagt: »Deine Mutter hat nur genommen. Und du hast nur gegeben. Das gleiche mit deiner Chefin. Du bist vom Regen in die Traufe gekommen. Ist doch gut, wenn das mal aufhört.« Der Vergleich hinkte aber nicht nur, er stand auf überhaupt keinem Bein. MD stellte das Gegenbild zur Mutter da. Gab ihrerseits ohne Ende. Womöglich war ihre Sekretärin die einzige, von der MD etwas angenommen hatte.

Sie musste sie verletzt haben. Das war die einzige Erklärung. Denn so klang die Karte: verletzt. Eisig. Im Zuge der Vernehmungen musste irgendetwas verdreht an MDs Ohr gekommen sein. Bestimmt hatte Zumbaum sie nach der Partnersuche gefragt, hatte wissen wollen, was für Männer ihr auf die Anzeige geschrieben hatten. Das lag nahe. »Woher wissen Sie davon?«, könnte MD gefragt haben. Mit dieser Kühle, die einen frösteln ließ. «Von Ihrer Sekretärin.« »Dienstkräften soll man nicht alles glauben.«

Danach hatte MD eins und eins zusammengezählt: Elite-Partner-Tipp plus Krisengeschwafel gleich Verrat. Das würde die wortlose Abwendung erklären. Oder Zumbaum hatte fallen lassen: »Wussten Sie eigentlich, dass Ihre Sekretärin es mit dem Schulrat auf Ihrer Couch getrieben hat?« Anja biss sich auf die Lippen. Playmate in der Grube. Sie stöhnte. Dass sie es so weit hatte kommen lassen. Aber wer sollte ihm das gesteckt haben?

»So nicht. Du musst deinem Gegner eine Chance geben, sich zu erklären, bevor du ihn verurteilst«, war immer MDs Moderationsangebot bei Schülerkonflikten gewesen. Anja hörte MDs Stimme wie von nebenan und schob den Behördenanzeiger zurück. Abwarten, klug sein, nichts überstürzen. Herausbekommen, wohin MD gehen wollte. Einen Kontaktversuch starten. Sie bei ihrem eigenen Wort nehmen. MD würde ihr eine Chance geben, da war sie sicher, und dann ließe sich alles klären: »Das mit Pönsgen habe ich nur für Sie getan.«

Würde MD das glauben? Erstens klang es pathetisch, und zweitens stimmte es nicht. Es war der verfluchte Kick gewesen. Der sie mit dreizehn hatte klauen lassen. Haribo macht Kinder froh. Nie war sie erwischt worden. Dafür jetzt ab nach Frohnau, Schmöckwitz, Mariendorf. Strafversetzung für ungesühnte Taten. Die sie nicht einmal bereute! Schwarzfahren. Immer der Kick: Ich bin unten, ihr lasst mich nicht hochkommen, aber ich bin schlauer als ihr. MD hatte das einmal indirekt bestätigt, als der Stellvertreter einen unmöglichen Stundenplanentwurf vorgelegt hatte: »Sie sollten das machen, Frau Miljes. Da würde alles klappen.« Genauso wäre es. Aber dafür brauchte es die höheren Beamtenweihen. A fünfzehn. Mathematikstudium.

Warum hatte der Täter nicht sie, Anja Miljes, erwischt? Alles wäre anders gekommen. MD hätte sich gekümmert, hätte ihre Sekretärin im Krankenhaus besucht, sie beschworen, sich zu schonen, nicht zu früh wieder arbeiten zu gehen. Aber in einer Zweieinhalbzimmerwohnung war ja nichts zu holen. Selbst für einen räudigen Junkie nicht.

Anja schob den Stuhl zurück. Sie würde MDs Sohn anrufen. Der ihr damals seine Handynummer gegeben hatte mit den Worten: »Falls Ihnen noch etwas einfällt, womit ich meine Mutter ins Leben zurücklocken könnte.« Und natürlich war ihr etwas eingefallen. Ihr, als Einziger von allen. Vielleicht war MD noch im Schock gewesen, als sie die Karte geschrieben hatte. Keiner sonst hatte etwas von ihr erhalten, Samira nicht, Jürgen nicht, das Kollegium nicht, der Stellvertreter schon gar nicht. Anja hatte sich überwunden und alle gefragt. Ja, sie war die Einzige, und es hatte MD angestrengt zu schreiben. Alle ihre verbliebene Ausdruckskraft hatte sie in das besitzanzeigende Fürwort gelegt, in der Hoffnung, Anja verstand die Aussage: Ich bin die Ihre. Bin Ihre alte »Mit Dir«.

»Mit dir kann man gar nichts mehr anfangen. Du kommst ja nicht mehr zu deinem Papa. Hast mich gar nicht richtig lieb«, hatte der Vater einmal gelallt. Die Champagnerarie angeschlossen. Ihr eine auf den Hintern geknallt: »Mit dir zieh' ich jetzt andere Saiten auf.« War das Liebe gewesen? Erst wenn sie sicher war, dass MD sie wirklich loswerden wollte, wäre der Ernstfall dran. Frohnau. Schmöckwitz. Mariendorf.

Marie Baumgarten: Wohin?

Ein glatter Rausschmiss. Etwas, das man nur aus der Literatur kannte. Das im wahren Leben nicht vorkam. Nicht in ihrer Welt. Nur fühlte sie nichts. Gar nichts. Sie hatte sogar die Geistesgegenwart besessen, ihre neue Ultraschallzahnbürste aus dem Bad zu holen, war, fast schon draußen, noch einmal zu dem zerwühlten Schlaflager zurückgegangen, in dem Herbert unbeweglich lag und sie mit seinem Blick verfolgte, hatte ihr Buch vom Nachttisch eingesteckt, Kissen und Bettdecke zusammengerollt und unter den Arm geklemmt. Nichts Greifbares von ihr sollte bleiben.

Dass er etwas anderes als einen wohlsortierten Abgang von ihr erwartet hatte, stand ihm ins Gesicht geschrieben. Zum Schluss war er aufgesprungen, hatte sich in den Türrahmen gestellt, schwer geatmet, mit einem Flackern in den Augen. Es hatte ausgesehen, als ob er sie nicht über die Schwelle lassen wollte. Wenn sie ihn in den Arm genommen oder ihm eine heruntergehauen hätte, wäre er wie ein wütender Junge zur Räson gekommen. Hätte geweint. Stattdessen war sie erhobenen Hauptes an ihm vorbeigegangen, eine Katze mit vielen Revieren. Sollte er sich alleine austoben. Sie hatte ihn stehenlassen, nicht umgekehrt.

Marie drückte auf den Autoschlüssel. Unten an der Straße flammten die Scheinwerfer auf. Wohin mit ihr? Sie brauchte einen Puffer zwischen Herberts Welt und der ihrer Eltern. Die kleine Lüge mit der Freundin wäre nicht nötig gewesen. Falsche Rücksichtnahme: Unter normalen Umständen schluckte Herbert eine Freundin leichter als den Vater. Aber nicht jetzt. Fakt war: Wohin sie ging, wie sie lebte, wer sie war, interessierte ihn nicht. Und das, wo jeder eine Woche in sich gegangen war, sie eine gute Grundlage gehabt hätten, sich neu und vorsichtiger kennenzulernen. Achtsamer. Mit allem hatte sie auf ihre Eröffnung zu dem räumlichen Auseinanderrücken gerechnet: Fragen, Vorhaltungen, Flehen, Beschimpfungen, Rückzug, Wut. Nicht mit einem glatten Rausschmiss.

Mit MD hatte er sie verglichen. Also waren sie doch ein Paar gewesen. Ungleich, aber eng verbunden. In den Mails hatte er sich einmal verschrieben. Sie Melissa genannt. Gern hätte sie ihn gefragt, was das für eine Beziehung gewesen war. Aber er erteilte ja keine Auskünfte über sein Inneres. Wer nicht ganz für ihn war, war ganz gegen ihn. Das hatte MD gemerkt, darum war sie gegangen. Stolz und klug. Wie sie, Marie. Ohne Schwäche zu zeigen. Ihn eines Gefühls zu würdigen.

So war das also: Der Parkplatz an der Schule wurde nachts mit einer Kette verriegelt. Vielleicht um zu verhindern, dass sich liebestolle Schüler dort trafen, die nicht wohin mit sich wussten. In Vaters Auto, Mutters Van. Marie parkte in der Straße gegenüber und lehnte den Kopf an die Nackenstütze. Massig und dunkel lag das Gebäude da, das sie nur laut und taghell kannte. In diesem Haus könnte sie die nächsten vierzig Jahre verbringen. Der Stellvertreter hatte ihr gestern angekündigt, dass er sich nach der Prüfung für ihren Verbleib an der Schule einsetzen würde. Mit ihrer Fächerkombination, aber vor allem »als Mensch« sei sie ein »Hauptgewinn« für die Schule. Als Frau, hatte er unverhohlen gemeint. Nachdem er die Tür zugezogen und »Frau Miljes, einen Kaffee, bitte« in die Freisprechanlage gerufen, sich genüsslich in MDs Sessel zurückgelehnt, seinen prallen Bauch vorgeschoben, sie über die Schüler ausgefragt hatte und ob sie sich bald einen Abiturkurs zutraue. Sie habe ja keine Kinder und sei »voll einsatzfähig«? Dazu der Blick über ihren Körper, lang und ausgiebig. So waren sie, die alten lüsternen Männer. Zu denen Herbert sie schickte.

Beim Verlassen des Rektorenzimmers nach dem Gespräch hatte sie in Anjas blassem Gesicht eine Frage gelesen, aber nicht verstanden, welche. »Sie kommen doch morgen zur Chorprobe, oder?«, hatte sie aufs Geratewohl gefragt, aber Frau Miljes hatte den Kopf geschüttelt: »Keine Zeit.« »Schade.« Morgen könnte sie ihr erzählen: »Ich bin auch nicht hingegangen. Mich hat der Chorleiter hinausgeworfen. Aus seinem Haus, aus seinem Chor, aus seinem Leben.«

Vielleicht hätte sie Herbert von der albernen Pönsgen-Geschichte nichts erzählen sollen. Das war etwas für ein Gespräch unter Frauen. Herbert war zu leicht zu erschüttern, und anders als andere versteckte er das nicht. Während man in ihrer Familie jede Blöße bedeckte.

Marie legte die Hand auf das Brustbein, hinter dem ein Schmerz pochte. Irgendetwas passte nicht. In dem ganzen Geschehen steckten falsche Puzzlestücke, die, gewaltsam hineingezwängt, dem ganzen Bild etwas Unebenes gaben. Als Herbert sie vorhin ins Bett gezogen hatte, war er gewesen wie beim ersten Mal: stürmisch, verspielt, ganz da. Sie hatten gelacht, alles war ohne Arg gewesen. Er hatte seine Männlichkeit bewundern lassen und seine Bergsteigermuskeln vorgeführt. Bis er sich plötzlich auf sie geworfen hatte und ohne Präliminarien in sie eingedrungen war: »Beiß mich, kratz mich, tu was, komm runter von deinem Dünkel, von deiner Unnahbarkeit, sonst ... sonst ...«, hatte er gezischt. Es war blitzschnell gegangen. Sie hatte versucht, ihn zurückzuringen, ihn beim Namen gerufen, aber hatte ihn keinen Zentimeter wegschieben können und dann resigniert aufgegeben. Seine Erregung war in Liebesgeflüster übergegangen, das sie für Sekundenbruchteile unerwartet angesteckt hatte, überraschend, nach all der Wut und Ohnmacht. Dann war es schon vorbei gewesen. Schwer atmend und schwitzend hatten sie eine Weile lang still dagelegen. Sogar eingenickt war er, während sie in einem See verworrener Gefühle herumgetrieben war. Toter Mann gespielt hatte. Tote Frau vielmehr.

Anders als er hatte sie den Sex die Woche über nicht vermisst. Nur seinen Geruch. Seine Haut, seine Nähe. »Ich schreibe, um mich von mir selbst überraschen zu lassen«, hatte sie kürzlich eine unbekannte Literatin sagen hören, es war der erste Satz gewesen, der aus ihrem neuen Autoradio gekommen war. »Unsinn«, hatte sie gedacht. Auch Literaten verfolgten Pläne. Trotzdem: Der Satz war ein Vorzeichen gewesen. Ob ein schlechtes oder gutes, ließ sich schwer entscheiden.

Langsam fuhr sie mit der Hand über den Beifahrersitz. Leder hätte einen erheblichen Aufpreis bedeutet, wäre schicker, aber im Winter kühl gewesen. Neu und sauber roch das Auto. Hier war sie sicher. Von allen Männern, mit denen sie je zusammen gewesen war, roch Herbert am angenehmsten. Sie würde es vermissen, sich abends an ihn zu schmiegen und die Nase in seine Haut zu bohren. Nun hatte sie ein berufliches Zuhause, aber kein privates mehr. Was alles lag stumm in einem Menschen bereit, das einen ohne Ankündigung ansprang wie ein Tier? Angriff und Rückzug. Liebe und Hass. Verzweifelt war sie nicht. Noch nicht. Schon wieder eine Überraschung. Zurückgehen würde sie nicht. Um ihn kämpfen kam nicht in Frage. »Bleib hier, Marie, bleib hier!« Schon im Restaurant war er komisch gewesen. Wie er ihren Namen geraunt hatte, als sie zur Toilette gehen wollte, beschwörend ihre Hand festgehalten; mühsam hatte sie sich regelrecht freimachen müssen. Was, wenn sie ein Kind hätten und sie ihn nicht hätte abholen können vom Zug? Das Kind gerade stillte, wenn er die Wohnung betrat? Mit den

Brüsten voller Milch keine Lust auf Sex hatte? Gut, dass es dazu nicht gekommen war. Herbert war nicht familienfähig, und das war es, was ihr Vater geahnt hatte.

Im Hausmeistertrakt ging das Licht aus. Marie stieg aus und wanderte auf die Platane zu, die mitten auf dem Schulhof stand. Gestern hatte sie gesehen, dass sie sich zu häuten begann. Große holzige Schuppen abwarf. Bei ihr selbst war es anders. Mit Herbert ging ihr etwas Inneres verloren, nicht etwas Äußeres. Es war schwer zu greifen, was es war; es würde dauern, bis sie darüber hinwegwäre. Sie legte die Wange an den Baum. Die Rinde strömte einen würzigen Geruch aus. Gottseidank gab es bei den Eltern ein stillschweigendes Einverständnis: Wenn es ernst war, hörten unerwünschte Kommentare auf. Und dass es ernst war, würden sie ihr ansehen, darüber müsste sie nicht reden. Sie würden nicht in sie dringen, keinen Druck ausüben. Im Grunde war es das, was ihr bei Herbert fehlte: Abstand. Respekt.

Marie drückte den Rücken an den Baum und sah in die schwarze Krone hinauf. In einem fliegenden Moment vorhin hatte sie gedacht, dass wenig Unterschied zwischen einem Messer und einem Schwanz bestand, wenn beides mit solcher Vehemenz geführt wurde. »Nun übertreib nicht, Kind.« Dass der Vater Recht behalten hatte, war zu verschmerzen. Sie würde sich zum Abschluss des Referendariats und während der Prüfungen zu Hause verwöhnen lassen, mit der Mutter shoppen gehen und in freien Momenten nach einer Wohnung schauen. Und dann nach einem Mann, mit dem sich etwas aufbauen ließ. Keinem Kind wie Herbert und keinem Opa wie dem Schulrat, einfach einem Mann. Herbert bedeutete es nichts, dass sie seine Wohnung schöner hinterlassen hatte, als sie bei ihrem Einzug gewesen war. Dafür hatte er weder Blick noch Wort. Er war ein Mensch von einem fremden Stern, an dem eine Erdenfrau wie sie sich aufrieb. Sie musste sich von ihm erholen.

Jürgen Pönsgen: Dahin

Dahin, dahin will ich mit dir, o mein Geliebter .... Eben nicht. Erst das Baumgarten-Debakel, jetzt Anjas Schlussstrich. So entschieden gezogen, wie nur sie es konnte. Beateähnlich. Mit Schmackes. Also alles dahin. Aus drei mach eine. Was auf ihn wartete, waren Pensionierung und eheliches Zusammenrücken vor der Schrankwand.

Jürgen Pönsgen eilte vom Parkplatz Richtung Büro, zögerte und sah auf die Uhr. Was sollte er im Amt? Auch da wartete nichts. Er drehte um, überquerte die Straße und schlug den Weg zum Nordufer ein. In seinem Alter tat Bewegung not. Wenn alles beliebig wurde, warum nicht aufs Wasser schauen? Auf Griechenlandpostkarten saßen alte Männer nichts als herum, tranken Mokka und sahen mit zusammengekniffenen Augen übers Meer. Bitte. Ging auch. Wenn man nur wüsste, was sie dabei dachten.

Schön war es hier, abgesehen von Plastiktüten, Plastikflaschen, Einmalspritzen. Der Müllhaufen des Lebens grüßte. MD wollte sich also versetzen lassen. Ein Witz. Erstens war sie über fünfzig, zweitens gab es weit und breit keine freie Schulleiterstelle. Vielleicht hatte Anja sie falsch verstanden. MD könnte von einer vorzeitigen Versetzung in den Ruhestand gesprochen haben, was möglich, wenn auch dumm wäre, da ein gehöriger Batzen Pensionsansprüche dabei flöten ginge. Wer verzichtete freiwillig auf sein Gehalt? Omø. Eine dänische Insel. Wo sie früher in den Ferien stets in archäologischer Mission unterwegs gewesen war oder auf Sprachkursen. Oder in gesundheitlicher: wandern auf Kreta gegen die Fettpolster. Nach so einer Sache standen ihr doch Krankschreibungen ohne Ende zu. Bei vollen

Bezügen. Was sollte das alles? Wenn sie wieder da war, würde er mit ihr Kontakt aufnehmen und diese Rätsel lösen.

Hierher sollte er sie einmal einladen. Wie viele Restaurants hier aufgemacht hatten. Neue Franzosen neben alten Bierkneipen. Mal was anderes als der piekfeine Italiener, den er immer nur vorschlug, um anzugeben. Auch MD war also neu. Ging nicht an die Günderrode zurück. Überließ ihr Baby einem Müller! Ihre Wunde hatte sich offenbar fest geschlossen, während bei ihm kaum noch mit den Augen erkennbare Narben aufrissen. Verstehe einer das alles.

»Worauf wartest du?«, hatte ihn Anja angeblafft, als MD noch in der Klinik gelegen hatte. »Warum besuchst du sie nicht?« Aber wenn MD nicht einmal ihre Sekretärin vorgelassen hatte, musste er nicht vor verschlossener Tür anstehen. Außerdem waren Kliniken für ihn als Vater eines behinderten Sohnes exterritoriales Gebiet. Dieses ganze Kapitel hatte er Anja nicht auf die Nase gebunden, schließlich hatte sie kein Kind. Woher auch, wo sie mit ihrem Mann Brüderchen und Schwesterchen spielte. Und der Herr Schulrat hatte ihr keines gemacht. Bestimmte Fehler wiederholte man nicht.

Einmal hatte er Johann hierher mit zum Angeln genommen, ein Stückchen weiter Richtung Norden, wo mehr Platz war; da war der Junge um die acht gewesen. Eva hatte an einem Infekt laboriert, sodass ihr üblicher Protest ausgefallen war: »Du lässt das Kind doch in den See fallen.« Mit glänzendem Jungengesicht hatte Johann in der Brackkuhle gematscht und ihm einen Modderpfannkuchen nach dem anderen kredenzt; über den Vormittag war ein riesiger Haufen neben dem Angelgerät entstanden. Das hatte alles für Eva nicht gezählt. Nur die kleine Verletzung an der Hand, weil das Kind in einem unbeobachteten Moment in ein Stückchen Glas gegriffen hatte. Zeter und Mordio. Scherbengericht.

Es blieb ein Fakt: So sehr er Johann geliebt hatte – seinetwegen hatte er die Freiheit verloren. Blieb an Eva gefesselt, die bald aus Duisburg wiederkommen würde, nun, wo alles wieder in geregelten Bahnen lief, der Täter gefasst war und demnächst hinter Schloss und Riegel sitzen würde, ob in der forensischen Psychiatrie oder im Knast. Das würde vom Prozess abhängen. Wenn er selbst das Opfer gewesen wäre, würde er als Nebenkläger auftreten. Obwohl aus so einem Junkie nichts herauszuholen war. Trotzdem. Aus Prinzip. Aber wie man sie kannte, würde MD davon Abstand nehmen, ganz sicher. Als Gutmensch noch Resozialisierungsmaßnahmen vorschlagen.

Es war nicht zu begreifen. Jede Wette hätte er darauf abgeschlossen, dass MD so schnell wie möglich an die Schule zurückeilte. Nun ließ sie alle sitzen. Wie sie jeden Besuch hatte abblitzen lassen. Sogar Anja. Der einzige, der an ihr Krankenbett vorgedrungen war, war der Sohn, von dem man nie gehört hatte. Der Ingenieur. Da sah man es wieder: Blut war dicker als das Wasser der pädagogischen Liebe. Wenn der Täter aus dem Schulbereich gekommen wäre, hätte man MDs Rückzug verstanden. Dass sie hinter sich lassen wollte, was an die Tat erinnerte. Oder so.

Pönsgen schob eine Brombeerranke beiseite. Alles voller Präser. Da war es doch im »Schwanenkönig« bequemer – wer trieb es hier wie? An diesem abschüssigen Ufer? Wieso dachte er überhaupt über so etwas nach? Er konnte seine Gedanken nicht mehr bändigen. Durch den Anschlag war alles ins Wanken geraten. Schlug hohe Wellen, die sich nach allen Seiten von MD aus verbreiteten und sogar andere Leben unter Wasser setzten. Zum Beispiel seines. Erst hatte Anja dreimal den »Schwanenkönig« abgesagt, ohne Begründung. Das vierte Mal war sie nicht einmal ans Handy gegangen auf sein Anläuten. »Keine Zeit. Der Stellvertreter lässt mich anders arbeiten«, hatte sie ins Telefon geraunt. Alle sagten Stellvertreter. Keiner Müller. Alle wollten MD zurück. Warteten.

Dann hatte er den großen Schritt auf Anja zu getan. Sie wie ein verliebter Junge an der Schule abgepasst. »Glaub' doch nicht, dass ich zu dir nach Hause komme, bloß weil deine Frau gerade nicht da ist«, hatte sie gefaucht. Immerhin hatte sie sich zu dem Italiener einladen lassen, in den er MD nur einmal hatte lotsen können. Es war ungewohnt gewesen mit dem Tisch zwischen ihnen. Blass hatte sie ausgesehen. »Hast du abgenommen?« Viel mehr als stummes Nicken hatte sie das ganze Essen über nicht von sich gegeben. Zum Schluss ihm ein »Kümmere dich um dich« mit auf den Weg gegeben. Nicht unfreundlich, aber entschlossen: »Unsere Zeit ist vorbei.« Wie Beate damals nach dem verhexten Schlangenei. Und er hatte da gehockt wie ein Junge vor dem ersten Mal, der dringend seine Ladung absetzen wollte, aber einfach nicht herangelassen wurde, hatte gestammelt: »Es war doch so schön. So einfach. Du wirst es selbst vermissen, Anja. Wirklich. Wir sind doch wie geschaffen füreinander.« Nichts hatte er ausgelassen. Keine Peinlichkeit: »Ich habe dir einen Ring gekauft. Hier.« »Ringe sind für gerade Verhältnisse.« Damit hatte sie ihn stehenlassen. »Warum denn, Anja?«, hätte er fragen sollen. Viel zu selten hatte er nach Gründen gefragt. Stattdessen entweder alles hingenommen oder blind und dumm gedrängt. Und dann verdrängt. Nun war es aus und blieb es aus.

Pönsgen stieß eine Plastikflasche ins Wasser. Sie schaukelte auf der Stelle. Hier gab es keine Strömung. Hier war stehendes Gewässer. Nicht einmal eine Flaschenpost konnte er absetzen.

Kapitel 7

Stumme Wechsel

»Freja begleitet dich übermorgen und trägt dein Gepäck.«
»Das ist nicht nötig.«

»Bis zu deiner Haustür. Das habe ich so mit ihr abgemacht.«

»Ganz bis Deutschland?«

»Der Chefarzt hat gesagt: Es dauert, bis alles wieder zusammengewachsen ist. Körperlich, aber vor allem seelisch. Darum die lange Krankschreibung. Also keine Lasten schleppen, o.k.?«

Man bestimmte über sie. Erst der Chefarzt, jetzt ihr Sohn. Ungewohnt, wenn man sonst selbst sagte, wo es langging.

Melissa legte das Sieb mit den Erdbeeren neben sich auf die Gartenbank, begann die grünen Strünke zu entfernen und die Früchte in eine Glasschüssel zu schneiden. Die oberen Malvenblüten fielen schon ab, die große Eberesche auf dem Nachbargrundstück stand in roten Dolden. Morgen früh würde Manfred das erste Schiff nehmen und dann das Flugzeug nach Norwegen. »Warum bleibst du nicht noch ein bisschen?«, hatte er gesagt. »Spätsommer ist die schönste Zeit hier. Du hast längst noch nicht jeden Inselwinkel erkundet.« »Jede Reha geht einmal zu Ende.«

Dies war ihr letzter gemeinsamer Tag auf Omø. Melissa schaute um sich: Wie früher auf dem Wiesenspielplatz war es hier. Wo sie gelesen oder Hefte korrigiert, er mit anderen Kindern gespielt und ihr seine immer neu gebastelten Bötchen gezeigt hatte, die er schwimmen ließ. Es wäre verlockend, noch zu bleiben, unter der ungewohnten Wärmemütze, die sich in den letzten Tagen über die Insel gestülpt hatte. »So ein schönes Wetter! Extra für dich.« Manfred hatte nichts ausgelassen, sie zu überreden. Aber besser ein Paradies auf eigenem Kiel verlassen, als dass man daraus vertrieben wurde. »Wer soll dich vertreiben?« Sie hatte die Anspannung in Manfreds Stimme gehört und nicht geantwortet. *Pastors Kinder, Müllers Vieh.* Manfred war Lehrersohn und anfällig für richtig oder falsch, sie dagegen für gut und böse. Vor allem böse. Strafe und Verurteilung. Altes Testament. Inneres Hochgericht mit Messerstrafen für Verblendungssünden.

Ja, Omø war ein Paradies, aber es lag außerhalb ihrer Welt. Hier ließ sich keine Entscheidung treffen. »Warum quälst du dich damit? Warte doch ab, bis sich von innen eine Richtung zeigt.« Das war künstlerisch gedacht; aber jeder, der eine Schule leitete, wusste, dass selten etwas von selbst geschah. Etwas nachhelfen musste man schon. Darum ja hatte sie sich sofort bei Ankunft mit der Karte an Anja Miljes in Zugzwang gebracht. Sie brauchte neuen Grund unter den Füßen.

Sicher durchforstete Frau Miljes inzwischen jeden Tag die Mitteilungen der Zentralstelle für das Auslandsschulwesen. Sie war erfahren genug, um aus der kurzen Karte zu erfassen, dass hier die einzige Veränderungsmöglichkeit für eine gut fünfzigjährige Rektorin lag. Bis zum einundsechzigsten Lebensjahr konnte man sich noch bewerben. Die Anani-Schule in Kabul wäre ein Go. Aber alle diese Pläne könnte sie erst an ihrem eigenen Schreibtisch zu Hause ernsthaft angehen. Hier wirkte schon der Gedanke daran deplatziert. Hier reiften Beeren, rauschte Brandung, spielten Gräser. Hier detonierte nichts. Rannten keine Samiras herum mit aufgerissenen Augen, aus denen das Entsetzen quoll.

Auf der Herfahrt hatte Manfred einmal gesagt: »In der Klinik war deine Haut marmoriert.« Wahrscheinlich hatte er an ihrem Krankenbett innerlich schon mit der Büste angefangen. Als er sie still betrachtet hatte und nicht klar gewesen war, ob und wie sie aus dem Koma auftauchen würde. Diese Künstler. Was sie sahen! »Wie ein Marmorkuchen?«, hatte sie es wegzulachen versucht. Prompt war das sonntägliche Kaffeetrinken von früher aufgetaucht, gefolgt vom obligaten Mensch-ärger-dich-nicht. Nach des Vaters »gerechtem Mittagsschlaf«. Zum Auswachsen, wie es in ihr durcheinanderging.

Einige der zwischen Manfred und ihr gewechselten Sätze und Worte wurden immer wieder angespült und zogen wie Muscheln Tang hinter sich her. Nebenkläger. Auslandsschuldienst. Manfred hatte den Kopf geschüttelt, als sie Afghanistan erwähnte: »Meinst du, weil du einmal dem Tod von der Schaufel gesprungen bist, seiest du gegen alles gefeit? Ich hätte da Angst um dich.« Sie war so rot angelaufen wie die Erdbeeren.

Anja Miljes errötete auch gelegentlich. Manches fiel einem erst im Nachhinein auf. Im Alltag ging vieles unter. In einem pausenlosen Alltag, wie sie ihn gehabt hatte. Sie würde ihr bei der Rückkehr das Du anbieten. Das hätte sie schon lange tun, ihr auch ausführlicher schreiben sollen. Anja. Ein klangvoller Name. Schön wäre es, wenn Anja mit ins Ausland käme. Aber schließlich war sie eine verheiratete Frau. *Wo du hingehst, da will auch ich hingehen. Wo du bleibst, da bleibe auch ich.* »Die wissen gar nicht, dass dies eine Frau zu einer anderen sagt«, hatte der Vater sich mokiert, wenn ein Brautpaar diese Sätze zum Trauspruch aussuchte: »Für Treue sind eben die Frauen zuständig, nicht?« Zwinkern. Zucken im Gesicht der Mutter. Roland hatte unbedingt kirchlich heiraten wollen, bei ihrem Vater. »Mein Vater verkörpert aber nicht, was er predigt.« »Wer tut das schon?« Gleich damals hätte sie sich zurückziehen sollen.

Dass man sehenden Auges das Falsche tat. Gestern hatte sie heimlich das Fahrrad genommen: zurück ins Normale, Bedenken hin, Warnungen her, durch lauen Wind und wogendes Gras. War in die gefühlt einzige Glasscherbe auf der ganzen sauberen Insel gerollt. Sie hatte es im Gras blinken sehen, aber nicht glauben wollen, was sie sah. Superbia: Wer sich über die Realität erhob, bekam einen auf den Deckel. Melissa steckte eine Erdbeere in den Mund und biss in das Fruchtfleisch. Man glaubte nur, was man anfassen konnte. Was man schmeckte. Also gut: Kabul würde sie Manfred nicht antun. Und sich selbst auch nicht.

Offenbar wollte Manfred die Büste vor der Abfahrt fertigkriegen. Die dumpfen Schläge aus dem Atelier würde sie vermissen. *Wer hat dich so geschlagen, mein Herz, und dich mit Plagen…* In letzter Zeit kamen Verse vorbei wie alte Bekannte. Leise wie ein ertapptes Kind hatte sie gestern an die Ateliertür geklopft, den Fahrradausflug zu beichten. »Dich kann man nicht alleinlassen«, hatte Manfred gelacht und schnell angefügt, als ob er eine gute Gelegenheit beim Schopfe fasste: »Neuen Grund findest du nicht im Ausland. Nur in dir. Ich bin doch in Norwegen der gleiche wie auf Omø und in Deutschland. Warum willst du alles hinwerfen? Nicht an deiner Schule bleiben? Wo du bestimmt vermisst wirst?«

Sie hatte geschwiegen. Manches ließ sich schwer sagen: Dass sie lebenslang hinter Falschem hergerannt war. Der Falscheste war Herbert gewesen. Dass sie nur in einer neuen Umgebung neue Chancen bekam. Wenn es überhaupt Neues im Leben gab. Was zu bezweifeln war. Zwar war nach dem Anschlag eine andere in ihr aufgetaucht, eine Träge, Vergessliche, Langsame, die niemals in der Günderrode bestehen könnte. Keine Sekunde lang. Aber war das etwas Neues? Oder ein Griff in die alte Maria-und-Martha-Kiste? Mit der sie seit der Kindheit unterwegs war? Höchstens bekam die eine ein bisschen mehr Luft.

»Wie hältst du es denn mit dem Prozess, wenn du im Ausland bist?«, hatte Manfred gefragt. Sie hatte mit den Schultern gezuckt. Der Täter, der wahrscheinlich aus katastrophalen Verhältnissen stammte, hatte ihr den Sohn zurückgebracht. Sollte sie sich daran weiden, wie das Unglück dieses Menschen durch einen Richterspruch zementiert wurde? Ein halbes Kind noch. Vermutlich ohne jede Förderung gestrandet. In fliegenden Bildern hatte sie gelegentlich den jungen Mann in ihr Haus aufgenommen, ihn Blätter aus dem Teich holen, Kompost umsetzen sehen. Nachrichten aus aller Welt: Opfer resozialisiert Täter. Die Tochter mit dem schwarzen Talar.

Melissa sortierte eine faule Erdbeere aus und schaute auf ihre von den Früchten geröteten Finger. »So viel Blut«, sollte der Zeitungsausträger gesagt haben.

Von ihrem PC schaute Anja auf die geschlossene Tür zum Rektorat. Früher hatte sie nie wahrgenommen, dass sie auf der Seite des Sekretariats in zwei schwere Kassetten unterteilt war. Für sie hatte nur die Innenseite gegolten, wo die Tür mit braunem Leder bezogen war, das von den vielen runden Messingnägeln festgehalten wurde. Wenn man die Augen zusammenkniff, entstand ein goldener Rahmen. In den frühen Morgenstunden, die sie auf MDs Couch verbrachte, hatte Anja darauf geschaut. So etwas baute man heute nicht mehr. Höchstens nach. Auch darauf hatte MD geachtet, wie an der Schule Altes und Neues verbunden wurde. Anderswo wurde geistlos Beton geschüttet und alles mit Rigips verklebt.

Gestern war Licht in MDs Haus gewesen. Aber sie war noch nicht wieder da. Das hätte Anja gemerkt. Durch ihre abendlichen Fahrradtouren war sie genau im Bilde. Wusste auch, dass der Sohn nicht dafür gesorgt hatte, dass im Garten mehr Bewegungsmelder angebracht wurden, was doch das mindeste gewesen wäre nach so einer Tat; ihr selbst wäre so ein Versäumnis nicht unterlaufen. Immerhin gab es Zeitschaltuhren in mehreren Räumen, vorgezogene Gardinen und, wo vorhanden, heruntergelassene Jalousien. Gestern war in einem Zimmer Licht gewesen, wo Anja zuvor noch nie Licht gesehen hatte. Aber ein Schatten hatte sich nicht abgezeichnet. Vielleicht war die Putzfrau dagewesen und hatte vergessen auszuknipsen. War beauftragt worden, nach dem Rechten zu schauen, für die Ankunft alles vorzubereiten. Dass MD da war und sie, Anja, es nicht merkte, war undenkbar.

Abrupt stand Anja auf, fuhr mit der Hand über die Türkassetten und klopfte an. Der Stellvertreter saß nicht wie erwartet am Schreibtisch, sondern stand direkt vor ihr, als ob er gerade die Tür aufmachen wollte.

»Na, Frau Miljes? Beehren Sie mich einmal? Hereinspaziert, ich beiße nicht.«

»Ist etwas bekannt über MDs Rückkehr?«

»Sie meinen hierher, an die Schule?«

»Ja. Hierher.«

»Warum? Sind Sie mit mir nicht zufrieden?«

»Ich werde öfter gefragt, wann sie wieder da ist. Deswegen. Heute wieder.«

»Wer fragt denn so?«

»Schulrat Pönsgen zum Beispiel.«

Das stimmte nicht, aber mit Schülern brauchte sie dem Stellvertreter nicht zu kommen. Die zählten nicht. Wie er den Chef herauskehrte. Marie Baumgarten würde sie jedenfalls nicht verpetzen. Die am häufigsten fragte. Wohl mehr an MD hing, als sie vorher hatte durchblicken lassen. Sie kam jetzt öfter auf ein Käffchen, ihr Herz ausschütten. Referendariat und Trennung, die junge Frau hatte viel zu verkraften. Sogar Anmache von Jürgen: »Privatissime!«, hatte sie gekichert, habe der Schulrat ihr eine Stelle versprochen an der Karoline. »Hat Herr Pönsgen Ihnen vielleicht noch etwas angeboten?«, hatte Anja gesagt und gezwinkert. »Er ist eher nicht mein Typ«, hatte Marie vorsichtig gesagt, aber dann zurückgegrinst. Sie hatten gemeinsam gegrinst, aus unterschiedlichen Gründen natürlich. Einen Stich hatte es ihr schon gegeben. Ein Schwan, der in Liebe starb, war Jürgen nicht. Trotzdem. Sich gemeinsam über ihn zu belustigen, tat gut. Marie unter ihre Fittiche zu nehmen, hatte unbedingt etwas. Sie war so anders als MD, aber auch eine Besondere. Wenn Marie bliebe, würde der Stellvertreter schon für ihren Aufstieg sorgen. Fachleiter, Fachbereichsleiter moderne Fremdsprachen, Gehaltstufe A fünfzehn – das war unbedingt drin für die junge Frau. Vielleicht konnte sie, Anja Miljes, hier und da etwas nachhelfen.

»Pönsgen soll sich gedulden. War noch etwas, liebe Frau Miljes?«

»Die Einladungen zur Schulkonferenz müssten heraus. Wenn sie nicht fristgerecht da sind, können die Beschlüsse angefochten werden.«

»Ich formuliere sie gleich und sende sie Ihnen zum Herummailen.«

Tür zu, Gespräch beendet. Darauf, sich bei ihr zu bedanken, kam er nicht. Egal. Anja öffnete das Mailprogramm. Bald würde er merken, dass er ohne sie nicht weiterkam. Vielleicht sollte sie doch bleiben. Frohnau, Schmöckwitz, Mariendorf – bis sie sich dort so eine Stellung wie an der Karoline erobert hätte, würde ihre Wirkung auf Männer nachlassen. Wie Marie das immer sagte: Karoline. Keiner sonst tat es. Es hatte etwas Mädchenhaftes. Sie würde es übernehmen. Zu der Konferenz würde sie jedenfalls nicht mitgehen, da sollte der Stellvertreter sie ruhig vermissen. Am Abend war der Chor dran, und den würde sie sich nicht entgehen lassen.

Was sollte das? Unter einem dicken braunen Umschlag, der an den Vater adressiert war, zog Marie eine plattgedrückte Rolle hervor, mit einem verrutschten roten Band umwickelt wie ein

Geschenk. Auf einem kleinen Aufkleber stand ihr Name. Ein Absender war nicht zu erkennen, aber wenn dies nicht von Herbert kam, hieß sie nicht Baumgarten. Es war seine Art. Hier komme ich. Anders als ihr alle. Sieh mich, fühl mich, nimm mich: mich, mich, mich.

Mit spitzen Fingern löste sie die Verpackung. Aneinandergeklebte, eng beschriebene Seiten, die letzte durch aufgeklebte Steinchen beschwert, rollten sich als Schlange bis zum Boden, wobei die Buchstaben zu dem Ende in ihren Händen immer größer wurden; die Ober- und Unterschleifen wie in l und g waren mit Buntstiftfarben ausgefüllt. »Wenn du das hier liest, verstehst du mich und kehrst zu mir zurück, zurück zu mir kehr du, versteh, lies mich in aller Ruh«, stand in Kuli auf dem roten Band.

Die Briefrolle hinter sich her schleifend, betrat sie die Wohnung, stellte die Mappe in ihrem Zimmer ab und ging ins Bad. Keiner da. Kein aus den Mienen ablesbares »Ach, du führst einen Papierhund spazieren«. Jedes Wochenende zogen sich die Eltern neuerdings ins Ferienhaus zurück, angeblich um Pilze zu sammeln. In Wirklichkeit ging ihnen die gestresste Anwesenheit ihrer Tochter auf den Wecker. Bestimmt hatte die Mutter einen Elternratgeber konsultiert, sie stand auf Coaching für alle Lebenslagen, ihr Regal quoll über von Taschenbüchern aus dem Herder-Verlag: *Was tun, wenn es dem erwachsenen Kind schlecht geht? Da sein und Abstand halten.*

Maries Haut spannte; sie schaute in den Spiegel, fand aber keine Rötungen. Sie sollte sich vor der Unterrichtsvorbereitung eine Gesichtsmaske gönnen, ein Bad einlassen, einen Tee danebenstellen. Als Kind hatte sie das Baden geliebt, das Wirbeln der bunten Plastiktiere um den Wasserfall herum; immer wieder hatte sie warmes nachverlangt. *Walle, walle, manche Strecke, dass, zum Zwecke, Wasser fließe …* Mit den Betonungen des

Vaters murmelte Marie die altvertrauten Verse vor sich hin, obligater Bestandteil ihrer kindlichen Badeorgien, und drehte den Wasserhahn auf. Die Eltern konnten einem leidtun. Erst nabelten sie sich mühsam von der einzigen Tochter ab, dann stand sie wieder auf der Matte. Erst bekamen sie einen Mann fürs Leben vorgestellt, dann war er weg; erst war ihr neuer Arbeitsplatz ein Glücksfall, der überall in der Bekanntschaft herumerzählt wurde, dann schoss die Tochter ihre sichere Stellenaussicht in den Wind. Wahrscheinlich lehnte die Mutter es deswegen neuerdings ab, Marie zu Wohnungsbesichtigungen zu begleiten: »Du nimmst ja doch keine.« Recht hatte sie: Hier saß sie im Warmen und klebte an Mama und Papa. »Das ist eine Katastrophe in Fortsetzungen«, hatte sie den Vater neulich leise zur Mutter sagen hören.

In kreisenden Bewegungen rieb Marie die Creme auf Wangen und Stirn; unter dem hochgesteckten Haar wirkte das Weiß im Spiegel klinisch. Nicht weit weg von einem Gipsabdruck. Über seinem Klavier hatte sie kürzlich bei Lukas eine Beethovensche Totenmaske aus hellem Plastik entdeckt. Gruselig. »Wie hältst du es damit in einem Zimmer aus?« »Hab ich übers Internet bestellt. Das ist mein Guru. Mit Beethoven geht alles besser. Sogar die Lehrproben.« Von diesen erstaunlichen Äußerungen waren sie auf Sauerstoffmasken und MD in der Klinik zu sprechen gekommen. Die Vorstellung, dass jemand einem Toten Gips auf das Gesicht schmierte, hatte bei Marie das Gefühl einer kalten Schneide im eigenen Fleisch im Gepäck geführt. Als ob die alberne Reproduktion an der Wand ihr den Messerstich in einer körperlichen Weise nahegebracht hätte.

Langsam strich sich Marie über Brüste und Bauch. »Mein eigen Fleisch und Blut« war ein Ausdruck, den ihr Vater nie verwenden würde für sie, die einzige Tochter, und doch wäre es wahr. Dass der Mensch aus Verlangen, Lust und seltsamen Begierden entstand, dass der Körper mehr als ein Sitz von Geist und Seele war, wurde totgeschwiegen. Erst mit Herbert hatte sie das entdeckt. Bei ihren Eltern führte das Leben ein *Brigitte*-Dasein, kurz und klein bespöttelt, eingeordnet, weggestopft, bis man es in der Pfeife rauchen konnte. Für die Eltern mochte es so gut handhabbar sein, aber ihr saßen alle Einwände wie Pfeile im Fleisch. Die geäußerten, und noch tiefer die verschwiegenen. Wie einen roten Teppich hatten ihr die Eltern ein wohlsortiertes Erwachsenendasein hingerollt mit Studienratsgehalt und Familienplanung. »Sie hat doch alles auf dem Silbertablett von uns serviert bekommen!«, hatte die Mutter bekümmert zum Vater hin geäußert.

Hier stand sie gespickt wie der heilige Sebastian vor dem offenstehenden Beamtenkäfig, die Rolle in der Hand. Die Kieselsteine stammten sicher vom Parkplatz hinter dem Gemeindesaal. »Zurück zu mir kehr du ...« – genau betrachtet, hatte sie Herbert enttäuscht, nicht Herbert sie. Mit geradezu kindlicher Offenheit kam er auf sie zu, jetzt wieder, und sie war die mit der Familienmaske auf dem Gesicht, die er damals unbefangen gelüftet und wie einen Frisbee in hohem Bogen davongeschleudert hatte. Ja, er hatte sie aufgetaut, ihr Leben eingehaucht. Und sie hatte erst genossen und dann genörgelt. Mehr Raum, mehr Zeit gefordert. Wofür?

Marie griff nach der Rolle, hielt sie über sich und ließ sie ins Wasser gleiten. Das Papier legte sich auf den Körper, mit langsamen Bewegungen zog sie es zu einem Klumpen zusammen. *Hans mein Igel* stand in einer Ecke: Sie schaute den Buchstaben beim Zerfließen zu. Einmal hatten sie über Lieblingsmärchen gesprochen, sie hatte ihre Vorliebe für *Dornröschen* gebeichtet und er von dem stacheligen Igelsohn mit dem Dudelsack erzählt, der ewig auf einem Baum ausharren musste, bis die Rettung kam. Ja, er war der Musiker, dem keiner den Prinzen ansah. Er hatte sie wachgeküsst, nur hatte sie nichts damit anfangen können. Oder hatte er in ihr das Instrument gesucht, auf dem er spielen konnte? Wie sollte man das wissen? »Sei du mein Dudelsack, Marie!« »*Do you think I am easier to be played on than a pipe?*« Mit Shakespeare konnte man ihm nicht kommen. Nichts hatten sie gemeinsam. Sie musste aufhören zu grübeln. Es führte zu nichts.

Jürgen Pönsgen starrte auf den Bildschirm: Schon im Studium hatten sich ihre Spuren verloren. Der Allerweltname Fischer würde unmöglich viele Treffer ergeben. Es machte schlicht keinen Sinn, eine Beate Fischer zu googeln. Wer wusste außerdem, ob Beate bei einem Heiratsantrag nicht umgekippt war und doch ihren Namen hintangestellt hatte? Oder ihn ganz aufgegeben für einen schöneren? Wer jung war, posaunte Programmatisches heraus, das später nicht unbedingt eingehalten wurde. Beate Pönsgen-Fischer – das hätte gut geklungen. Wäre markant gewesen. Besser als Eva Pönsgen, was genauso linksrheinisch-katholisch klang, wie seine Frau lebenslang geblieben war.

Er ballte die Fäuste. Viel Zeit blieb nicht, er musste Eva vom Bahnhof abholen. Hier. Surprise. Dr. Beate Fischer, Lehrstuhl für Mediävistik an der Universität Düsseldorf. Mit einer ellenlangen Veröffentlichungsliste und einem Foto. Die Moderne machte es möglich. Er zoomte das Bild groß. Sie war es. Kein Zweifel. In die Breite war sie nicht gegangen, um den Mund sah sie streng aus. Das mochte durch die Falten kommen. Er hatte auch einmal anders ausgesehen, verdammt. Aber die Augen waren unverändert. Lächelnd, sprühend und geheimnisvoll, immer noch. Wenn Anja ihn mit »Na, mein Schwanenkönig« begrüßt hatte, lag genau so etwas in ihren Augen, obwohl die braun und nicht blau waren: eine Lockung. »Frau Miljes flirtet immer«, hatte der Kollege von der Beethoven einmal gesagt, als sie bei dem Schulleitertreffen mit dem Tablett in MDs Zimmer getreten war. Auch MD hatte es gehört, eine Braue hochgezogen, aber mit den Augen gelacht. Er hatte es damals genau gesehen, aber nichts damit anfangen können. MD hatte mehr Spektrum, als er ihr bisher zugestanden hatte. Anja sowieso. Aber er hatte ja nur das eine von ihr gewollt.

Pönsgen schluckte. Verspielt, vertan, vorbei. Eine Autotür fiel zu, er sprang hoch. Aus dem Fenster sah er Eva aus einem Taxi steigen und zu ihm hochblicken: »Auf dich kann man warten, bis man schwarz wird. Gut, dass ich mir das abgewöhnt habe ...«

Es war alles leichter gegangen als befürchtet. Erstaunlicherweise. Weder hatte sie vorsingen müssen noch hatte sie irgendjemand erkannt. Ein unbefangener, freundlicher Empfang!

Anja Miljes steckte die Stöpsel in die Ohren: Konzentration! Wenn der Stellvertreter plötzlich hereinkäme, was er in letzter Zeit öfter tat, sollte er in ihr auf die personifizierte Emsigkeit stoßen. Das Inbild einer Sekretärin. Natürlich war er zu feige gewesen, in der Schulkonferenz jemanden für das Protokoll zu bestimmen; in letzter Sekunde hatte ihn jemand darauf aufmerksam gemacht, dass die Beschlüsse ohne Protokoll nicht gelten würden. Er hatte die gespielte Unschuld gegeben: »Natürlich haben wir ein Protokoll. Seine erste Schulkonferenz habe er doch selbst übernehmen wollen.« Alles Lug und Trug. Leerer Kopf und dicker Bauch. Aus seiner Handyaufnahme sollte sie es sich zusammenreimen! »Sie kriegen doch alles hin, liebe Frau Miljes.« Dazu hatte er eine Schachtel Mon Chéri auf den Tisch gelegt. Sie könnte ihn auffliegen lassen. Solche Aufnahmen waren gar nicht erlaubt. Aber erst einmal noch nicht. Es war immer gut, noch einen Pfeil im Köcher zu haben. Die Mühsal der Abtipperei hielt sich in Grenzen, wenn man wusste, worum es ging und wer auf diesen Konferenzen was sagte. Wie sie. Davon ließ sie sich die Laune nicht verderben.

Keiner wusste ihr Chorgeheimnis. Keiner. Denn als der Dirigent hereinkam, war es ihr wie Schuppen von den Augen gefallen: Der war es, den MD geliebt und der sie enttäuscht hatte. Der Krisenmann. Kein anderer konnte es gewesen sein. Herbert Michaelis hatte ein Feuer, das einen entflammte. Jeder im Chor sang für ihn, das spürte man sofort. Jeder Mann, jede Frau. »Werden Sie auch Stimmbildung bei ihm nehmen?«, hatte ihre Nachbarin sie gefragt. »Fast alle von uns tun es.«

Anja nickte vor sich hin und nahm die Kopfhörer ab: Ja, der erste Tag von MDs Krise war ein Mittwoch gewesen, der Tag nach der ihr bis dahin heiligen Chorprobe. Anja erinnerte sich genau daran, da es der Geburtstag ihres Mannes gewesen war und sie ihm am Abend erzählt hatte: »Die Chefin ist irgendwie zusammengebrochen.« Alles bekam jetzt einen Sinn.

»Wie sind Sie auf uns gekommen?«, hatte die Nachbarin sie gefragt. »Durch das Verjüngungsprojekt?« Anja hatte mit der Antwort gezögert und von einem Konzert gesprochen, das sie gehört habe. »Das muss aber schon länger her sein. Im letzten Jahr haben wir nicht konzertiert.« Es hatte sich herausgestellt, dass es im Chor so gut wie keine Fluktuation gab, nur selten bleibe jemand weg: »Wir unternehmen auch Reisen zusammen. Es ist eine schöne Gemeinschaft.«

Gottseidank war die Pause zu Ende gewesen. Sonst hätte die noch genauer nach dem Konzert gefragt. Bestimmt hatte es keine Chorauftritte gegeben, weil MD ausgetreten war. Was für eine verzweifelte Liebe musste das gewesen sein! Nach der Probe hatte sich Anja erschöpft gefühlt und war nicht mit in das Restaurant gegangen. Obwohl der Chorleiter sie so einladend aufgefordert hatte, als sei es ihm wichtig. Auch in der Pause war er auf sie zugekommen, hatte sie ausgefragt. Ehe sie sich's versehen hatte, hatte sie ihm vom Vater und seiner Stimme erzählt. »Wie schön!«, hatte er gesagt und sie sinnend angesehen. Er war anders als alle die Zumbaums und Müllers und Pönsgens. Besonders war er. Einmalig.

»... wie wir es oft geübt haben. Nehmt euch Raum, hebt die Arme beim Einatmen. Alles lösen. Schafft Raum bis zum Beckenboden. Wenn ihr so hastig nach Luft schnappt, geht im Hals alles zu.«

Die Augen. Wie sie alle guckten. Das war der, der eine Frau wie Marie Baumgarten davongejagt hatte, aus dem Bett, aus der Wohnung, aus dem Chor. Gleich danach hatte sein Cabrio den Geist aufgegeben. Für immer, hatte die Werkstatt gesagt. Ohne Frau, ohne Auto, ohne Aura stand er vor ihnen, nackt vor bohrenden Blicken. Nur die Neue wusste nichts davon. Anja Miljes. »Mich kann keiner, und ich kann jeden«, strahlte sie aus. So jemand tat gut. War anders.

Langsam zog Herbert Michaelis sein angerostetes Fahrrad aus dem Unterstand neben dem Gemeindesaal. Heute sollte er es endlich tun. Vielleicht kam Melissa in den Garten! Lief den Weg von der Haustür auf ihn zu, lächelte ihn an. Am liebsten würde er wie der ungläubige Thomas seine Hand auf ihre Narbe legen. Dann wäre er überzeugt, dass sie es war, heil, gesund. Was hinterließ so ein Stich? Schicht für Schicht hatte man sie zusammengeflickt. Von innen nach außen? Von außen nach innen? In der ärztlichen Kunst steckte mindestens so viel Handwerk wie im Orgeln.

Das Drängen des Buchstaben im Unbewussten. Marie hatte auf seinen Schrieb nicht geantwortet. Das war ja zu erwarten gewesen. Heute hatte keiner etwas Irritierendes gesagt. Alle hatten brav mitgemacht. Die Neue fügte sich gut ein. Aus ihrer Stimme ließ sich etwas machen. Ein natürliches Vibrato hatte sie, davon konnten manche gestandenen Sängerinnen nur träumen. Er würde sie in Einzelprobe nehmen. Wenn sie auch so hoch käme wie Melissa, wäre sie der perfekte Ersatz. Außerdem hatte sie schlafwandlerisch die Stelle angesteuert, an der Melissa immer gesessen hatte. Wenn das nichts bedeutete. Keiner hatte etwas gesagt, alle ihn angeschaut. Nach Melissas Verschwinden war der Stuhl eine Weile leer geblieben. Alle hatten gewartet. Bis Adelheid aufgerückt war mit ihrem Man-muss-die-Wirklichkeit-akzeptieren-wie-sie-ist-Blick. Die aber heute gefehlt hatte: Zufall, Fügung? Wer wusste es?

Er zog an der Fahrradklingel, ein paar Enten stoben vom Parkweg. Da war das Haus. In einem ihrer Fenster war Licht. Ganz klein war es nicht, es mochte ein Wohnzimmer sein. Dumm, dass er ihr Haus nie betreten hatte. Er kannte sich eben nicht aus. Weder bei ihr noch in ihr. Nach dem Attentat hatte man bestimmt das ganze Grundstück sicherheitstechnisch hochgerüstet. Wenn er es betrat, ging womöglich eine Alarmanlage los. Sich an den Teich stellen, wo sie damals auf dem Fest ins Du gelangt waren, durfte er auf gar keinen Fall.

Die Bötchen! Hörst du sie rufen? Siehst du sie schwanken? Ich schwanke auch, ich rufe dich: Melissa, komm!

Bestimmt verließ sie im Dunkeln nicht mehr das Haus. Was für ein sanftes Licht hier aus der Gaslaterne strömte. Wenn stattdessen eine Neonpeitsche dagestanden hätte, wäre nichts passiert. Pro und contra. Wo der Attentäter sich wohl versteckt hatte?

Melissa war nicht da. Er spürte es, wie er alles spürte. Sogar das, was die anderen über sich selbst nicht wussten. So war er. Zunächst hatte er das auch von Marie gedacht. Aber sich getäuscht. Vielleicht schaute aus den Augen der anderen nichts als das Eigene. Melissa war weggelaufen vor ihm und vor sich. Und er war ihr nicht nachgelaufen. Weil Marie da gewesen war. Wieso waren die Rollläden nicht zugezogen? Nach dem, was Melissa erlebt hatte, wäre eigentlich ein Umzug dran gewesen. In eine Wohnung, wo sie umgeben wäre von anderen, wo jemand sich um sie kümmerte. Auf sie aufpasste. Wie sie auf ihn aufgepasst hatte neben der Orgelbank.

Er würde noch abwarten. Sich in Acht nehmen. Wo war der Briefkasten? Wenn er direkt an der Haustür angebracht wäre, müsste er die Noten der Post anvertrauen. Das Grundstück betreten würde er nicht. Wenn die Sendung zurückkäme, wüsste er, dass sie doch nicht da war. Natürlich könnte sie die Annahme auch verweigern, das würde man der Sendung nicht ansehen. Oder vermerkte man das auf dem Umschlag? Da hing er, der Briefkasten, direkt an der Gartenpforte. Einer dieser aluminiumfarbenen amerikanischen Kästen, der dem Briefträger fünf Kilometer bis zur Ranch ersparte. Keiner zu sehen. Jetzt.

Herbert griff über den Zaun, öffnete die Briefkastenklappe, legte die Noten hinein und zog das rote Fähnchen hoch:

Hier, Melissa, von mir für dich.

Eine Lücke wie für sie geschaffen. Wo der Schatten am tiefsten war. Der Abend schwarz, die Seele weiß. Anja parkte ihren Mini zwischen zwei Straßenlaternen, öffnete die Wagentür und erstarrte. Vorne kam jemand. Nicht irgendjemand, sondern er: Herbert Michaelis. Was für ein Schock. Der Chorleiter und die Sekretärin. Zwei lichtscheue Gesellen. Geräuschlos zog Anja die Autotür zurück. Zumbaum sollte sie als Detektivin anstellen. Hätte er auch gern getan, das war ja zu merken gewesen: »Beehren Sie mich doch einmal auf dem Präsidium!« »Ist das eine Vorladung?« »Eine Einladung natürlich ...«

Zur Hölle mit den verheirateten Männern. Die wahren Liebenden versammelten sich nachts wie die Werwölfe. Zum Stelldichein der Heuler. Nur fehlte der Mond. Von MD jedenfalls keine Spur. Nachtflüsterer auf verlorenem Posten waren sie.

Wie er wegschlich! Der Welt sein armselig blinkendes Rücklicht präsentierte. Radeln passte nicht zu ihm, Marie Baumgarten schon gar nicht, und MD und er mussten ein Katastrophenpaar gewesen sein. Für alle gut, dass diese Geschichte aus war. Heute Morgen hatte Marie, die Verlassene, wieder im Sekretariat gehockt, blass wie Buttermilch: Sollte sie diese oder jene Wohnung nehmen? Die Schule wechseln oder nicht? Probleme für die Luxuselse, die immer aufgefangen wurde vom Schicksal, das ihr in Form von reichen Eltern und Schulräten Angebote machte. Michaelis sollte froh sein, dass er die höhere Tochter los war. Denn er war ein Großer, und das hatte MD gespürt. Der anders lebte. Überhaupt lebte. Das hatte MD gewusst, das hatte sie angesprochen und verwirrt, damit war sie nicht klargekommen. Das war denn doch zu viel für eine Pastorentochter.

Natürlich, im Tuppertopf des üblichen Lebens war er ein kleiner Fisch. Ein Goldfischli. Wie ungeschickt er den Keks genommen hatte, den eine Choristin ihm angeboten hatte: »Hier, extra für Sie gebacken.« Die eine Hälfte hatte er abgebrochen, nach dem Rest in der Dose herumgewühlt. Wahrscheinlich hatte Marie Baumgarten an ihm herumerzogen. Und MD hatte zu viel gewollt. Wie bei Samira. Sie verlangte zu viel, von sich, von anderen, vom Leben.

Leise wand sich Anja aus dem Wagen hervor. Die Straße war leer. Alle Häuser verrammelt, die Rollläden heruntergelassen. Wahrscheinlich hatten alle Muffe hier nach dem Anschlag. Bewegungsmelder, soweit das Auge reichte. Aber nicht hier bei MD an der Gartenpforte. Mal schauen, was Michaelis MD so heimlich gebracht hatte. Polizeiwachtmeister Miljes meldet: Noten. Nichts als Noten. Händel. *Deutsche Arien*. Hier, ein Zettel. Kurz ließ sie das Handylicht darauf fallen. »Hier, Melissa, von mir für dich.« Der zweite Schock des Abends, das überhaupt jemand MD duzte. Aber natürlich: er. Ging er etwa davon aus, dass sie zurückkam? Wusste er mehr als sie? War es eine Verabredung? Vielleicht hatte er nur Noten zurückgebracht, die MD gehörten. Weil sie eben nicht mehr kam. Sie indirekt ermutigt, doch wieder zu kommen. Das musste geklärt werden. Lust, von MD auf deren eigenem Platz angetroffen zu werden, hatte sie jedenfalls nicht.

Anja legte die Noten wieder in den Kasten. Morgen Abend würde sie nachschauen, ob sie herausgenommen worden waren. Sich überhaupt jemand um die Post kümmerte. Und ob der andere Werwolf noch einmal kam.

Und nun Schluss. Mit seinem kräftigen Zeigefinger tippte Pönsgen einen Punkt hinter die Mail. Nach Unterschriften kein Satzzeichen. Aber hier passte eines. Siehst du, Beate? Ich mache jetzt mein Eigenes. Nichts Großes. Aber immerhin: Ich setze einen Punkt hinter unsere unselige Geschichte. Nehme mein Angelzeug und gehe an den Lethefluss als ein Mann, der die Frauen hinter sich lässt.

Manche schippern auf einem Floß durchs Leben, andere schwimmen, wieder andere bauen Brücken. Und ich sitze ab jetzt am Ufer und schaue zu. Ziehe dies und das heraus. Den sprichwörtlichen alten Schuh.

Vielleicht sollte er Beate einen Stiefel in die Uni schicken, tropfnass und verschimmelt. Eva einen Kinderschuh auf den Nachttisch stellen: »Hier, für dich geangelt.« Und Anja? Die seinen Ring quasi ins Wasser geworfen hatte? Im Graben um das Schloss des Schwanenkönigs schwammen viele Fische. Einer hatte ihn verschluckt, den musste er angeln. Wenn er ihr den servierte, käme sie zurück.

Im Märchen vielleicht. Aber Anja war denn doch sehr real, und so ein toller Hecht war er, Jürgen Pönsgen, nicht, das musste einmal gesagt werden. *Das Wasser rauscht, das Wasser schwoll.* Eben nicht. Halb zog er sie, sie sank nicht hin. Nur ab und an. Und nimmermehr. Statt sich in sein Bett zu legen, hatte Dr. Beate Fischer ihren Studenten lebenslang *Merseburger Zaubersprüche* vordekliniert – und er die Lehrer eingestellt, die eben das bei ihr gelernt hatten. Entfernte Kooperation. Wahrscheinlich, wenn sie die Mail empfing, würde sie sich nicht einmal an ihn erinnern. Trotzdem: Eine Hexe hatte jahrelang an seinem Weg gestanden, nun schlich er endlich an ihr vorbei. Immerhin.

Morgen würde er MD besuchen, nicht, dass er ihr endlich gewachsen wäre. Müllers Kinder, Pastors Vieh. Nein. Sich erkundigen nach ihr. Ganz schlicht. Schluss mit dem Hoppla-hier-kommt-der-Schulrat-Getue.

Meine Seele hört im Sehen – Melissa starrte auf die Noten. Herbert war hier gewesen. Hier an ihrer Gartenpforte. Wo die Tat passiert war. Händel. Sopran, solo. Sie war doch keine ausgebildete Sängerin. Was sollte das? »Von mir für dich. Bis Dienstag!«

Als ob nichts gewesen wäre. Kein Verschwinden, kein Anschlag auf ihr Leben. Bis Dienstag. Er war verrückt. Die ganze Zeit nichts von ihm, kein Anruf, kein Brief, keine Mail, keine Botschaft. Und jetzt die Noten. Sogar die kleine rote Fahne stand hoch. Dreist. An der Tür zu klingeln, hatte er sich nicht getraut, die Noten aber nicht per Post gesandt, sondern höchstpersönlich gebracht. Sie sollte wissen, dass er in ihrer Nähe gewesen war. Sein Cabrio gegenüber geparkt hatte, wo immer frei war. Ausgestiegen, um sich geblickt und den Briefkasten aufgeklappt. Kein Überfall diesmal, nur ein Übergriff. Der es aber in sich hatte. Über den Zaun nämlich, der das Ihrige vom Rest der Welt trennte. Ein Feigling, ein Angsthase, der sich im

Dunkeln anschlich wie der Mörderjunge. Früher wäre sie ins Zittern geraten, wäre mit den Noten ans Klavier gerannt, hätte sich vor Zustimmung überschlagen.

Langsam zerriss Melissa ein Notenblatt nach dem anderen und legte alles in den Briefkasten zurück. Festes Papier, schöne Musik, so unschuldig wie ihr eigener Körper. Sollte Herbert die Fetzen abholen. Nachts, wie ein Dieb.

Allerdings müsste Lukas die schreckliche Beethoven-Maske von der Wand nehmen. Wieder starrte Marie auf seine SMS: »Zieh doch bei mir ein! Hier ist es sowieso zu groß für mich allein.«

Was für ein Angebot. War das ein Dank für ihre langen Aufbaustunden nach den Lehrproben? Ein Antrag? Auf Freundschaft oder mehr? Eine Wohngemeinschaft wäre eine gute Zwischenlösung. In den Augen des Vaters war Lukas ein Versager. Ein schlechter Lehrer war aber kein schlechter Mensch. Nur in der Vaterdenke war es so, die immer geradeauslief, um keine Ecke sah. »Bist du verrückt, wegen der Geschichte von der Günderrode-Schule wegzuwollen? A-Dreizehn-Stellen werden auf dem freien Markt ja angeboten wie Heu.« Dazu die ironische Miene. Die neuerdings seine Dauermaske war. »Geschichte« war des Vaters Ausdruck für das Attentat. Wie er es »Zwischenfall« nannte, wenn eine Drohne Menschen zerfetzte. Leiterwechsel klang bei ihm nach neuer Wäsche. Dass Lehrer ihre Klassen, Schulleiter ihre Schulen prägten, Bindungen eingingen – davon hatte der Vater keine Ahnung.

Nun, mit Russisch würde sie woanders schnell etwas finden, das hatte Pönsgen ja gesagt. Dieser Stellvertreter war ein Technokrat, MD dagegen eine Person. Drall und direkt, so hatte die Mutter es über MD nicht gesagt, aber gedacht. Auch in punkto Mutter wäre Lukas eine gute Zwischenlösung. Sie könnte jemanden präsentieren und wäre die stummen Fragen los. Außerdem hätte man in einer WG jemanden zum Reden. Essen. Chillen. Zum allgemeinen Dampfablassen. Lukas wäre sicher nicht so kritisch wie ihre Freundinnen, die ja fanden, sie hätte Herbert noch eine Chance geben sollen. Sei zu kompromisslos. Bla bla. Bisher war es zwischen Lukas und ihr nur in eine Richtung gegangen, nämlich: Sie half ihm. Aber warum sollte sich das nicht umdrehen lassen? Marie kicherte. Vielleicht hatte ihm sein Guru die Idee eingegeben. Beethoven als Beziehungskünstler. Sollte sie ihm als Dissertationsthema vorschlagen.

»Dieser Lukas findet nach dem Referendariat nie eine Stelle. Aber wenn du gerne jemanden durchfüttern willst, warum nicht.« Blicke konnte man loswerden, aber die Stimmen blieben.

Wie man den anderen ausmaß und kartographierte. Früher war ihr das nie aufgefallen. Sie hatte es einfach getan und fertig. Melissa Dreyer sah ihrem Besucher nach, wie er an der Gartenpforte sich noch einmal umdrehte, die Hand hob, winkte und hinter den Koniferen des Nachbargrundstücks verschwand. Am Vormittag hatte er als Pönsgen angerufen, eben hatte sie ihn als Jürgen verabschiedet. Ein paar Stunden zuvor hatten sie in der Diele voreinander gestanden, etwas linkisch, mit einem großen Blumenstrauß zwischen sich, der auf ihre Begrüßung langsam herabgesunken war: »Wie schön! Den hat bestimmt Frau Miljes zusammengestellt?« Über fünfzehn Jahre hatten sie zusammengearbeitet, er »im Amt«, sie »vor Ort«. Eine seiner Sprechhülsen, von denen er vollsteckte bis oben hin.

Homo est ignotum territorio. Melissa Dreyer strich mit der Handfläche über die hervorstehenden Grasrispen und beugte sich über die Vase. Weiße Calla, duftender Eukalyptus und dazwischen rosa und blaue Campanula. Eine Zusammenstellung, an der er lange herumgetüftelt habe: »Weiß für die Wiederauferstehung, Eukalyptus für den Geruch des Lebens, bunte Glocken zum Heimläuten.« Wie auswendiggelernt hatte er es aufgesagt, unsicher wie ein Schüler. «Pönsgen kennt nur Tulpen oder Gerbera«, hatte Melissa einmal zu Anja Miljes gesagt, als er zur obligaten Geburtstagsgratulation gekommen war. Dieser Strauß strafte sie Lügen.

»Nun waren Sie einmal drüben, da, von wo man nicht zurückkommt. Was bringen Sie mit?« Die Blumenkomposition war die erste Überraschung gewesen, sein Eröffnungssatz mit anschließender Stille die zweite. Über die schnell vergangenen Stunden ihres Zusammenseins war der alte Salbaderer im Reich des Ehemaligen verschwunden, von wo er gelegentlich winkte mit einer vertrauten Wendung, einem Spruch. Den ganzen Nachmittag hatten zwei Unbekannte miteinander gesprochen, zwei vorsichtig Tastende. Wie hatte er sich so verändert? Was hatte sie vorher an ihm übersehen?

Am späteren Nachmittag hatte sie ihm Haus und den Garten gezeigt. Erst war es als unmögliche Vision angeklungen, dann waren sie sich schnell einig gewesen: Wenn sie nach Peru ginge, würde er in ihr Haus einziehen: »Eva und ich brauchen Abstand. Tapetenwechsel kommt da gut. Könnte Wunder wirken ...« Was für ein Wunder das sein sollte, war offen geblieben. Seine Frau schien noch gar nicht eingeweiht in seine neue innere Lage. Für Melissa selbst war es ein Glücksfall: Der Flug nach Lima war gebucht, und Manfred würde erleichtert sein, dass er von Norwegen aus keinen Mieter suchen müsste. Aufgeregt über diese Wendungen hatte Pönsgen sich verplappert: »Wann fährst du denn los?« Sie hatten gelacht und mit Likör angestoßen, nicht nur auf das Du.

Immer noch sah Melissa den Gartenweg entlang. Jetzt war alles besiegelt, Jürgen würde sie zum Flughafen fahren und als Burgwart ihr Haus betreuen. Als getreuer Eckart. Ihr in den nächsten Tagen helfen, das ganze Gepäck aufzugeben, sie in

Peru mit notwendigen Informationen versorgen: »Auch über die Günderrode? Klatsch und Tratsch?« »Wenn du das aushältst – warum nicht?«

Nachdem sie sich wieder gesetzt, noch einmal Likör nachgeschenkt hatte, hatte er plötzlich gefragt: »Was hat dir zum Gesundwerden eigentlich am meisten geholfen?« »Mein Sohn«, hatte sie geantwortet und war in Tränen ausgebrochen. Zum zweiten Mal seit dem Anschlag. Als sie in Omø die Marina-Figuren entdeckt hatte, das war das erste Mal gewesen.

Nach ihrem stockenden Bericht über die Zwillinge damals bis hin zu Freja heute hatte Jürgen ein Foto aus seiner Brieftasche hervorgezogen: »Ich habe auch ein Kind verloren. Alles anders natürlich. Hier, mein Sohn.« Sie hatte in das glückliche Gesicht eines Mongölchens gestarrt. Danach waren Beate, Eva und der Eichenschrank dran gewesen, und schließlich hatte Melissa eine Kürbissuppe aufgetaut: »Du kannst übrigens alles essen, was ich im Gefrierschrank hinterlasse. Zum Beispiel die Reste von dem Wahnsinnsgeburtstagscatering im letzten Jahr, einer Gespensterzeit.« Er hatte nichts darauf erwidert. Wieder näherte Melissa ihr Gesicht den Blumen; in der Narbe von der Sakristeitür waren die feinen Gräserrispen nicht zu spüren.

»Wahrscheinlich bringe ich erst einmal wenig mit hierher«, hatte Jürgen gesagt. »Klamotten, ein paar Bücher, die Arbeitsdinge. Mein neues Angelzeug. Alles andere bleibt, wie es ist.« Er wolle nichts als eine räumliche Trennung.

Nach dreißig Jahren Ehe auszuziehen, war ein Schritt ins Leere. Und das ohne Geliebte im Hintergrund. Melissa hatte dezidiert danach gefragt, da man es von Männern doch nur so kannte. »Ist alles vorbei«, hatte er gesagt. Also war etwas gewesen. Natürlich. Und sicher mehr als bei ihr. So eine Geschichte wie mit Herbert war für einen Mann gar nicht denkbar. Sie fasste an den Rippenbogen. Manchmal schmerzte der Stich.

Kahl sah es aus an der Gartenpforte. Am Tag nach dem Notenfund hatte sie den Bambus herausnehmen lassen. Drüben in Lima würde sie in einem Mietshaus ohne Garten wohnen. Müsste sich um nichts kümmern. Lag ihr das überhaupt? Fleisch wuchs zusammen, Haut entstand neu, Pflanzen kamen wieder. Inzwischen hielt Herbert ihre Antwort in der Hand. Mochte er aus dem Notenpuzzle herauslesen, was er wollte. Nachts musste er dagewesen sein, da der Briefkasten am Morgen leer gewesen war. Trotzdem hatte sie ruhig geschlafen. Mit einem Ruck zog sie die Gardinen vor. In Lima würde sie keine Vorhänge brauchen; ihre Wohnung befand sich im obersten Stock, die Häuserzeile gegenüber war niedriger. Mit Streetview hatte sie alles ausgekundschaftet.

In vierzehn Tagen in die neue Welt und morgen ein letztes Mal in die alte. Bisher war alles nur im Kopf gewesen. Trotz der Gespräche mit den Leuten vom Auslandsschuldienst und der Unmenge einzeln eingescannter Unterlagen nichts als eine innere Vision. Aber alles auf dieser Welt hatte einen Körper. Auf den man Rücksicht nehmen musste. Diese Lektion hatte sie gelernt. Daran erinnerte sie bei jedem Niesen die Angst, dass die Nähte aufplatzten. Der Abschied von Anja Miljes, Samira, den Kollegen, den Schülern wäre der Abschied von realen Menschen, Körpern im Raum. Erschütterungen seien zu vermeiden, hatte der Chefarzt gesagt. Sollte sie sich das zumuten?

Eines griff ins andere. Im Teich war die Melissa von damals nicht untergegangen, und selbst der Stich hatte sie nicht umgebracht, nur eine verborgene Schicht freigelegt. Die müde Grübeltante aus ihr herausgeschält. Man hatte Melissa angedeutet, dass man ihr ihre Stelle an der Schule freihalten würde: »Aufgrund der besonderen Umstände.« Behandelte sie wie ein rohes Ei. Sie würde aber absagen. Endgültig. Ohne Hintertürchen. Mit der Müden ab nach Lima. Und wenn sie beide nicht mehr schulfähig wären, dann wäre Omø dran. Mit oder ohne Enkel.

»Bitte weder großen noch kleinen Bahnhof«, hatte sie Müller gemailt. Dem Stellvertreter, der nun ihr Nachfolger werden würde. Oh, die Begeisterung bei Anja Miljes darüber wäre sehr begrenzt. Das war ja klar. An sie hatte Melissa eine Extrabotschaft geschickt: Ob sie Lust habe, hinterher mit ihr essen zu gehen. Und ob sie für die Große Pause Samira in den Aulavorraum bestelle. Von diesen beiden Personen wollte sie sich persönlich verabschieden. Kommentarloses Verschwinden passte nur zu einer Beziehung in unsichtbarer Tinte. An der Schule würde sie eine sichtbare Handschrift hinterlassen. Die Ansprache an die Kollegen war vorbereitet. Ein letztes Mal als Pastorentochter ins Konferenzzimmer.

»Lima? Prima.« Viel mehr hatte Manfred nicht gesagt. Nach einer Weile hinzugesetzt: »Besser als Kabul.« Sie hatte es als Einverständnis verstanden. War überrascht gewesen, als Jürgen fragte: »Warum willst du dich so weit von deinem Sohn entfernen, den du gerade erst wiederentdeckt hast?« Hatte darauf wie aus der Pistole geschossen reagiert: »Weil auf Omø eine Frau einziehen sollte, nicht die Mutter.« Natürlich schloss das eine das andere nicht aus, und warum hatte sie die Antwort so heraushauen müssen? Jürgen hatte es nicht kommentiert, stattdessen etwas hinuntergeschluckt, das er hatte sagen wollen, aber nicht zu sagen wagte. Sie hatte es genau gesehen. Für einen Moment hatte der Satz das alte Verhältnis zwischen ihnen wiederhergestellt. Wo sie immer recht gehabt hatte. Pastors Kinder.

Bevor er ihr Haus verließ, hatte Jürgen sie umarmt. Minimal länger als nötig. Erstaunlich wenig gehemmt. Sie hatte nicht unterdrücken können, ein helles Haar vom Ärmel seines anthrazitfarbenen Pullis herunterzunehmen wie früher die Flusen vom Sonntagshabit des Vaters, und war darüber errötet. »Dir sieht man alles an, Kind.« Er schien es nicht bemerkt zu haben: »Ja, wir werden grau«, hatte er gesagt. »Selbst du, obwohl du jünger bist als ich.« Es stimmte. Am Morgen hatte sie es erstmals gesehen. Vielleicht kam es gar nicht durch das Alter. Plötzliches Ergrauen gab es auch nach Stress. So war der Kollege Niemann nach dem Motorradunfall seines Sohns mit weißen Haaren erschienen. Aber nicht die Dienstagskatastrophe, nicht der Messerstecher, sondern die Noten im Briefkasten hätten das Ergrauen dann ausgelöst. Was lernen wir daraus? Wenn sie das wüsste.

Müde bin ich, geh zur Ruh. Am schönsten wäre es jetzt, neben der Orgelbank zu sitzen. »Durch ein Register kannst du den Charakter der Töne völlig verändern«, hatte Herbert damals gesagt. »Was mächtig daherbraust, wird ein ängstliches Gezirpe. Weiches hart, Fließendes stockend, Metallisches warm. Und umgekehrt. Wie in der Liebe.« Als Annäherung hatte sie es empfunden, im Dunkeln war ihr heiß geworden. Wie er es wirklich gemeint hatte – sie würde es nie ergründen, und vielleicht wusste er es selbst nicht. Jürgen hatte jedenfalls heute Register gezogen, von denen sie nicht einmal geahnt hatte, dass sie ihm zur Verfügung standen.

Eklig war es gewesen gestern. Zögernd knipste Herbert Michaelis den Hauptschalter an. »Brauchen Sie Flutlicht beim Üben?«, hatte der Pastor neulich gefragt. »Warum muss die ganze Kirche erleuchtet sein? Das ist nicht zu bezahlen!« Mit Ausflüchten hatte er es kleinreden können, »... eine Probe mit Sängern, an allen vier Ecken der Kirche positioniert, für die Adventsmusik ...« Verkehrte Welt, dass er sich rechtfertigen musste vor einem Pfennigfuchser, dem der pure Neid aus den Augen sprang. Wenn jemandem Helligkeit zustand, dann dem Organisten. Seine Musik füllte die Kirche. Nicht das Hallelujageschwafel. Amen Amen Amen. Abraham samt Samen.

Keiner verstand. Am wenigsten die Neue. Anja. Schlimm, wie er hereingefallen war. Herbert zog ein Feuchttüchlein aus der Tasche, entfernte fahrig den Plastikumschlag und rieb sich die Hände sauber. Klosterfrau Melissengeist. Ja, nur Melissa mit ihrem siebten Sinn hatte etwas geahnt. Mit dem sie im Sehen hörte. Gespürt hatte, dass er sie brauchte. Nicht zum Registerschieben. Einmal hatte sie gesagt, die Orgelklänge erinnerten sie an das Gute in ihrer Familie. Also bitte: Es war eine Win-win-Situation gewesen mit ihr. Er hatte sie nicht ausgenutzt, und so hätte es auch für Marie sein können, wenn sie offen gewesen wäre für ihn. Aber sie trug eine zu harte Schale um ihr Inneres. Einen Glaskörper, der nur im Bett nachgab. Eine klare Tagexistenz wie Marie, in der Nacht nur zu Besuch, taugte eben nicht zum Schutzengel.

Wo blieb der solide Kompromiss heute? Jutta? Er brauchte einen menschlichen Schutzschild. Jutta war stumm wie ein Tunsch, sagte nichts, fragte nichts, war aber besser als nichts.

Mit dem Lappen, der immer hinter den Bassröhren steckte, wischte Herbert die Orgelbank ab. Ja, eklig war es gewesen mit dieser Anja. Je länger alles her war mit Modrar, desto sauberer brauchte er es. Selbst das Holz fühlte sich eklig an. Schon das Wort zu denken war eklig. So eng, so klebrig.

Wieso wurde er es nicht los? Zitterte, wenn er nur daran dachte? Ihr Geruch verfolgte ihn. Wie sie ihn zum Reden gebracht hatte! Keiner hatte ihn je gefragt, warum er immer Registerschieber brauchte. Alle hatten es hingenommen. Er brauchte sie eben. Punkt. Erst sie, diese Fremde! Wie sie ihm zugesetzt hatte. Völlig aus dem Lot gebracht.

Ob er Fieber hatte? Glühwürmchen, hatte die Mutter dann gesagt. Mein Glühwürmchen. Im Internat hatten sie Wadenwickel durchgesetzt, das hatte ihm die Mutter nie angetan. Sie hatte den Stuhl an sein Kinderbett gezogen, ihm wieder und wieder mit einem Waschlappen die Stirn gekühlt, mit ihrem Eau de Cologne hinterhergetupft. Eine gute Mutter war sie gewesen, egal was später gekommen war. Die frühe Mutter war die wichtige, hatte er neulich im Radio gehört. Also bitte.

Wenn Jutta nicht bald käme, würde er wieder gehen. Er bauchte eine Jakobsleiter, an der die Engel herab- und heraufstiegen, alles abwuschen, den schrecklichen Geruch mitnahmen. Engel mit goldenen Gefäßen, bis oben hin voll Dufts von feuchtem Gras, wie er auf dem Heimgarten aufstieg, ganz unten neben dem Bach. Wo allerdings auch Kuhdung gelegen hatte. Getrocknete Fladen, frische Haufen, dampfend oder mit einer leichten dunklen Haut darüber. Angstschweiß stank, Kuhdung nicht.

Wenn Modrar schwitzte, hatte Herbert gewusst: »Jetzt kommt es.« Immer hatte er genau gewusst, wann es kam. Wenn er sich vorbeugen musste, um ein Register zu ziehen, während Modrar spielte, und er plötzlich seine Hand spürte. Oder wenn Modrar unhörbar eingetreten war ins Orgelstudio, sich während der Stunde hinter ihn gestellt, ihm die eine Hand auf die Schulter gelegt, mit der anderen auf die Noten gezeigt hatte: »Hier, spiel das so.« Wenn Modrar sich vorgebeugt, neben ihn auf die Orgelbank gesetzt, rittlings, ihn sanft, aber energisch gedreht hatte, bis er vor ihm gelegen hatte, zitternd. Wachs war er in Modrars Händen, in seinem Mund gewesen. Er hatte nichts dafür gekonnt. Die eigene Erregung hatte sich gegen ihn gewendet: »Siehst du, siehst du, du willst es. Sag: 'Ja, ich will.' Sag es.« Und er hatte es gesagt, gestöhnt, gestammelt. Danach war Modrar zum Raubtier geworden, stinkend, beißend, stöhnend.

Darum brauche ich euch, damit ich nicht allein bin in der Kirche! Herbert trat ans Emporengeländer, rief in den leeren Raum: »So einfach ist es!« und lauschte auf das Echo. Wenn doch Melissa da wäre. Alles wäre wie ein Spuk vorbei. Er wäre frei und könnte spielen. Nach dem ersten Mal hatte er tagelang Schmerzen gehabt, Blut hatte an der Kacke geklebt, alles war aufgerissen gewesen, er hatte Angst gehabt, aufs Klo zu gehen, im Bett nach der Mutter gewimmert. Im Traum war sie gekommen; wie früher hatte ihre Stimme geklungen, tröstend, wenn er mit seinen kleinen Verletzungen zu ihr gerannt kam. Nach diesem Traum hatte er sich Penatencreme gekauft und war nie mehr uneingecremt in eine Orgelstunde gegangen. Er war das kleine Schaf auf der blauen Dose gewesen, um das sich kein Schäfer kümmerte, wie es auf dem Deckelbild abgebildet war. Sondern das versprengte, verlorengegangene Lamm, das jahrelang Modrar den entblößten Hintern entgegengehalten hatte.

Zu keinem Menschen hatte er je davon gesprochen. Aber jetzt. Zu dieser Anja, die er kaum kannte. Einer Verführerin wie Modrar. »Zeig ihn doch an«, hatte sie gesagt. Einfach, praktisch. Als ob es gar nichts wäre. Wie wenn er die Polizei rief, weil der Nachbar nachts lärmte. »Für Ministranten gibt es eine zentrale Koordinierungsstelle.« Das habe sie in der Zeitung gelesen: »War doch gang und gäbe bei den Katholiken.« »Aber nicht für Registranten.« »Zeig ihn doch an.«

Wenn alle Schafe die Täter anzeigen würden, wo käme man hin? Das halbe öffentliche Leben wäre lahmgelegt, so viel war sicher. Meister-Schüler-Verhältnisse, wohin man sah. In denen Gutes und Grauenhaftes stattfand. Im Namen der Liebe. Modrar war ein alter Mann. Was hatte er mit ihm zu schaffen? »Viel. Du kannst ja gar nicht genießen, weil sein Dreck an dir klebt. Das merke ich doch«, hatte sie gesagt. Er nicht genießen? Bloß weil er aufgesprungen und unter die Dusche gerannt war? Aber es war ihr Dreck, ihr Geruch, was heruntergemusst hatte! Weil sie auf ihn zugekommen war, nicht umgekehrt, wie es hätte sein müssen. Weil sie sich hineingedrängt hatte. In seinen Chor, in sein Leben, in sein Bett.

Bestimmt war er krank. Gut, dass Jutta nicht gekommen war. Es war ein Zeichen. Orgel zu, Licht aus. *Eben schließt in sanfter Ruh Lämpel seine Kirche zu.*

Die Zeichen mehrten sich. Erst hatte er gedacht, Melissa habe die Noten zerfetzt, um ihn zu treffen: »Nie wieder komme ich. Zu dir.« Die Arme unter dem Kopf verschränkt, starrte Herbert vom Bett aus auf das große Bach-Plakat, das dort hing, wo Maries Regal gestanden hatte. Noch ein Zeichen! Mit einem Ruck sprang er auf und riss es ab. Zur Hölle mit allen Göttern. Melissa hatte ihm mit den Noten gezeigt, wie es ihr gegangen war nach dem Anschlag auf ihr Leben. Nämlich genau wie ihm mit Modrar. Hatte ihm zugerufen: »Wir sind keine Blätter, auf denen sich jeder ungefragt einträgt. Die man einfach so zerreißt.«

»Ist das ein M hier auf deinem Arm?« Nichts entging Anja. Wie sie ihn gequält hatte. Ausgequetscht. Nach Modrar, nach Melissa. »Oder hat er das eingeritzt? Dieser Lehrer? Damit du dich an ihn erinnerst? Wie krass ist das denn. Hat er dich gefesselt?« »Es ist ein anderes M«, hatte er gestammelt. »M wie Melissa? Warum ist sie überhaupt aus dem Chor ausgeschieden? Sie war eine lebende Tote danach!« Das war es gewesen, was sie hatte aus ihm herausbringen wollen. Er hatte geschwiegen. Sich wortlos angezogen. Das Hotelzimmer bezahlt. War abgehauen. Bei Melissa vorbeigefahren. Hatte den Briefkasten auf- und zugemacht. Auf dem stummen E-Piano gespielt bis zum frühen Morgen.

Man brauchte einen Engel und bekam eine Hexe. Er war Melissas nicht wert gewesen, darum war er ihr nicht nachgelaufen, als sie verschwunden war. Natürlich war er absorbiert gewesen mit Marie. Aber das war nicht der Grund. Nie hätte er Melissa für Marie geopfert, eine Frau, die auf ihren hohen Schuhen hinausgestakst war aus seinem Leben ohne mit der Wimper zu zucken. Mit kalten Augen. Das Leben wimmelte von Menschen mit stierenden Augen. Darum liebten ihn alle. Weil er sie so begeisterte, dass ihre stumpfen Augen zu glänzen begannen. *So dich dein Auge ärgert, reiß es aus und wirf's von dir.* Das hatte er mit Marie getan.

Man konnte nicht gegen sein Fleisch. Genau wie bei Modrar war er weich geworden bei Anja. Hatte mitgemacht. Neulich hatte er von Modrar geträumt, der unbemerkt hereingekommen war und ihm ins Ohr raunte: »Gestern in der Oper habe ich an dich gedacht.« Am Tag danach hatte Anja ihn angesprochen. Als ob sie es geahnt hätte. »Abwechslung tut not. Nicht immer nur Pizza. Was halten Sie vom »Schwanenkönig«? Fränkische Küche.« Damit hatte sie ihn gehabt. Wie Kundry Parsifal! Mit der Mutter hatte sie ihn gelockt und verführt. Woher wusste sie, dass seine Mutter aus Franken kam? Das rollende R! Er hatte nicht widerstehen können. Schäufele für das Schaf. Der reine Tor.

Ein Messerstich war etwas Sauberes, für das man Anteilnahme scheffelte. Für so einen Stich gab es Ausnahmeregelungen, Krankschreibungen, erwünschte Versetzungen, Geld und Ehre. Für dreckige Ausbeutereien gab es nix. Wer wollte sich so etwas anhören? »Was? Wie in der Odenwaldschule ging es bei euch zu? Wie grässlich.«

Der Dreck klebte am Schaf, der Schäfer wusch sich rein. Am Abend nach der Prüfung hatte Modrar ihn zu sich auf sein Zimmer geholt und ihm ein Geschenk überreicht: ein Goldkettchen und eine Dose Vaseline. Während er es ausgewickelt hatte, war Modrar von hinten an ihn herangetreten. Er hatte seinen Atem auf dem Nacken gespürt. »Die Penaten hab' ich so satt«, hatte er an seinem Ohr geraunt. Mit einem heftigen Dreh hatte Herbert sich losgemacht und den Arm gehoben. »Schlag mich doch, schlag!«, hatte Modrar gezischt. Herbert war aus dem Raum gerannt und hatte die Tür hinter sich zugeknallt. Sie hatten sich nie wieder gesehen.

Gewitzt musste er sein. Er würde sich bei Anja entschuldigen. Schon damit sie im Chor blieb. Er musste sie um Verständnis bitten. Sie habe es richtig erkannt. Er würde alles aufarbeiten. Sie habe ihm einen neuen Weg gewiesen. Ja, er würde sich bedanken. Melissa würde er schreiben, sie würde verstehen. Er würde alles nachholen. Und dann wäre Ruhe.

Melissa sah sich um: Leergeräumt. Morgen säße sie im Flugzeug. Irrealis, in jeder Hinsicht. Noch konnte sie es stoppen. Indikativ. Noch. Den Flug müsste sie dann zahlen. Für alle Unkosten aufkommen. Die Deutsche Schule in Lima wäre brüskiert, Jürgen in seinem Umzugsseifer gebremst. Gründe müssten gefunden und gegeben werden. Sie habe ihre Kräfte falsch eingeschätzt. In letzter Sekunde die Notbremse gezogen. Die seelische Destabilisierung sei doch gravierender gewesen, als ihr selbst zugänglich gewesen sei.

Mit einem Ruck zog Melissa Dreyer die Vorhänge zu: War da etwas? Sie musste hier weg. Da gab es kein Vertun. Auf Omø war sie nicht bei jedem Rascheln zusammengezuckt, ja, abends unbefangen am Wäldchen vorbei auf den kleinen Hafen zu spaziert; die Mole entlang an den Anglern vorbei zu dem Ansteuerungslicht im Türmchen, ohne dass sie befürchtet hätte, jemand tauche hinter ihr auf und schiebe sie rechts über die Steinaufschüttungen hinunter in die Brandung. Oder links ins Hafenbecken.

Rechts oder links, hü oder hott. Man konnte nicht gleichzeitig weggehen und bleiben. Ängste vor einem großen Aufbruch waren normal. Der Abschied hatte alles durcheinandergebracht. Sie hätte doch nicht in die Schule gehen sollen. Noch dazu mit einer Fehlleistung, die so viel verändert hatte. Kleine Ursache, große Wirkung. Elf Uhr war abgemacht gewesen, um zehn hatte sie die Schule betreten. Ihr Irrtum. Unbegreiflich. In all den

Jahren war ihr so etwas nicht unterlaufen. So hatte sie alle überrumpelt und sich selbst auch.

Im Flur war es leer gewesen. Kein Mensch unterwegs. Von rechts und links das typische Schulgemurmel aus den Klassenzimmern. Schon von weitem hatte sie gesehen, dass anders als früher die Tür zum Sekretariat geschlossen war, die zum Rektorat aber einen Spalt aufstand. Also hatte Müller die Zugbrücke wieder heruntergelassen vor der Direktorenburg, die Anja damals hochgezogen hatte. Wofür sie ihr dankbar gewesen war. Es war einer der Punkte gewesen, die sich Melissa für die Esseneinladung notiert hatte, die als Dankesfeier gemeint gewesen war und auf der sie Anja das Du hatte antragen wollen. Was dann ja unterblieben war. Gottseidank.

Also hatte Melissa eine Stunde zu früh nach kurzem Klopfen die Sekretariatstür geöffnet. Wie ertappt hatten sie die beiden Augenpaare von Marie Baumgarten und Anja Miljes, der treuesten aller Treuen, angestarrt. Offenbar hatte sie die zwei aus trautem Vorzimmergespräch aufgeschreckt. Trautestem. In jäher Erkenntnis hatte es Melissa die Sprache verschlagen: Ruth hatte eine neue Naomi gefunden. So war das. Jeder war ersetzbar.

Am liebsten wäre sie auf dem Absatz umgekehrt. Frau Miljes hatte am schnellsten reagiert, war aufgesprungen, auf sie zu gerannt, als ob sie sie umarmen wollte, hatte sich dann gebremst und zu Marie hin gelacht: »Wolle mer se reinlasse? Tara, tara, tara.« Anja Miljes kriegte eben einfach alles hin.

Wer ging, machte sich schuldig. Egal aus welchem Grund er ging. Egal ob er ankündigte wiederzukehren. Er zerriss etwas. Legte etwas offen. Die Bleibenden schauten sich an und um: Wer bin ich, dass ich verlassen wurde? Es war ein Schlag ins Selbstwertkontor und rief nach Rache, guter Wille hin, vergangene Liebe her.

Die einzige, die das verstanden hatte, war Samira: »Nach so etwas ist alles anders. Das weiß ich. Aber was Sie für mich getan haben, bleibt als Schatz. Für immer.« Damit hatte sie auf ihr Herz gezeigt. Fast hätte sie das Mädchen nicht wiedererkannt. Voller war sie geworden, regelrecht erblüht, mit dunklen langen Haaren, die sie jetzt offen trug, mit heller Haut wie Porzellan, rot bemalten Lippen. »Schön wie Schneewittchen bist du geworden!«, hatte Melissa gesagt. »Du kennst das Märchen! Pass auf, was du isst und womit du dich kämmst. Pass auf dich auf, Kind.« »Darf ich Ihnen mailen?«

Im Restaurant hinterher war alles ganz schnell gegangen, nachdem Anja Miljes verkündet hatte: »Ich singe ja jetzt in Ihrem Chor! Sozusagen auf Ihrem alten Platz. Da staunen Sie, nicht?« Es hatte nach einem Eröffnungsschachzug geklungen. »Wer im Schach zu früh triumphiert, verliert«, hatte der Vater früher gesagt. Aber hier traf es nicht zu. Gegen Anja Miljes verlor man. Melissa war nichts eingefallen. Kein Gegenzug, keine Frage. Einsilbig, höflich, förmlich hatte sie sich Klatsch und Tratsch angehört, den Anja offenbar mit Bedacht zusammengestellt hatte. Als stacheligen Abschiedsstrauß. Marie Baumgarten sei von Herbert Michaelis aus der Wohnung gejagt worden und lebe jetzt mit Lukas Rosenwald zusammen. Er profitiere davon, seine letzte Lehrprobe sei besser bewertet worden: »Es hat einfach nicht gepasst.« »Was?« »Marie Baumgarten und Herbert Michaelis.« »Wieso nicht?« »Eine Prinzessin und ein Missbrauchter. Er hat mir alles erzählt.«

Sie hätte sich die Ohren zuhalten und »Schluss« rufen sollen. Stattdessen hatte sie stumm aufgenommen, was Anja über Herbert ausbreitete. Ein Schaf war sie gewesen. Ein Huhn. Anja Miljes eine Spinne, die jeden so lange einkreiste, bis er im Netz zappelte. Bis sie ihm sein Geheimnis aussaugte, das sie dann vor anderen ausspuckte: Schau her, was ich weiß, schau her, wer ich bin. Eines Tages wäre Melissa dran gewesen. Auch davor hatte sie der Messerstecher bewahrt.

Samira, Manfred, vielleicht Jürgen. So weit so gut. Soweit die dünnen Seelenfäden eben reichten.

Melissa Dreyer stellte die Außenbeleuchtung an und trat an den Teich, in dem sich die Fenster spiegelten. »Wie Seelenlichter«, hatte er damals gesagt. Missbrauch auf der Orgelbank. Der arme Junge. Der arme Mann. Das also hatte dahintergesteckt. Er hatte sich ihr anvertrauen wollen, hätte mehr Zeit gebraucht. Aber sie war ja verblendet gewesen. Bis oben hin vollgestopft mit eigenen Bedürfnissen. Sie biss sich auf die Lippen. Wo hatte sie die Bötchen verstaut? Mit einer Taschenlampe leuchtete sie in die Winkel des Gerätehäuschens, nahm zwei der Schiffe heraus, holte Teelichter und zündete sie an. »Ihr kriegt eine neue Chance. Hinaus mit euch ins Dunkle, sucht euren Weg. Rot und blau.« Sie wartete lange, aber diesmal trafen sie sich nicht. Mit der Harke zog Melissa sie wieder heran.

Nun aber bleibet Glaube, Hoffnung, Liebe ... Es stimmte einfach nicht. Die Hoffnung starb zuletzt, und vorher alles andere.

Leise klappte Herbert Michaelis die Briefkastentür auf: »Hier, mein Notenkassiber, Melissa.« Er hatte die Fetzen sorgfältig wieder zusammengeklebt und strich noch einmal über das Papier mit den spürbaren Rissen: »Deine Botschaft ist bei mir angekommen, Melissa. Du warst kaputt, und ich war der Täter. Nicht ein dahergelaufener Junkie. Nur ich konnte dir etwas antun. Aber meine Seele hört im Sehen. Und zwar auf dich. Singe bei mir, dann passe ich auf dich auf. Nicht umgekehrt.«

Er schaute über den Garten. Stockschwarze Nacht. Nichts verriet den Teich, kein Blinken, kein Funkeln.

Der Ausdruck »Stummer Wechsel« meint eine häufige Situation beim Klavierspielen, wo auf derselben Taste der Finger gewechselt werden muss, damit er eine weiter entfernte Taste erreicht, die für den nächsten Ton erforderlich ist.

Meiner Tochter, der Geigerin Anne Friederike Greuner und meinem Bruder, dem Schriftsteller und Verleger Andreas Nohr, bin ich dankbar für ihre vielfältige Unterstützung meiner literarischen Bemühungen.

Darüberhinaus geht mein Dank an die Literaturkritiker Holger Heimann, Margret Schönberger und Karl Heinz Bittel für ihre tätige Ermutigung. Den Buchhändlern Christiane Fritsch-Weith, Harald Kirchner, Christian Stubbe, Gilbert Schwarz und Urban Zerfass danke ich für ihre Unterstützung bei der Vorstellung meiner Bücher, meinem Schriftstellerkollegen Christoph Kuhn für manchen guten Austausch.

Thomas Pregel und Sewastos Sampsounis haben mich sehr hilfreich redaktionell und verlegerisch betreut. Danke dafür!

Und schließlich danke ich allen meinen Freunden für weiterführende, aufbauende und kritische Resonanz.

Karin Nohr

BIOGRAPHISCHES

KARIN NOHR

Karin Nohr

ist in Hamburg geboren, studierte Literaturwissenschaft und Psychologie und machte eine Ausbildung in klassischem Gesang. Sie promovierte mit einer musikpsychologischen Arbeit über die Beziehung des ausübenden Musikers zu seinem Musikinstrument, die 1997 veröffentlicht wurde (Reprint 2010).
Nach jahrelanger Therapietätigkeit als Psychoanalytikerin in eigener Praxis und vielen Fachveröffentlichungen entschied sie, ihre Zeit ganz dem Schreiben von Romanen zu widmen.

Veröffentlichungen u.a.:
»Herr Merse bricht auf«
Roman, Knaus Vlg. 2012
»Vier Paare und ein Ring«
Roman, Knaus Vlg. 2013; btb Vlg. 2015
»Eastern Sittichs«
Roman, MKH Medien Kontor Hamburg, 2017

Karin Nohr hat eine Tochter und lebt in Berlin und im Wendland.

Aus dem Verlagsprogramm

Frank Michael Wagner
Das unreife Wanken des Schlüpferdiebs in der Wolfsschanze
Roman
ISBN: 978-3-95771-182-3
eISBN: 978-3-95771-183-0

Konrad und seine Freunde Halleluja, Ratte und Hutzel dürfen noch einmal mit ins Ferienlager in der CSSR. Doch die vier Kumpel zieht es die meiste Zeit in ein altes Gewölbe im Wald, das sie zur Wolfsschanze erklären. Dort spielen sie den Zweiten Weltkrieg nach, wobei sie die Rollen Hitlers, Himmlers, Goebbels und Rommels sorgfältig untereinander aufteilen. Aber je stärker ihr Spiel ausufert, desto schwieriger lässt es sich vor den Betreuern verheimlichen. Und da sind auch noch die Mädchen im Lager, die mit einem anderen, verlockenderen Spiel für Aufmerksamkeit sorgen: dem Liebesspiel.

Frank Michael Wagner
wirft in seiner bitterbösen Satire einen zeitgeschichtlichen Blick auf die DDR in den frühen 1970er Jahren. Die Erwachsenen verhalten sich nicht gerade vorbildhaft sozialistisch, entpuppen sich als Opportunisten, um sich ihren eigenen Vorteil zu sichern. Das wirkt auch auf die Erziehung, die januskköpfige Gestalten hervorbringt: ebenso fleißig, pflichtbewusst und gebildet wie angepasst, ausnutzbar und latent fremdenfeindlich. Ein Roman über die eigenwillige Moral einer Gesellschaft, die sich nach Freiheit sehnt, aber die Freiheit nicht sehen kann.

Maria Skiadaresi
Venezia
Roman
Aus dem Griechischen von Brigitte Münch
ISBN: 978-3-95771-128-1
eISBN: 978-3-95771-129-8

Am Morgen des 7. September 1943 wurde Franco Solerti tot am Strand von Péra Meriá zwischen den Tamarisken aufgefunden. In seinem nackten Rücken steckte die lange Klinge eines Messers – eines von denen, die zum Häuten von Schweinen benutzt werden. Je weiter die Ermittlungen fortschritten, desto undurchsichtiger wurde die Sache. Ein Fetzen Frauenunterwäsche sowie Spuren von Pumps im Sand wiesen darauf hin, dass Franco kurz vor seinem Tod mit einer Frau zusammen gewesen war. In den offenen, gläsernen Augen schimmerte noch so etwas wie Ekstase. Doch wer war im Stande, das Leben eines Menschen im Augenblick der Liebe zu vernichten? Und warum?

Maria Skiadaresi erzählt das außergewöhnliche Schicksal der aristokratischen Familie Daponte. Ihre bewegte Geschichte ist auch gleichzeitig die der Frauen zu Beginn des 20. Jahrhunderts, die nicht nur ihre Rechte, sondern auch ihre Freiheit gegen Besatzer, Verrat und Krieg erkämpfen mussten.

Heny Ruttkay
Somerset Maughams Traum
Roman
ISBN: 978-3-95771-180-9
eISBN: 978-3-95771-181-6

Anfang der 1960er Jahre an der Côte d'Azur. Der Schriftsteller und früherer Geheimdienstagent William Somerset Maugham schreibt an seiner Autobiografie »Looking Back« und wird von Erinnerungen an seinen verstorbenen Bruder Henry geplagt. Um Henry, den »Versager und homosexuellen Selbstmörder« zu rehabilitieren und ihm posthum zum Ruhm zu verhelfen, beschließt er das Schicksal seines Bruders nach so langer Zeit zu klären. Er engagiert Madame Dewaere von der gleichnamigen populäre Privatdetektei, um nachzuweisen, dass der Selbstmord Henry Maughams in Wirklichkeit ein Mord war. Doch sie deckt eine eingefädelte Verschwörung auf über verletze Gefühle und ruinierten Ruf.

Heny Ruttkay hat einen vielschichtigen und berührenden Kriminalroman über den größten englischen Schriftsteller des 20. Jahrhunderts geschrieben. Sie lässt William Somerset Maugham als greisen Mann auftreten und so gar nicht wie den kalten Zyniker erscheinen, als der er gemeinhin gilt. Im Mittelpunkt ihrer Geschichte steht die Akzeptanz von Schwulen, die selbst in so modernen Gesellschaften wie England oder Frankreich schwer zu leiden hatten. Politische und gesellschaftliche Umstürze der ersten Hälfte des vergangenen Jahrhunderts beleuchten Europas wegweisende Geschichte. Eine Zeit, in der die Partys noch Stil hatten und der Kalte Krieg jederzeit heiß werden konnte.

Mohamed Leftah
Der letzte Kampf des Kapitän Ni'mat
Roman
Aus dem Französischem von Laura Viktoria Skipis
ISBN: 978-3-95771-188-5
eISBN: 978-3-95771-189-2

Ni'mat hatte schon immer fortschrittliche Ansichten: Er studierte Literatur, befürwortete marxistische Ideen und kämpfte für die Gleichstellung der Frau in der arabischen Welt. In der Nasser-Ära kämpfte er sogar als Pilot. Zuerst gegen religiösen Kräfte, dann gegen Israel. Er schied früh aus dem Militärdienst, heiratete und erlebte eine scheinbar glückliche Ehe im Kairos Nobelviertel Maadi. Dreißig Jahre danach wird Ni'mat immer noch von einem Gefühl der Machtlosigkeit und des Versagens übermannt. Gemeinsam mit seinen ehemaligen Mitstreitern aus der Armeezeit, besucht er täglich das exklusive Schwimmclub für reiche, aber gelangweilte Rentner. Und dann passiert das Unmögliche. Er verliebt sich in seinen Diener. Ein innerer Kampf beginnt, der Ni'mats letzter Kampf werden soll.

Der populäre französisch-marokkanische Schriftsteller **Mohamet Leftah**, der 2008 in Kairo verstarb, liefert einen Roman, der bis heute in Marokko nicht erscheinen darf. Denn der Inhalt ist ein Plädoyer für das Recht auf Freiheit, für das Recht auf Meinungsfreiheit, für das Recht auf Liebe. Rechte, die auch von radikal-islamischen Kräften eines patriarchalischen Systems beansprucht werden: moralische Wertstäbe festlegen und jegliche Form von Individualität brutal unterdrücken.

Mohamet Leftah hat auf Französisch geschrieben und in Frankreich veröffentlicht. Dies ist die erste Übersetzung eines Werkes in deutscher Sprache. Ein aktuelles Thema über Toleranz und gesellschaftliche Moral.

Yiannis Xanthoulis
Der Weihnachtstango
Roman
Eine Liebe in die Zeiten der Junta
Aus dem Griechischen von Brigitte Münch
ISBN: 978-3-95771-190-8
eISBN: 978-3-95771-191-5

Im Jahr 1970, in der finsteren Zeit der Junta in Griechenland, verliebt sich Oberleutnant Stefanos Karamanidis in die Ehefrau des Oberst. Die einzige Möglichkeit, sich ihr zu nähern, besteht auf einer Weihnachtsfeier in der Kaserne, zu der auch die Gattinnen der Offiziere geladen sind. Karamanidis will die Chance nutzen und sie zum Tanz auffordern, doch er hat nie tanzen gelernt. In seiner Verzweiflung befiehlt er seinem Untergebenen Soldaten Lazaros, es ihm in geheimen Nachtstunden beizubringen. Lazaros, der wegen seiner linksorientierten Gedanken in gefährlichen Zeiten lebt, nimmt ungern das Angebot an. Mit verheerenden Folgen. Er verliebt sich, ausgerechnet in den Oberleutnant.

Yiannis Xanthoulis ist der bedeutendste zeitgenössische Schriftsteller Griechenlands und wird zum ersten Mal in die deutsche Sprache übersetzt. Der Roman sorgte schon bei seiner Veröffentlichung für heftige Diskussion, denn er thematisiert ded mächtigen Militär-Apparat Griechenlands und hinterfragt desen Bedeutung. Die Verbindung der Geschichte mit Homoerotik in einer Macho-dominierten Welt warf gesellschaftliche Tabufragen auf. *Der Weihnachtstango* wurde erfolgreich verfilmt.

Gaye Boralıoğlu
Die Frauen von Istanbul
Erzählungen einer unbekannten Gesellschaft
Aus dem Türkischen
von Wolfgang Riemann und Monika Carbe
ISBN: 978-3-95771-108-3
eISBN: 978-3-95771-109-0

Istanbul – Zentrum für Handel, Finanzen, Medien und Kultur. Doch zwischen Hochhäusern und Moscheen, zwischen Europa und Asien, zwischen Moderne und Tradition, pocht das Herz einer patriarchalischen Gesellschaft, in der die Frauen tagtäglich ihren Platz finden müssen. Die Köchin übernimmt Verantwortung dafür, um den besten Reis zu servieren, und die Schneiderin träumt beim Nähen gefährlich vor sich hin. Die Demonstrantin kämpft gegen das Establishment und die Toilettenfrau erträgt ihre Tätigkeit mit Kinobildern im Kopf. Die Tante entpuppt sich als Mörderin ihres Ehemannes und die Verkäuferin behauptet plötzlich, lesbisch zu sein. Die Frauen von Istanbul leben mit Träumen, Wünschen und Lügen, mitten in einem gefährlichen politischen System. Mit schwarzen Wimpern, großen Mandelaugen und geschminkten Lippen lernen sie, außerordentlich erfinderisch zu sein. Um zu überleben. Ein Prozess, der seinen Preis hat. Bis in den Tod hinein.

Gaye Boralıoğlu, eine der bekanntesten und erfolgreichsten türkischen Autorinnen der Gegenwartsliteratur, hebt den Schleier der islamisch-konservativen Herrschaft und erlaubt uns einen Blick in eine unbekannte Gesellschaft. In ihren Erzählungen zeigt sie Frauen zwischen der Sehnsucht nach Freiheit und den kulturellen Normen und Gesetzen ihres Landes. Geschichten, die Mut und Vertrauen aufbauen, und Geschichten, die Trauer und Wut auslösen. Geschichten einer Stadt mit ihren Frauen als Protagonisten. Frauen, die leben, lieben, sterben und sich stets nach ihren Rechten sehnen.

Thomas Pregel
Der ertrunkene See
Roman
ISBN: 978-3-95771-059-8
eISBN: 978-3-95771-060-4

Das Bucheichental ist eine idyllische, von einem gemächlich fließenden Fluss durchzogene Gegend, abgelegen und zutiefst rückständig. Es liegt inmitten grünbewaldeter Berge, wo die Natur ursprünglich ist und das Leben manchmal hart. Nur wenige Familien - Bauern und Hirten - leben dort als Selbstversorger seit Generationen. Doch jetzt kehren plötzlich die Fischerskinder, die bereits in der »zivilisierten«, hektischen Welt Wurzeln geschlagen haben, heim, und sie bringen schlechte Nachrichten: Den Bewohnern droht die Umsiedelung, das gesamte Tal soll in einem riesigen Stausee untergehen. Für die Bucheichentaler kommt das Aufgeben ihrer Heimat nicht infrage. Sie mobilisieren sich, protestieren, nehmen den Kampf auf gegen das Bauprojekt, finden unerwartete Verbündete und spielen auf Zeit, glauben an die Gerechtigkeit und appellieren an den Verstand der Mitmenschen. Doch auch die Baubefürworter sind auf den zähen Widerstand vorbereitet. So kommt es zum letzten Gefecht: ein Kampf Davids, gegen Goliath.

Kandidat für den Hotlist-Preis 2015

»*Was Pregel aus dieser Ausgangssituation erzähltechnisch macht ist grandios.*«
Roberto Manteufel / Siegessäule

»*Wunderschön und gleichzeitig ernüchternd geschrieben. Was braucht der Mensch zum Glücklichsein? Empfohlen.*«
Christin Moll
Lektoratsdienst - EKZ Bibliotheksservice

Viktor Funk

Mein Leben in Deutschland begann mit einem Stück Bienenstich

Roman

ISBN: 978-3-95771-184-7
eISBN: 978-3-95771-185-4

Lange hat er geglaubt, zur deutschen Gesellschaft dazu zu gehören – bis er Marie traf. Sie stammt aus Rumänien und betont das gern. Er hatte dagegen seine Vergangenheit versteckt. Die Beziehung mit ihr weckt Erinnerungen an seine Kindheit: endlose Tage in der sowjetischen Provinz in Kasachstan, mit Großvater und Vater beim Angeln am See und dann die ersten, schwierigen Jahre in Deutschland. Hier verstand er lange nicht, warum er nicht mehr von Lenin erzählen konnte, warum das, woran er als Kind geglaubt hatte, nun falsch sein sollte. Und nun spitzt sich diese Krise mit Marie zu. Sie wirft ihm vor, sich selbst zu verraten, um ein »Deutscher« zu sein. Doch in seinem Pass steht die Staatsangehörigkeit, die er immer haben wollte: »Deutsch«.

Viktor Funk behandelt in deinem Debütroman Identitätskrisen junger Menschen mit Migrationshintergrund. Mit den großen Fragen »Wo gehöre ich hin?«, »Wo ist meine Heimat?« und »Was darf ich aus meiner Vergangenheit mitbringen?«, trifft der Autor das Gefühl einer ganzen Generation. Fragen, die sich wie Fegefeuer ausbreiten und sich weder von Landesgrenzen noch von politischen Ideologien aufhalten lassen. Fragen, die der Gegenwartsgesellschaft Veränderungen vor Augen führen. Alles fließt.

GRÖSSEN
WAHN
VERLAG
www.groessenwahn-verlag.de